お前みたいなヒロインがいてたまるか！ 4

登場人物紹介

立花美緒
椿の異母妹
「恋花」のヒロイン
朝比奈 椿
乙女ゲームのライバル令嬢に、
転生してしまった本作の主人公
あえて悪女を演じている
夏目透子
「恋花」のWヒロインの片割れ
明るく人懐こい天然ドジっ子
八雲杏奈
椿のイトコ
合理的主義だが、
椿の良き理解者
レオン・グロスクロイツ
杏奈のはとこ
自尊心が強く、俺様気質
「恋花」では非攻略キャラ
水嶋恭介
椿のイトコ
水嶋グループの御曹司
「恋花」では攻略対象キャラ

篠崎大和
恭介に勝負を挑む同級生
「恋花」では攻略対象キャラ
佐伯貴臣
引っ込み思案な同級生
「恋花」では攻略対象キャラ
白雪 凪
おネエ言葉の同級生
「恋花」では非攻略キャラ
蓮見綾子
鳳峰学園の同級生
千弦の右腕
藤堂千弦
鳳峰学園の同級生
女子グループのリーダー
琴枝美波
鳳峰学園の同級生
美緒の取り巻き
護谷 晃
鳳峰学園の養護教諭
不破志信
椿の運転手兼護衛
水嶋春生
椿の伯父
朝比奈百合子
椿の母親
朝比奈 薫
椿の義父

目次

【1】

乙女ゲーム『恋は花の如《ごと》く咲き誇る』で高等部から出てくるもう一人の主人公・夏目透子《なつめとうこ》。

彼女を主人公に選んだ場合、ゲームは高等部の入学式から始まる。

そこで新生活に心弾ませていた彼女は石に躓《つまず》いてしまい、とある男子生徒にぶつかってしまう。

しかも最悪なことに、その男子生徒のボタンに彼女の髪の毛が絡まってしまったのだ。

『ご、ごめんなさい！　すぐに取りますから！』

『……別に』

男子生徒はぶっきらぼうに言うとためらいもなくボタンを引き千切る。

『これでいいだろ』

ずっと下を見ていた透子はその行動に驚き、男子生徒の顔を見上げてそこでようやく彼が一年前に出会った人物だと気付くのであった。

その男子生徒こそが水嶋《みずしま》恭介《きょうすけ》という訳だ。

という回想を椿《つばき》が何故しているのかといえば、似た状況が今、目の前で起こっていたからである。

「ご、ごめんなさい！　ごめんなさい！」

しきりに謝罪している透子を他所《よそ》に椿は白目を剥《む》いていた。

ゲームの始まりのように透子の髪が恭介のボタンに絡まった、という訳ではない。

どういう訳か、椿の髪が透子のボタンに絡まっているのだ。

理由としては、ちょうど椿を追い越そうとした透子が彼女に近づいた瞬間に蹴《け》躓《つまず》き、咄嗟《とっさ》に手を出してぶつかった際に袖《そで》のボタンに椿の髪の毛が絡まってしまったというもの。

「すみません！　すぐにほどきますから！」

透子は袖のボタンに絡まった椿の髪をほどこうと悪戦苦闘していた。

通り過ぎる生徒は口々に「あの女子生徒終わったな」「よりにもよって朝比奈《あさひな》様に無礼を働くなんて」「椎葉《しいば》さんの時みたいに転校させられるわね」などと好き放題言っている。

そこへ、立ち止まっている椿を不審に思ったのか恭介がやってきて、下を向いて悪戦苦闘している女子生徒に視線を向け、何があったのかをすぐに察したらしく同情するような視線をこちらに向けてきた。

恭介が居ることもあり、椿達は目立っているようで、女子生徒達が「きゃー、水嶋様だわ」などと口にしては通り過ぎていく。

「……椿、入学式の前に騒ぎを起こすなよ……」

「これは不可抗力ですわ。それにしても、ちょうど良いところにいらっしゃいましたね。ハサミを持ってますか？」

「ハサミ？　持ってるわけないだろう」

そりゃ持ってる訳ないよな、と椿が当たり前のことを考えていると、ハサミと聞いた透子が顔を上げてダメです！　と止めてくる。

「え？」とだけ発し、透子の顔を見て目を見開いて驚いている恭介は、口を開けたまま微動だにしない。

不思議に思った椿だったが、今はそれに突っ込みをいれている場合では無い。

「……たかが数本の髪でしょう。ジッと見なければおかしくはありませんから平気です」

「ダメですよ！　せっかくの綺麗な髪なのに勿体《もったい》ないです！」

「今はそのような状況ではございませんわ。入学式に遅れてしまいますし」

「あ、それなら！」

えいっ！　というかけ声と共に、透子は自分の袖のボタンを引き千切る。

「これで、髪の毛がほどけますね！」

「……貴女《あなた》、そのボタンはどうなさいますの？」

「え？　あ、家で付けます」

「質問の仕方が悪かったですわね。その不格好な袖で入学式はどうなさるの？」

椿の質問に透子はうーんと頭を悩ませている。

「えーとですね。こうやって袖を反対の手で隠しておけば分からないんじゃないでしょうか？」

反対側の手でボタンの取れた手を隠しているが、ずっと手で隠しておくには無理がある。

「ですから、大丈夫です。入学式は一時間も掛かりませんし、学校も午前中で終わりますから。お気遣い無く！　あと、ぶつかってしまってごめんなさい！　怪我《けが》はなかったですか？」

「軽くぶつかっただけですから怪我などありません。それと、私は朝比奈椿と申します。もしも先生から袖のことを問われたら、今のことを説明なさって下さい」

言いながら、椿は透子の様子を窺《うかが》う。

先程から椿は何度も恭介の名前を口にしており、通り過ぎる女子生徒達が「水嶋」と口にしていたことから、透子がもしも転生者であった場合、彼が『恋花《こいはな》』の水嶋恭介であると気が付くはず。

だが、透子は全く恐ろしいほどに何の反応も見せない。むしろ嬉しそうに「朝比奈椿さんて言うんですね」と言っている。

この反応を椿は全く予想していなかったので驚いてしまった。

「き、恭介さん、入学式に遅れますから参りましょう」

入学式の時間が迫ってきたことで、椿がそっと恭介の背中を押して移動しようとしていると透子から話し掛けられる。

「あ、あの！　私のことを覚えてませんか？」

透子の今のセリフは、ゲーム内で立ち去ろうとする恭介に彼女が投げかけたセリフである。

だが、今はその対象は椿。

ゲーム内で恭介は『……誰だ、お前』と言ってさっさと立ち去っていったのだが、ここではどう答えたものか。

今のところ透子は恭介を見て特別な反応はしていない。それに椿に対してもだ。

いや、これは特別な反応なのだが、彼女が転生者だとするならば、この反応はおかしい。

大体、透子は恭介の顔をほとんど、というか全く見ておらず、椿の方ばかり見ている。

まるで恭介に興味が無いという対応である。

恭介の態度から去年の夏に彼は透子と会っていた可能性が高い。ならば、透子は少なくとも自分を見て恭介がどう反応するのかを気にして彼の様子を窺うはずだ。

それが全く無いということは、やはり透子は転生者ではないのかもしれないと思い、椿は嬉しさと感動が入り混じり、心臓が早鐘《はやがね》を打つ。

しかし、覚えていますと答えると他の生徒に椿と透子が知り合いであるとバレてしまい、初日から彼女が敬遠されてしまう。

ただでさえ一般家庭の生徒として入学してきた彼女は肩身の狭い思いをするのだから、関係があることは伏せておいた方がいいのかもしれない。

「……申し訳ございませんが、人違いをされているのでは？」

椿が答えると透子は落ち込んだ様子で下を向いてしまった。

周囲に居た生徒達は、なんだ無関係かと判断して移動をし始め、野次馬が少なくなり椿は安心する。

「急いでおりますので、これで失礼します」

「待って下さい！」

透子に断りを入れ、入学式が行われるホールへと向かおうとした椿をまたもや彼女は引き留めた。

「まだ何か？」

「夏目透子です！」

「はい？」

「私の名前は夏目透子です。三年間よろしくお願いします！」

椿に向かって綺麗に九十度のお辞儀をした透子を彼女は呆然《ぼうぜん》と眺《なが》めていた。

この流れを画面越しに見た記憶があったからである。

「僕の名前は水嶋恭介だ」

呆然としていた椿は、恭介が突如会話に入ってきたことにも驚いた。

それは他の生徒もそうだったようで、足を止める生徒も居た。

「恭介さん。人目がございますから」

「覚えていないか？」

椿の言葉を無視して恭介は透子に話し掛けている。

透子はどのような反応をするのだろうかと思い、椿は彼女の方に視線を向ける。

「……あの、ごめんなさい。私、覚えていなくて。その……どこかで会ったことありましたか？」

「去年の夏、ホテルで僕の落としたストラップを拾ってくれただろう？」

恭介の言葉に透子は顎《あご》に手を置いて首を捻《ひね》って「ホテルでストラップを？」と考え込んでいたが、ややあって口を開いた。

「……去年の夏にホテルに行ったのは親戚のお姉さんの結婚式の時だけだったので、その時だと思うんですけど……招待客の赤ちゃんの靴を拾って、その子とずっと遊んでたのは覚えてるんですけど」

「あの時、息を切らせてセットした髪が乱れるのも拘《かか》わらず、裸足《はだし》で走って届けてくれただろう？」

恭介の話を聞いた透子は思い出したのか「あっ！」と口にする。

「そういえば、三階から全力疾走してキーホルダーを男の人に渡したの思い出しました。あの時、披露宴の時間が迫ってて急いでたんで顔を見てなかったんですよね。あれ貴方《あなた》だったんですね。赤ちゃんの可愛さにやられてすっかり忘れてました。あの後、お母さんに『あんたこんなに髪の毛ボサボサにしてー』って怒られたんですよね。それで思い出しました」

手を頭の後ろにやり、アハハと透子はのんきに笑っている。

「……そうか」

どこかガッカリしたような様子を見せた恭介は透子に背を向けて歩き始める。

え？　それで終わり？　と思った椿は恭介の後を追いかけようと透子に向かってお辞儀をして早足で彼の許《もと》に行く。

「恭介さん、もしかして彼女が去年の夏にお会いしたという方ですか？」

「そうだ。だが、僕のことは覚えていないらしい」

「……話を伺《うかが》ったら、急いでいたらしいじゃありませんか。それに落とし物を拾ったりと親切な方のようですから、さほど相手のことを気になさらないのでしょう？」

椿のフォローも意味が無かったのか恭介は無言のままホールへと歩いて行く。

やはり去年の夏に恭介と遭遇《そうぐう》していたのは透子であったのだと彼女は確信した。

それに先程の積極的な恭介の態度をみると、彼は透子に対して興味を持っているのは確かである。

だが、あの二人の会話を見ていた生徒がどう思ったのか椿は心配になった。透子の不利になるようなことにならなければいいのだが、と思いながら椿は恭介の後を追った。

何事もなく入学式と教室での説明が終わり、さて帰るか、と椿が玄関へと向かうと、仁王立ちした杏奈《あんな》が彼女を待ち構えていた。

「なんであんたが物語のスタートを飾ってんのよ」

「私が聞きたい」

開口一番に杏奈から突っ込みをもらい、椿が声を潜《ひそ》めて呟《つぶや》くと、彼女はため息をひとつ吐《つ》いた。

「でも本当に入学してきたわね。それに水嶋様が自ら自己紹介するなんて。すでに噂《うわさ》になってたわよ」

「相変わらず噂が出回るのは早いですわね。恭介さんには注意しておきます。で、杏奈さんからご覧になってどう思われました？」

「話してないから分からないけど、あれは違うんじゃない？　名字が違っていてもあの状況的に椿さんが倉橋《くらはし》椿だって気付くでしょ、さすがに。そうだったら椿さんによろしくお願いします、なんて言わないわよ。むしろ避けるべき相手だと思って関わろうとしないはずよ」

同じ転生者という立場の杏奈もそう思ったということに椿はどこかホッとする。

椿は朝の一件からずっと、透子が転生者ではないという理由を探していたのだ。彼女は自分が思っているよりもずっと透子に対して好印象を抱《いだ》いていたようである。

「で、椿さんの希望通りになったけど、どうするの？」

「忘れられて拗《す》ねた人の出方次第、というところですわね。ですが、邪魔は致しませんわ。邪魔する方を阻止は致しますが」

「あぁ、頑張ってね。あの場で立花《たちばな》さんも見てたみたいだから」

杏奈の話を聞いた椿はその場で頭を抱《かか》える。

この先、大変になりそうな椿に同情したのか、杏奈が「頑張ってね」と言って肩を叩いてきた。

椿はこれからを考えると胃が痛くなったが、始まってしまったものは仕方ないと半ば諦《あきら》めにも似た感情を持ちながら帰宅したのだった。


帰宅後、椿が自分の部屋でゆっくりしているとベッドに放り出していた携帯電話が音も無く震えていることに気が付いた。

随分長い振動だったので、電話だと分かった椿が誰だろうと思い画面を見ると『水嶋恭介』と表示されている。

多分、透子のことだろうなと思い、椿は通話ボタンを押す。

「もしもし」

『お前！　これ五回目だぞ！　一回目に掛けた時に出ろよ！』

「……ベッドに放り投げてそのままだった。ごめん」

『またそれか！　ちゃんと携帯しておけよ！』

そうは言われても、椿は気付かなかったのだから仕方がない。

「用事がないなら切るよー」

『待て！　用事ならある』

「何よ」

『分かってるだろ？　夏目のことだ』

だろうな、と思い椿は恭介が続きを話すのを待つ。

『……お前は、その……夏目と知り合いなのか？』

「中等部二年の時に母と菫《すみれ》とオペラ観《み》に行って、菫が彼女の服にジュースをこぼしたのよ。それで少し話をしたってだけ。相手は私の名字を知っていても名前は知らない筈《はず》だし。でもそれだけよ。仲が良いわけじゃない」

『そうか……』

恭介はガッカリしたような声を上げていた。

「気になるの？」

『別に気になってるわけじゃない！　ただ、あの時の礼を言いたいだけだ。今朝《けさ》は急いでたし、そこまで考えが及ばなくて言えなかったから、お前が知り合いなら場をセッティングしてもらえればと思っただけだ！』

「そう、力になれずにごめんね」

『いや、それは別に良い。お前と仲が良い訳じゃなかった場合の対策もちゃんと考えてある』

「用意周到ね。ちなみに？」

『……その、夏目と同じ委員会に入ればいいんじゃないかと思ってな。それで、あいつにどの委員会に入る予定なのか、聞いてもらえないか？』

恭介からのお願いに椿は「は？」と聞き返した。

『だから、セッティング出来ないなら自分からするしかないだろう！　それに、僕が夏目に聞いたら騒ぎになるのは分かってるし。相手は僕のことを覚えてないんだから知って貰《もら》うためにも共通点があった方がいいじゃないか』

「……自覚があったのね」

『何がだ』

「恭介が特定の女子に話し掛けたら憎悪がその子に向くってことよ」

『そうなのか？』

そこまでは考えていなかったのか、恭介は意外そうな声を上げた。

「そうよ。千弦《ちづる》さんや杏奈は他の女子から文句を言われないぐらいの権力と人望があるからだもの。何の後ろ盾もない夏目さんが相手だったらどうなるかくらい分かるでしょう？」

『……つまり、夏目に僕が話し掛けたら、他の女子が黙っていない、ということか』

「うん。大人しくなったとはいえ、立花さんがどう動くかも分からないからね。夏目さんに話し掛けるのならば、細心の注意を払ってね。大体、今日のことがもう噂になってたんだから、気を付けて」

『分かった』

美緒《みお》のしつこさを嫌というほど分かっている恭介は、素直に了承してくれた。

『そういえば……あ、いや。何でもない』

「何よ。気になるから言いなさいよ」

『いや、いい。本当に何でもない。……ゴホン、で、僕が表立って動けないんだから、椿が動くべきだと思わないか？』

頑《かたく》なな恭介に、これはこれ以上聞いても教えてはくれないと椿は判断する。

「だとしたら、お願いする相手を間違えてるわよ。私は学年で嫌われて怖がられてるんだから、そんな私が夏目さんと親しげに話していたら、彼女も同じ人種だと思われて敬遠されてしまうもの。だから、私も表立っては動けないのよ」

『……なんでそんな評価をされるような人間になったんだよ……！』

母親と恭介のためだよ！　と、椿は思ったものの彼女が勝手にやっていることなので口には出せない。

「それは今はどうでもいいでしょう？　夏目さんの件に関しては、それとなく人に聞いたりはしてみるけど、あまり期待しないでね」

『あぁ』

じゃあ、と言って椿は恭介の電話を切った後でベッドに体を投げ出した。

ここまで透子のことを気に掛けるとは、と椿は恭介の変化に驚いてしまう。

また、椿は今朝の出来事から、夏目透子の性格はほぼ『恋花』のままであると考えていた。

このまま、恭介が透子を好きになったとしても全く何も問題がない。問題がなさ過ぎる。

むしろ恭介の尻を叩《たた》いて頑張れよ！　と言うくらいだ。

その場合、確実に美緒が邪魔をしてくることになるので、椿としては彼女を阻止するために動こうと密《ひそ》かに決意した。

一方、電話を切った恭介は、言いかけた言葉の先を思い出していた。

放課後になり、とりあえずどこに何があるのかを確認しておこうと恭介が校舎内を歩いていた時のことである。

人気《ひとけ》の無い場所を歩いていた恭介に、突然美緒が話し掛けてきたのだ。

「あの！　水嶋様！」

「……なんだ」

「あの……わ、私のこと……嫌い、ですか？」

首を傾《かし》げて弱々しく呟かれた美緒のセリフに恭介は「別に……」と口にする。

すると彼女は顔をパァッと明るくさせ、ピョンピョン飛びはねながら、やったーと口にしてその場から走り去ってしまう。

「別に好きでも嫌いでもないしどうでもいい、と言いたかったんだが……」

どう勘違いしたのか、美緒は恭介の言葉に喜んでしまった。

この件を椿に言おうかと思ったのだが、言われた彼女も首を傾げるだけだと思い直して言わなかったのである。


実はこれは、最悪の印象だった中等部から高等部でどれだけ好感度を上げられたかの確認イベントなのだ。

ここで「別に」という答えが返ってきたら、すなわち、中等部から好感度はちゃんと上がっているということになる。

その確認をしたからこそ、美緒はあそこまで喜んだのである。

恭介がこのことを椿に言えば、すぐに彼女はこのイベントのことだと気付けただろう。

だが、今気付かなくてもそう遠くない未来で椿は美緒の考えを知ることになる。

【2】

入学式の日から透子に関する情報を集め始めた椿は、彼女が鳴海《なるみ》と同じクラスで、すでに友達になっていることを知る。

これ幸いと、鳴海を通じて透子がどの委員会に入るのかを聞くことに成功した椿は、二人を同じ委員会にすべく、恭介が全く別の委員会に入るつもりだという噂を杏奈や蓮見《はすみ》に頼んで流してもらっていた。

その作戦は功を奏し、恭介と透子は同じ図書委員になることができた。ちなみに椿も図書委員である。

また、図書委員の当番グループだが、椿と恭介がイトコ同士ということで一緒になってしまい、水嶋様と同じグループに！　と言わなかった透子もこれまた同じ当番グループとなった。恭介と透子にはひっそりと仲を深めて貰いたいと椿は思っていたので、思い通りの結果に彼女はほくそ笑んだ。

何とかして図書当番の日は恭介と透子を椿の陣地であるカウンターに呼び込まねばならない。恭介と透子には、ひとまず友達になってもらわないと話が進まないのだ。

椿は、よし！　頑張るぞ！　と気合いを入れる。

そして、委員会の顔合わせから数日後、ついに最初の図書当番の日を迎えた放課後、椿は早足で図書室へと向かった。

一番乗りで図書室へと入った椿は司書達に挨拶をして、透子、もしくは恭介がやってくるのを本を読みながら待っていたところ、声を掛けられた。

「あ、朝比奈様。早いんですね」

「夏目さんもお早いのね。お隣にどうぞ」

「はい。失礼します」

椿は嬉しそうに顔を綻《ほころ》ばせる透子を自然に誘導し、自分の隣に座らせる。

「ところで、ジュースの染みは綺麗に落とせました？」

「え？」

「二年ほど前に妹がぶつかって、貴女のお召し物にジュースを零《こぼ》したではありませんか」

「あれ？　人違いだったんじゃ」

椿の言葉を信じ切っていた透子は首を傾げている。

「あれは、貴女が悪目立ちするのではないかと思って、早く会話を終わらせたかったのです。本当は人違いではなかったの。嘘《うそ》を申し上げてしまい、ごめんなさいね」

「あ、ああ～。そういうことでしたか。気を遣《つか》わせてしまって、こっちこそすみません。でも、また会えて嬉しいです」

「私は驚きましたけれどね」

ふふふと笑い合い、当たり障《さわ》りのない話をしていた二人であったが、しばらくして、やや息を切らせた恭介が図書室へと入ってくるのが椿の目に映った。

キョロキョロしている恭介はすぐに椿と彼女の隣に居る透子を見つけて近づいてくる。

「ＳＨＲが長引いておりましたの？」

「まあな」

言うなり恭介はカウンターの後ろにある椅子に座る。

「夏目さん、入学式の時にもご挨拶しておりますが、私のイトコの水嶋恭介さんです」

「あ、夏目透子です。朝比奈様とイトコ同士だったんですね。清香《きよか》ちゃんから聞いて驚きました」

「水嶋恭介だ。そいつに迷惑を掛けられたらすぐに言ってくれ」

「むしろ私の方が迷惑を掛けてしまうかもしれませんけど」

恭介を紹介した椿は気を利《き》かせて彼に透子の隣を譲り、恭介のいた場所へと移動する。

「……椿はちょっと、いやかなり変わってる奴だからな」

「そんなことないですよ。私のような一般家庭の人間にも普通に話してくれますから。むしろ私が迷惑を掛けてしまうんじゃないかって不安です。すでに入学式の時に色々とご迷惑をお掛けしてますし……」

「貴女はちゃんと謝罪なさったし、私も気にしておりませんから大丈夫ですわ。それに、うっかりミスは誰にでもございますもの」

「初めて間近で鳳峰《たかみね》学園の校舎を見たから驚いたかなんかで、足下《あしもと》が疎《おろそ》かになっていただけじゃないのか？」

「いえ、あの。……地面には何もありませんでした」

下を向いた透子が消え入るような声で呟くと、椿と恭介は顔を見合わせて押し黙ってしまう。

さすがにフォローの言葉が思い浮かばない。

「昔からこういうことがよくあるんです。そのたびに友達に突っ込まれたりして反論してたんですけど、今までは私だけが被害に遭《あ》ってて人に迷惑を掛けるようなことはなかったんです。さすがに今回のはおっちょこちょいという言葉では済まされませんから」

透子はガックリと肩を落としている。

大丈夫だと椿が透子に声を掛けようとするよりも早く、恭介の方が先に口を開いた。

「心配するな。そんなものはただの配分の問題だ」

「配分、ですか？」

「あぁ。多少……おっちょこちょい……なところがあるかもしれないが、それ以上か同じくらいに良いところもあるはずだからな」

「良いところ……あ、友達が多いところでしょうか？」

だとしたら、バランスは取れてますよね、と透子は口にしている。

「僕は夏目の良いところは打算無く人に親切に出来る部分だと思ってる。去年、落とし物を拾ってくれたこともそうだ。本当に助かったよ。ありがとう」

「いえ！　私が勝手にしたことですから気にしないで下さい」

透子は全力で手を横に振っている。本当に彼女は見返りを全く求めていないのだ。

「でも、水嶋様って意外とフレンドリーな人なんですね。驚きました」

「……話し掛けてくる人間の大半が面倒なタイプだから、対応がぶっきらぼうになるだけだ」

「そういえば移動する時いつも女子生徒に囲まれてますもんね。ああいうのって現実世界で実際にあるんだ、って感動してたんですけど、本人にしてみたら大変ですよね。いつもお疲れ様です」

「ビジネスマンみたいな言い方だな」

「今まで敬語以上の丁寧な言葉遣いをする機会なんてほとんど無かったんですから、仕方ないじゃないですか」

「悪い悪い」

「誠意が感じられません」

頬を膨《ふく》らませた透子が恭介を軽く睨《にら》んでいるが、彼の方は非常に珍しく笑顔を見せていた。

後ろから二人を見ていた椿は、これは自分が手を貸さずとも上手《うま》くいくのでは？　と思い始める。

何より、透子が非常にフレンドリーなのだ。

恭介も恭介で透子の言葉をどれも好意的に受け取っている。

これが椿であったなら、「お疲れ様」の言葉に返してくるのは「本当にな」ぐらいだっただろう。

好意的に見ている相手でここまで対応に差が出るのか、と椿は驚いていた。

けれど、今は図書委員の当番の真っ最中である。

私語はできるだけ慎《つつし》まなければならない、と椿が考えていると、徐々に女子生徒達が増えてきて、気付いた時には図書室は女子生徒達でいっぱいになっていた。

目的は勿論《もちろん》、恭介である。

椿がカウンターの後方に居るのをいいことに、女子生徒達は適当な本を持って恭介のところに並び始め、長蛇の列になっていた。

隣の透子がこちらでどうぞ、と声を掛けてもガン無視である。

バーコードを読み取っても読み取っても終わらない作業にだんだん恭介の機嫌が悪くなっていくのが後ろから見ていても分かった。

多分、このような流れになるだろうと椿は思っていたので、スッと立ち上がり、恭介の肩をポンと叩く。

「恭介さん、お疲れでしょう？　私が替わりますわ。後ろで休憩なさったら？」

「……頼む」

恭介が後ろに行き、椿は透子の隣に座ると目の前に居る女子生徒の学生証のコードを読み取った。

「あら、一年三組の方ですのね」

一言、椿が呟くと、目の前の女子生徒は一気に顔色を変える。

「や、やっぱり借りません！　失礼します！」

「そうですか。あぁ、それと貴女。図書室ではお静かに」

「はい！」

そこそこ大きな声を出した女子生徒は急ぎ足で図書室から出て行ってしまう。

「次の方、どうぞ」

「あ、用事を思い出しましたので」

「私も」

これ幸いと最初の女子生徒に乗った他の生徒達は蜘蛛《くも》の子を散らすようにいなくなってしまった。

「私もですわ」

「……すごいですね」

恭介目当ての女子生徒達の群れを間近で見て驚いたのか透子がボソッと口にする。

「いつものことですわ。他の方の迷惑になるような行動は慎んでいただかないと困りますもの」

「あ、いえ。朝比奈様の鶴《つる》の一声《ひとこえ》がです」

え？　あ、そっち？　と椿は思わず透子の方に顔を向ける。

「清香ちゃんから朝比奈様がどう思われているのかっていうのは聞いてたんですけど、想像以上で驚きました。実際に話してみた朝比奈様は清香ちゃんから聞いていたような人とは思えませんし、口調で損するなんて勿体ないですよ」

「……私をダシにして恭介さんに近寄ろうとなさる方が多くて。それで、好かれるよりは嫌われた方がマシだと思って訂正していないだけです」

「お金持ちって大変なんですね。あ、前も言ってましたもんね」

「世間体と見栄」

言葉がハモってしまい、椿と透子は顔を見合わせて笑い合った。

「でも、その言葉の意味が入学してから分かりました」

「そう。面倒でしょう？」

「面倒、というか、お金持ちの人は払わなければならないものが多いんだなって思って。誰に見られてるか分からないからいつも気を張ってるなんて大変だと思います」

「贅沢《ぜいたく》できる代償、とでも申し上げればよろしいかしら」

透子は「だからちょっとだけ、見る目が変わりました」と口にする。

「それは良い方に、という認識でよろしいのかしら？」

「勿論です」

と言った透子は笑みを浮かべていた。

こうして初めての図書委員当番は終わったのである。

【3】

色々と胃が痛い思いをしていた椿が、疲れている時は甘い物に限る！　といそいそとサロン棟の個室に出向いた日のこと。

今日のスイーツは何かな？　と椿はワクワクしながらサロン棟の個室に入ると、そこにはいつものメンバーが勢揃《せいぞろ》いしていた。

久しぶりの全員集合に和気藹々《あいあい》と世間話をしながら、彼女は高等部の選択科目のことを話題に出した。

「そういえば、恭介は選択科目の第二外国語は何にする予定なの？」

高等部では一年から選択科目としてドイツ語、フランス語、中国語、ロシア語、イタリア語、スペイン語から第二外国語を学ばなければならない。

椿はまだ第二外国語科目の紙を提出していなかったので、恭介が何を選んだのか純粋に気になったのだ。

問われた恭介は、紅茶を飲もうとした手を止めて口を開く。

「僕はロシア語にした。ドイツ語もフランス語もイタリア語も読み書きも喋《しゃべ》るのも問題ないからな。貴臣《たかおみ》はどれにした？」

「僕はちょっとだけ分かってるフランス語かな。ゼロから始めるのはさすがに勇気がいるからね」

「冒険心のない奴だな。……で、僕をジッと見ている椿は何にしたんだ？」

「私はフランス語にしようかと思ってるわ」

「ドイツ語にしろ」

「ドイツ語にしておきなさい」

二人同時に言われ、椿は頬を膨らませる。レオンからの手紙や、ふとしたときに漏《も》らす彼の言葉を理解しろ、と彼らは言いたいのだと彼女も分かっている。

だが、椿はドイツ語を理解した瞬間に負けだと思っているので、プライドが邪魔をしているのだ。

「大体、お前フランス語出来るのか？」

「出来るよ！　ペラペラだよ！」

「じゃあ、何か喋ってみろよ」

「……ア、アザブジュヴァーン」

「八雲《やくも》、選択科目の紙にドイツ語って記入しろ」

「了解」

「ちょ！　ちょっと待ってよ！　軽いジャブでしょ！　冗談だって！」

「じゃあ、フランス語を話してみろ」

腕を組んだ恭介に言われ、椿は視線を彷徨《さまよ》わせる。

フランス語など椿は喋れない。精々《せいぜい》、メルシーとウィとノンぐらいしか知らない。

だが、ドイツ語は厨二心《ごころ》をくすぐられる単語が目白押しで興味があるのはあるのだが、やはりレオンのことを考えるとドイツ語を選ぼうという気にはならない。

しかし、ここでフランス語を話せないと恭介によって強制的にドイツ語選択にされる。

椿は知っているフランス語を思い出そうとするが、単語が全く出てこない。追い詰められた彼女は、またもやフランス語とはいえない言葉を発してしまう。

「ハ、ハダジュヴァーン」

「八雲、ドイツ語って書いたな」

「書きました。すぐに先生に提出してきます」

「あ、ちょ！　選択肢がドイツ語しかないことに悪意しか感じないんだけど！」

「八雲！　椿は僕が押さえておくから、今のうちにその紙を担任に渡しに行くんだ！」

「いってきます！」

椿の制止も聞かずに杏奈は個室を飛び出して行ってしまう。

これで、椿の第二外国語はドイツ語となってしまった訳である。

「……言葉の意味が分かるようになったらどうしてくれるのよ。どうせ恥ずかしいことしか言ってないって分かるのに。あと赤点取ったら責任取ってくれるわけ⁉」

「そこはお前が頑張るところだろう？　僕だって忙しいんだ。レオの愚痴《ぐち》に時間を割《さ》けない。だから椿に改善してもらう。僕も八雲も助かる。双方が満足できる結果だ」

「あんたらが満足できても、こっちが不満足なんですけど！　全然Ｗｉｎ－Ｗｉｎじゃない！」

「誰かが得をすれば誰かが損をするのが人の世の　理《ことわり》　だ。諦めろ」

「上手いこと言ってるけど、自分が嫌になっただけじゃない！」

薄情者！　と椿が続けると、見かねたのか千弦が彼女の肩に手をそっと載せた。

「椿さん。私もドイツ語を選びましたから、同じクラスになれたら色々とフォローは致しますわ」

「ち、千弦さーん」

優しい言葉に椿は千弦にガシッと抱きついた。

「でも、ドイツ語とフランス語は人数が多いから三クラスくらいになるよな」

「希望を打ち砕くようなこと言うの止《や》めてくれる⁉」

一人になることは考えたくない椿は即座に恭介に向かって文句を言う。

「私の友人もドイツ語を選ぶ方が多いですから、きっと椿さんと同じクラスになりますわ。ちゃんと同じクラスになったら近くの席に座って頂けるように話しておきますから、安心して下さいね」

「ち、千弦さーん！」

椿は先程よりも強い力で千弦に抱きついた。

優しい千弦は椿の背中をさすってくれた。本当に彼女は優しい人である。

そんなサロン棟での一件から少しして、椿が廊下を歩いていると、どこからともなく、ニャア、と猫の鳴き声が聞こえ、彼女は足を止める。

周囲を窺うと、裏庭にキジトラ柄の野良猫が彼女の方を見ながらチョコンとお座りしていたのを発見した。

まるで椿を待っているかのような猫の態度に誘われ、急いで玄関で靴を履き替えた彼女は猫の許へと戻った。

ジッと座っていた猫であったが、椿が近寄ると触《さわ》られたくないのかスルリと奥へ逃げて行ってしまい、ここまできて触らずには帰れない、と彼女は猫の後を追いかけて奥へと移動していった。

しばらく移動して、ようやく猫が移動を止めたので、椿は思う存分猫を触り始める。

可愛い、可愛いと撫《な》でていると、茂みの向こうの開けた場所へ誰かがやってきたらしく、草木を踏みしめる音が聞こえてきた。

こんな場所で猫と戯《たわむ》れているところを見られるのは色々とまずいと思い、椿が茂みの小さな穴からそっと向こうを覗《のぞ》き見ると、スケッチブックを片手に持った透子が立ち止まって周囲を見回していた。

やってきたのが透子であったことに椿は安心し、再び猫を触り始めると、さらに別の人物の草木を踏みしめる音が聞こえたことで、彼女は両手と両膝《ひざ》を地面につき、身をかがめ茂みの向こうを窺い、現れた人物を見て驚いた。

「夏目、ここで何をしてるんだ？」

「あ、水嶋様。……実は美術部の校内スケッチの時間なんで良い場所がないかどうか探してたんです」

「それでこんな人気の無い場所にきたのか？　随分と辺りを見回してたから、迷ってるのかと思って声を掛けたんだが……」

スケッチブックを抱えた透子は、最初は笑顔であったが、次第に口角が下がっていき眉《まゆ》を八の字にして情けない顔になってしまう。

「……水嶋様の言う通りです。恥ずかしながら、実は迷子になってます」

「やっぱりか」

「スケッチするものを探してたのは本当なんですが、勘で歩いてたら帰り道を見失いました」

ガックリと肩を落とした透子を見て恭介は何とも言えない顔をしている。

椿も何とも言えない顔をしていた。

「うっかりにも程があるだろう……」

「わ、分かってますよ！　でも、いくら鳳峰学園が広くても、歩いていればいつかどこかの場所に出られますから、きっと大丈夫です！」

「校内で迷って捜索願いを出されないといいな」

「さすがにそれはないですよ。多分、恐らく……な、ないですよね？」

自信なさげになっていく透子の言葉に恭介は思いっきり噴《ふ》き出してしまう。

「ちょっと！　水嶋様！　笑うなんてひどいじゃないですか！」

「……悪い。夏目の不安そうな顔を見たらつい」

「理由が酷《ひど》いです！」

「悪かった。もう笑わない。ちゃんと僕が美術室まで送ってやるから」

「え？　水嶋様が送ってくれるんですか？」

「一人で戻れないんだろう？　で、もう行くか？　それとも、ここで絵を描《か》くか？　僕はもう家に帰るだけで用事が無いから暇だけど」

恭介の提案を聞いた透子はスケッチブックを抱えたまましばらく考え込んでいたが、恐る恐るといった風に彼に話し掛ける。

「あの、水嶋様が帰る時間になるまで待っててくれますか？」

「構わないよ。どれを描くつもりなんだ？」

「あの木にします」

比較的大きな木を指差した透子は、その場に座り込んでスケッチブックを開いて描き始める。

立っていても仕方が無いと思ったのか、恭介も少し距離を置いて透子の隣に腰を下ろした。

長居しそうな二人に身をかがめていた椿は片膝をそっと上げてクラウチングスタートのような体勢になる。

それにしても、人気のないところでこうして二人で話しているのを見た椿は、『恋花』で似たような流れがあり、最後に恭介が透子の頭に花冠《はなかんむり》をのせるというスチル付きのイベントがあったことを思い出す。

けれど、あれは好感度的に今の時期には絶対に起こらないイベントのはず。間近で見られると思ったのに、残念、と椿はこっそり足を入れかえた。

一方、透子は真剣な表情で描きながらも、恭介から話し掛けられ律儀《りちぎ》に答えている。

「夏目は絵を描くのが好きなのか？」

「好きですよ。描くようになった切っ掛けが、小学校一年生の時に写生大会で金賞貰ってすごく嬉しかったからっていうだけなんですけど」

「ふ～ん。じゃあ、将来は画家になりたいとか？」

「あ、いえ。私は絵画《かいが》修復家になりたいんです。鳳峰大学の芸術学部に修復家で有名な先生が居て、その先生に教わりたいので、確実に芸術学部に入れるように高等部に入学したんです。ほら、成績順に希望する学部に入れるシステムじゃないですか」

「そういえば、そうだったな。それで鳳峰に入学したのか」

へぇ、などと言って恭介は興味が無さそうにしているが、透子は何か気になることがあるのか、絵を描く手を止めて顔を上げた。

「そういえば、私は迷子になってましたけど、水嶋様はどうしてここに来たんですか？」

「……家に帰っても特にやることが無かったし、暇でも潰《つぶ》すかと校内を歩いていたら裏庭の方へ迷いなく歩いて行く夏目を見掛けたんだ。何をしてるのか気になって声を掛けようかと思ったんだが、タイミングを失って後を追う形になっただけだよ」

「その場で声を掛けてくれても良かったのに」

「人前で話し掛けたら外野が色々と面倒だなと考えてたら、夏目が奥へと進んでいって、意地になって追いかけたんだ」

「あぁ、そうだったんですね」

良い感じに会話をしている二人であったが、椿はやや足が疲れてきていた。

二人が会話に気を取られている隙《すき》に、椿は足を入れかえる。

「……それにしても夏目は足が速いな。全然追いつけなかった」

「裏庭の広さにワクワクしてしまって……」

「子供じゃないんだから……まぁ、無駄に広いから仕方ないか」

「本当ですよ」

「誰かさんは迷子になってるしな」

「真っ直《す》ぐ歩いているから戻れると思ってたんです！」

透子が本気で怒っている訳ではないだろうがムキになって言い返すと、恭介は表情にこそ出してはいないものの、肩が震えており笑いを堪《こら》えているようである。

「悪かったよ。もう言わない」

「約束ですよ」

「分かってるよ。だが、今度からは校舎近くの場所を選ぶことをお勧めしておく」

「……肝《きも》に銘《めい》じておきます」

この年で迷子になったことを恥じているのか、透子は弱々しい声で答える。

彼女を落ち込ませてしまった恭介は気まずかったらしく、慌《あわ》てて話題を変えた。

「あ～……、夏目は、その、さっき絵が好きだと言ってたが、休日に美術館とかに行ったりするのか?」

「……行きますよ。たまにですけど。好きな画家の展覧会をしてたら足を運ぶって感じですね」

「ふーん」

美術館に行くことを聞いた恭介は急に黙り込んでしまった。

透子はチラッと恭介を見るが、自分の邪魔をしないように黙っているのだと思ったのか、再びスケッチブックに視線を戻して描き始める。

シーンとした中、透子の鉛筆の音が辺りに響く。

恭介は手持ち無沙汰《ぶさた》になったのか、少し体勢を変えて透子に背中を向け、なにやら手を動かし始める。

椿の方からは死角になっていて、恭介が何をしているのかは全く見えない。

椿の足にそろそろ限界がきそうになっていた時に、ようやく透子が描き終えたのかスケッチブックを閉じた。

これで帰れる！　と椿は茂みの向こう、つまり恭介と透子の方に視線を向ける。

「終わったのか?」

「はい。後は美術室に戻って仕上げます」

「そうか。じゃあ、送っていくよ。こっちだ」

二人が立ち上がり、二、三歩歩き始めたところで急に恭介が立ち止まって「あぁ、そうだ」と口にした後で振り向き、透子と視線を合わせた。

「いい暇つぶしになった。これはその礼だ」

恭介は手に持っていた白詰草《しろつめくさ》の花冠を彼女の頭にパサッと載せる。

それを見ていた椿は口をあんぐりと開けたまま、混乱し始めていた。

透子は頭に載せられた花冠を触って困惑の表情を浮かべているが、椿はそれどころではない。

起こらないと思っていたイベントが椿の目の前で起こっているからである。

今のは、『恋花』で恭介の好感度が七〇を超えないと見られないスチル付きのイベントだったはず。

そのイベントは春限定で一年目は好感度が足りず、一〇〇％絶対に起こすことは無理だと言われていたイベントである。

さらに、恭介の好感度を上げるためには放課後に彼女と会って好感度が上がってるんだか上がってないんだか分からない会話をしなければならない。

ついでに言うと、恭介のミニキャラをクリックしても出てくるのが椿、というフェイクも含まれているので、このイベントを起こすにはセーブ＆ロードが必須になっているのだ。

お前一年目の四月の時点で好感度七〇％オーバーなのかよ！　どんだけ夏目さんに対して好感度高いの⁉　これで好きじゃ無いとか嘘だろう、と椿はクラウチングスタートの体勢のまま脳内でツッコミをいれる。

椿のツッコミなんて全く知らない恭介と透子は会話を続けていた。

「あ、これ花冠ですか？　上手ですね……っていうか器用ですね！」

「あぁ、子供の頃に椿に教わった」

「朝比奈様にですか？　そういえばイトコですもんね。近くに住んでるとそういう思い出があって良いですよね。羨《うらや》ましいです」

恭介のセリフを聞いた椿の顔は般若《はんにゃ》となり、そこは本で読んだとかにしておけよ！　他の女から教わったとか言ったら好感度が上がる訳ないだろうが！　ていうかゲームの時は本で読んだとか言ってたでしょうが！　と彼を心の中で思いっきり罵倒した。

椿は般若顔のまま恭介を睨み付けているが、ここに居ることなど知りもしない彼は表情を変えることはない。

「ちなみに子供の頃の朝比奈様ってどんな感じだったんですか？」

「……よく僕の手を引っ張っては外に連れ出していたな。どちらかというとお転婆《てんば》の部類に入るんじゃないか？」

「意外ですね。今の落ち着いた朝比奈様からは考えられないです」

「いや、そん……ああ、そうだな。年相応の落ち着きになった、と思う」

そんなことはないと恭介は言おうとしたのだろうが、椿が周囲にどう見られようとしているかを思い出したのか、そこはバラさないでくれた。

「夏目は……その、椿が噂で言われているような奴だと思ってるか？　他の奴と同じで傲慢《ごうまん》で我が儘《まま》で他人を見下してる奴だと思うか？」

「朝比奈様が噂通りの人だったら、私みたいな一般人が近寄っても無視されるだけだと思いますよ？　それか朝比奈様に文句を言われるかのどっちかでしょうね。それに片方だけの意見を聞いて決めつけるのは間違ってると思います。だから私は噂を信用してません。ちゃんと相手と話をして、その人がどういう人なのかを知った上で、自分で決めたいと思ってます」

「……じゃあ夏目からは、椿がどういう人間に見える？」

「私から見た朝比奈様は、自分にも他人にも厳しい人だって印象です。でも、質問したら答えてくれますし、根が真面目な方なんだと思います。突き放すような物言いをしているので、見下してるとか怖いとか思われてるだけなんじゃないですかね？　ちょっと勿体ないですよね」

それを聞いて般若と化していた椿の表情が真顔《まがお》へと戻った。

まだ、会って一ヶ月ほどしか経《た》っていないのに、透子は噂に惑わされず根が真面目かどうかは別として、椿をきちんと見てくれている。

椿の友人である鳴海から話を聞いていたこともあるのだろうが、それでも最初から避《さ》けないでくれていたことが彼女は心の底から嬉しかった。

「もしも椿が話し掛けて、夏目が困ってたりしたらどうしようかと思ってた。……実は、去年の夏のことで僕が夏目に礼を言いたいからと、椿に無理を言ったから動いてくれてただけなんだ」

「あ、そういう事情だったんですね。確かに水嶋様と二人で話していたら大騒ぎになりそうですもん。それで間に入ってくれたんですね」

「あぁ、だからそれを聞いて安心したよ」

「むしろ私は朝比奈様とお話しできて嬉しかったです。私、朝比奈様のことすごく格好いい人だと思ってるので。あと私の憧《あこが》れの人にそっくりなんですよ」

瞬間、椿は心の中で、えぇー!?　どこが!?　どこを見て格好いいと!?　と叫んだ。

声に出さなかったことを褒めてもらいたい。

口を開けて透子を凝視している椿と違い、恭介はなぜかとても嬉しそうな顔をしていた。

「そうか」

「はい！　ということで、水嶋様。朝比奈様の好きな食べ物とか口癖とか色々教えて下さい」

「本人に聞いたらどうだ？」

「清香ちゃんから人前で話し掛けると私が困ることになるって言われてるんですよ。月に二回の図書当番の時しかチャンスが無いんです」

「そういうことなら、送るついでに教えてやるよ」

「ありがとうございます！」

楽しそうに会話している二人とは裏腹に、椿はクラウチングスタートの体勢を戻し両膝をついた状態で、頭をガックリと落として、どうしてこうなったのか、と嘆いていた。

椿が嘆いている間にも二人の会話は進んでいる。

「ああ、そうだ。去年の夏の礼も兼ねて今度、僕と美術館に行かないか？」

「水嶋様と二人で、ですか？」

恭介が頷いたことで、彼と二人で出掛けると知った透子は困惑している。

椿は今すぐ飛び出して恭介のお尻に膝蹴《ひざげ》りをお見舞いしたい気持ちになった。

透子は、出会って一ヶ月しか経ってない、友達でもない男と二人で出掛けるような人ではないはずだ。

現に透子はどう返事をしようかと悩んでいるようで、口を閉ざしている。

ハラハラしながら椿は二人を見守っていた。

「……っ、椿も……椿も来る、から」

「え⁉　朝比奈様もですか⁉　じゃあ、行きます！　ぜひ！」

ツッコミ所《どころ》が満載すぎて椿はツッコミきれない。

恭介には人を巻き込むなと言いたいし、透子には食いつきが早すぎると言いたい。

「じゃあ、今月か来月の土日で暇な時があれば教えてくれ。これが僕の携帯番号とメールアドレスだ」

「あれ？　私に携帯番号を教えて大丈夫なんですか？」

「夏目は悪用しないだろ？」

「する気もないですけど……。水嶋様は人を簡単に信用し過ぎだと思います」

普段の恭介ならば、出会って一ヶ月の友人でもない異性に自分から携帯番号を教えることなど絶対にしない。

だからこそ、恭介が透子に対してかなり好意を抱いているということとなる。

「いいから持っとけ。そろそろ行くぞ」

その場で急いでアドレスと番号を書いた紙を透子に押しつけ、恭介はさっさと歩いて行ってしまう。

透子も紙をしまって恭介の後を追いかけて居なくなってしまった。

二人が立ち去ったことで椿はようやく茂みから出ることができたのである。

「……傍《はた》から見たら、イチャイチャしてるようにしか見えなかった」

イベントスチルを見たいという願望はあったが、実物を見たら見たで感動するどころか胸焼けを起こしてしまった。

だが、ここでゲームのシステムとは違う二年目のイベントが起こったということは、やはり透子が恭介と結ばれる、ということなのだろうかと椿は期待してしまうが、二人の話の内容はゲームのイベントとはほど遠いものである。

まさか透子から格好良い人だと思われていたなんて椿は知らなかったので驚いた。

それよりも何よりも、目下《もっか》の問題は恭介である。

彼はあっさりと簡単に椿を巻き込んでくれやがったのだ。

これは後で絶対に椿に美術館へ行こうとの誘いがある。

面倒だな、と椿は思いつつも、二人の仲を早く進展させるためには行った方がいいのは分かっているので、今月の休日に予定があったかどうかを考え始めた。


【4】


恭介と透子のイベントを見た数日後、椿の携帯に恭介から『再来週の土曜日、美術館に行くぞ。夏目も一緒だ』という簡素なメールが届いた。

ああ、再来週に決まったのか、と椿はとりあえず一回は断っておこうと『えー』とだけ書いたメールを送信すると、すぐに恭介から着信がきた。

「はい、もし」

『僕が夏目と二人で出掛けたのが周囲にバレたら大変だろう。いつもレオと二人にならないようにフォローしてるんだから、お前も協力するべきだ』

「最後まで言わせてよ！　必死すぎでしょ！　そこまでして美術館に行きたいわけ⁉」

『で、行くのか？　行かないのか？』

「いや、行くけどさ」

『じゃあ、よろしく』


という恭介との電話の後、あっという間に透子と美術館に出掛ける日がやってくる。

朝比奈家の車に乗り、美術館へと到着した椿と恭介は車に志信《しのぶ》を待たせて、先に到着していた透子と合流し、美術館へと入った。


椿は二人で会話をしてもらうため、黙って後ろにいたのだが、なぜか透子の方が振り返っては彼女に話し掛けてくる。

どうぞ、私のことなど背景だと思って二人で喋ってて！　と椿は思いながら曖昧《あいまい》な笑みを浮かべて返事をし、透子の視線を恭介へと戻す、という作業を繰り返していた。


「……で、椿と笹舟《ささぶね》を作って温室の水路から流して競争したんだ」

「それ、どっちが勝ったんですか？」

「確か椿の方だったな。その後、何度もやったけど、勝った回数は悔しいけど椿の方が多かった。

最後辺りは僕が勝ってたけど」

「笹舟でも全力を出すなんて、さすが朝比奈様ですね。あと、水嶋様って負けず嫌いなところがあるんですね。そういうのには、あまり興味の無い人だと思ってました」

「そりゃ、誰だって負けたくはないだろ」

「そうですか？　私は勝てたら嬉しいな、って感じなので、負けても特に悔しいとかはないんですけど。……あっ！　朝比奈様は負けるのが嫌いだったりします？」

透子に笑顔で問われた椿は素っ気《そけ》なく「人並みですわ」とだけ答える。

今の椿はおまけだ。付属品だ。

だから主張してはいけない、と分かっているものの、椿は恭介に頭突きをしたくてたまらない。

なぜ、椿の話題をわざわざ透子に振るのか。

もっと他の話もあるだろうに、椿の話をしても透子の好感度は高くならない。

笑顔で話を合わせてくれているが、内心どう思っているかなんて分からないのだ。

透子には今日、楽しいと思ってもらい、次も恭介と出掛けたいと思ってもらわなければならないというのに、と椿は思いながら素知らぬ顔をして展示品に目を向ける。

「お前、もうちょっと愛想良くしろよ。会話のキャッチボールくらいしろ」

「み、水嶋様！　朝比奈様は作品を見ていて邪魔されたくないのかもしれませんし」

「……恭介さん、ちょっとこちらにいらしてくださる？　ああ、夏目さんはこちらでお待ちになってて？」

気を遣って黙っていた椿に対する恭介の言い種《ぐさ》に、彼女は我慢できなくなった。

椿は物陰に恭介を連れて行き、真正面から思いっきり睨み付ける。

「何、人の話題を出してくれてんのよ。夏目さんが気を遣って話を合わせてるだけかもしれないでしょ。学校のこととかを話しなさいよ」

「……仕方ないだろ。お前の話を出すと食いつきがいいんだから」

「だからって会話に困った時に私の話題を出されても困るんだけど。折角《せっかく》、人が邪魔しないようにしてるんだから」

「分かった。分かったよ」

これ以上椿から五月蠅《うるさ》く言われたくないという気持ちが丸わかりの返事であったが、彼女もこれ以上透子を待たせておけないと思い、話を終える。

「あ、お話は終わりました？」

「ええ、意見の統一を行っておりました。さぁ、参りましょうか」

「え？　あ、はい」

椿は頭にクエスチョンマークを浮かべている透子の背中を押して移動を促《うなが》す。

その後も、あれだけ注意したのに恭介は椿の話題を時折出しては彼女に睨まれるということを繰り返していた。

ようやく見終えた頃にはお昼近くになっており、椿が美術館に併設されているカフェか、他の店に食べに行くかを悩んでいると、恭介がポケットから携帯電話を取りだし、「ちょっと出てくる」と言って外に出て行ってしまう。

「電話ですかね？」

「でしょうね」

と言ったっきり、椿と透子の会話は終わり、沈黙が続く。

だが、椿はこれはある意味でチャンスなのではないかと思い、恭介が居ない内に透子が本音では彼のことをどう思っているのか、迷惑だと思っていないのかを聞いてみようと考えた。

「……夏目さんは、高校生活をどのように過ごしたいと考えていらっしゃるの？　友達を百人作りたいと思っているとか、あまり目立ちたくないとか、卒業できればそれで良いと思ってるとかありますか？」

「高校生活ですか？　友達はもう清香ちゃんが居ますし、百人も作りたいとは思ってないです。目立ちたくないのはありますけど、お金持ちの人が大半だから一般家庭の私が目立つのは仕方ないかなって思ってます。でも、鳳峰学園に入ったからには楽しみつつ学びたいですね」

「……そうですか。そ、それと、恭介さんが夏目さんに話し掛けているのは、迷惑ではありませんか？」

「迷惑じゃないですよ？　むしろ何で私に？　って疑問はありますけど」

取りあえずは透子に迷惑だと思われていないと知り、椿は安心する。

「なぜ、と仰《おっしゃ》いましたけれど、恭介さんは家庭の事情もあったのですが、幼い頃から水嶋家の御《おん》曹司《ぞうし》だからとすり寄られることが多くて、軽く人間不信なんですの。それで、夏目さんから親切にされて、それが見返りを求めない下心のない優しさだったので、感動したと申しますか。簡単に申し上げますと、恭介さんは夏目さんとお友達になりたいのだと思います」

「……落とし物拾って届けただけですよ？」

「それだけ、これまで見返りを求められることが多かった、ということですわ。だからこそ恭介さんは嬉しかったのでしょうね」

「普通に親切にしただけなのに……」

そんなことで？　という文字が透子の顔に浮かんでいる。

一般家庭で育った彼女には、すり寄られるということがピンとこないかもしれない。

「ですので、これからも恭介さんが話し掛けると思いますが、もし迷惑だとか困るとかございましたら私でもよろしいですし、言いにくいのであれば、藤堂《とうどう》千弦さんや杏奈さんにでも仰って下さい。藤堂千弦さんは御存《ごぞん》じかしら？」

「あ、はい」

「最後に私の耳に入ることは変わらないのですが、私に言いにくいからと我慢なさってストレスを溜め込むのはよくありませんから。遠慮せずに仰って下さいね」

透子と恭介にはくっついてもらいたいが、大事なのは彼女の気持ちだ。

恭介から構われることが困ると透子が思った場合は、椿が彼を止める。

無理強《じ》いしても良いことなどないし、困るという気持ちは椿が一番よく知っているからだ。

と、そこへ電話を終えた恭介が戻ってくる。

「家に戻ってこいとかの電話でしたの？」

「いや、大したことじゃない」

「そう。では、昼食はどうします？　併設されているカフェはここから拝見する限り混んでおりますし、外に出た方がよろしいかと思いますが」

「そうだな。夏目、何か食べたいものはあるか？」

「え？　そうですね。うーん……特にありません。何でもいいです」

「そんなことを仰るとゲテモノ料理になりますわよ？」

すぐさま透子がとんでもなく驚いた表情を浮かべながら、椿の方を見てくる。

「ゲ、ゲテモノ⁉」

「落ち着け夏目。椿の嘘だ。冗談だ」

即座に椿は携帯電話を取りだし志信に電話を掛ける。

「不破《ふわ》、ゲテモノ料理のお店を探して頂戴《ちょうだい》」

スピーカーにしていたお蔭《かげ》で志信の『畏《かしこ》まりました』という声が周囲に響く。

「本気ですよ！　朝比奈様、本気ですよ！」

「椿！　イタリアンかフレンチにしよう！」

「水嶋様！　私、正式なマナーが分かりません！」

「じゃあ、何でも良いから食べたい物を口にするんだ！」

透子はブツブツと「何か……何か……」と言いながら忙しく目を動かしているが、すぐに食べたいものが思い付いたのか、彼女は勢いよく手を上げた。

「朝比奈様！　私、カツ丼が食べたいです！」

「カツ丼ですか？　では、そうしましょう。不破、お店を探して頂戴」

すぐに志信の『畏まりました』という声が聞こえてきた。

途端に恭介と透子は安堵《あんど》の表情を浮かべる。

昼食のためにカツ丼のお店に移動した一行は美術館でのことや学校の話などをして、昼食後に解散となり、透子を彼女の家まで車で送り届けた。

椿だけが色々と疲れた一日ではあったが、恭介と透子の距離は縮んだ気がする。

こうして三人での奇妙なお出掛けが終わった。

【5】

『椿様、レオン様からお電話です』

休日の午前中に自室で勉強をしていた椿は、純子《じゅんこ》からの知らせを聞くと扉を開けて彼女から受話器を受け取る。

椿はレオンに携帯電話の番号を教えていないので、今もこうして家の電話に彼から電話が掛かってくるのだ。

「もしもし」

『椿か？　久しぶりだな。体調を崩《くず》したりしてないか？』

「早寝早起きを心掛けているし、ちゃんと運動もしてるから大丈夫よ。レオンこそ、こんな時間に電話を掛けてきて大丈夫なの？　睡眠不足になるわよ？」

『いつもはもっと早い時間に寝ているから大丈夫だ。……まぁ、俺の近況はどうでもいい。今日の本題は恭介のことだ』

「恭介の？」

『気になる女が出来たんだろう？』

「……監視でもしてるの？」

『違う！　恭介が言ってたんだ。同い年の女子の誕生日プレゼントに何を送ったら喜ばれるのかって聞かれたら誰だってピンとくるだろう』

なるほど、と椿は納得すると同時に、レオンがプレゼントに何を勧めたのかが気になった。

「それで、何て答えたの？」

『洋菓子の詰め合わせでも贈ったらどうだ？　と答えたな』

「予想外にまともな答えだわ」

『相手は一般家庭の女だと恭介から聞いていたからな。大体、恭介が気に入っている相手なんだから、ブランド物やジュエリーを欲しがるような女じゃないことは分かる。だから日常で使えるようなものが良いんじゃないかと思ったんだが、誕生日が八月だって聞いて一般受けする手袋とマフラー、膝掛けは季節的に無理だし、タオルやハンカチのみだと味気ない。それに知り合って間もない間柄だから、洋菓子の詰め合わせと言ったんだが……』

「それで、恭介の返事は？」

『椿がプレゼントされて喜ぶものは聞いてない、と言われたな。全く人のアドバイスをなんだと思ってるんだ、あいつは』

真面目に答えてやったのにとレオンはブツブツ言っているが、椿もレオンと同意見である。

少なくとも彼は、与えられた情報から最適な答えを導き出している。

『だが最後には検討してみると言ってたから、変な物は贈らないだろう。近いうちにあいつに向かって指を指して爆笑する準備をしておかないとな』

「爆笑する準備？」

『ああ、俺と恭介との間で話したことだ。気にしないで欲しい』

「そう？」

何か引っかかるものを椿は感じたが、秘密の話だとしたら聞くのは悪いだろうと思い、詳しく聞くことはしなかった。

『それから、今年は夏に日本へ行けなくなった』

「あら、そうなの？　家庭の事情？」

『そんな感じだ。色々と準備があってね』

「大変ね。まぁ頑張って」

準備ということは、パーティーの主催でもやるのだろう。グロスクロイツ社の御曹司というのも大変だと椿は思った。

『じゃあ、そろそろ切るぞ』

「はいはーい。元気でね」

『お前もな。あとドイツから恭介とその女が上手く行くことを祈っているよ。かなり切実にな』

「あー、はい。そうね。それじゃ」

『また来月電話する。またな』

電話を切った椿は、曖昧にしてきたレオンとの関係をハッキリさせなければならない時期が近づいてきていることに気が付いた。

恭介が透子と付き合い、それが周知されれば、必然的に椿はフリーとなる。

そうなった場合、これまでレオンと必要以上に親しくすることを避けてきた椿は、彼ときちんと向き合わなければならない。

だが、今は恭介と透子のことだ。二人が上手く行かなければどうにもならないのだ。


椿がこうして気に掛けている真っ最中に、またもや恭介が彼女を餌《えさ》に透子を誘ったようで、いつの間にか水嶋家と朝比奈家＋透子で花火大会に行くことになっていたことを図書当番中に透子本人から知らされた。

話を聞いた椿は図書当番中であったが、恭介の胸ぐらを掴《つか》んで揺さぶりたい衝動に駆られるもすんでのところで耐えた。が、事前に知らせておいて欲しいと彼女は切実に思う。

帰宅後に椿は他にも人が居れば透子も緊張せずに済むだろうと思い、彼女の部活仲間である杏奈を誘って参加してもらった。

ちなみに鳴海にも声を掛けたのだが、家族旅行があるから行けないと断られていた。

非常に申し訳なさそうに口にしていたので、誘った椿が気を遣って大丈夫、平気だとフォローしたくらいである。

そんなこんなで一学期が終わり、高等部は夏休みへと入り、花火大会の日を迎えた。着物へと着替えた椿は、同じく着物を着ている家族達と一緒にホテルまで向かい、ホテルのラウンジで伯父《おじ》達と合流する。

少しして、ワンピース姿の杏奈と透子が到着し、椿達がどこに居るのかと周囲を見回している二人の許へ恭介が迎えに行き、全員が揃った。

透子が到着した時からソワソワして落ち着かない様子だった菫は、大人達が話をしているのを見ながらも我慢できなくなったのか、ためらいがちに彼女へと声を掛ける。

「……ごきげんよう、夏目様。あの、お久しぶりです」

「あ、こんにちは……じゃなかった。ごきげんよう。私のこと覚えてる？」

「もちろんです！　もう一度お会いできて嬉しいです。お元気でしたか？」

「元気だよ。菫ちゃんも元気？」

「はい！」

笑顔で会話をし始める二人を椿はにこやかな笑みを浮かべながら見つめていたが、予約の時間が近づいていたこともあり、一行はレストランへと移動を始める。

さり気なく恭介が透子の隣に陣取っているのを見た椿は、ちゃっかりしてるなぁと呑気《のんき》に思っていた。

伯父と両親が先導する形でラウンジを後にしようとしていた椿の耳に、同じくラウンジに居た上流階級に属すると思われる女性達の声が聞こえてくる。

「今の、水嶋社長でしょう？　後ろにいらっしゃるのはご子息《しそく》かしら？」

「そうでしょうね。水嶋社長とお顔がよく似ておりますもの。……ところで隣の方は御存じ?」

「さあ？　見覚えがございませんわね。水嶋様も大変ね。ああいった方にすり寄られるのだから」

「見た目からしても釣り合っておりませんもの。先程の会話からして全く礼儀がなっておりませんし、大した躾《しつけ》もされていないのに、水嶋様方とご一緒なさるなんて……」

「恥知らずもいいところですわ」

この声は透子にも聞こえていたようで、ラウンジから出た彼女は立ち止まり、手をギュッと握り下を向いてしまう。

勝手なことばかり言う女性達に対して憤《いきどお》りを感じた椿は透子をフォローしようとしたが、先に恭介の方が動いた。

「下を向くな」

「え？」

「あの手の人間は自分よりも立場が下の人間を好んで攻撃するんだ。よく知りもしない相手を、ああも悪く言える下らない人間の言うことを真《ま》に受ける必要は無い。と、僕が言っても夏目は真面目で優しいから、相手の汚い言葉に傷つくんだろうな。けど、これだけは覚えておいて欲しい。周囲が何を言おうと、僕は夏目のことを信頼しているし心から尊敬している。この僕が言ってるんだから、もっと自分に自信を持て。いいな」

真剣な表情で語る恭介を透子はしばし見つめていたが、やがて満面の笑みを浮かべて、しっかりとした声で「はい」と口にした。

「皆さん、立ち止まってどうなさったの？」

母親から声を掛けられ、椿達は母親達の許へと急いで向かう。

杏奈達と話をしながらホテル内のレストランへと到着し、個室に案内された。

「伯父様、今日は懐石《かいせき》料理なんですね」

「あぁ、フレンチにしようかと思ってたんだが、恭介が和食が良いと譲らなくてな」

「へぇ」

ニヤニヤとした笑みを浮かべた椿が恭介の顔を見てみると、彼は気まずそうに顔を逸《そ》らした。

前回、透子と美術館に行った時に彼女が正式なマナーが分からない、と言っていたことを覚えていたようである。

「それにしても、恭介から花火を見に行かないかと誘われた時は驚いたな」

「あ、いや」

「去年、出席した朝比奈家の花火クルージングが楽しかったのでしょうね。私も去年から恭介さんに花火のことを口うるさく申し上げておりましたから、今回のことを企画して下さったのでしょう」

どうせ椿にせがまれたからとか透子に説明したに違いないと踏んでいた彼女は、さり気なく恭介をフォローする。

「そうか、椿が言っていたからか。恭介が言ってくるのは珍しいと思っていたんだが、それなら納得だな」

あっさりと納得した伯父を見て、彼の中で椿が恭介を振り回す存在だと認識されていることが、彼女は納得できなかった。

一方の恭介は真正面に座っている透子と話している真っ最中である。

「夏目、夏休みはずっと部活なのか？」

「活動は自由ですけど、文化祭の作品制作があるので、ほとんど毎日学校に行ってます。他の部員も結構来てますよ。ね、八雲さん」

「そうね。文化祭で展示する作品を描いたら、人は減るとは思うけど。今のところは出席率が高いわね。あと、夏休みの後半は美術館で鑑賞活動もあるし」

「ルノワール展だったよね。私、楽しみなんだ。八雲さんも参加する？」

「勿論」

なるほど、透子は杏奈に対してはタメ口で話しているのか、と椿は関係ないことを考えていた。

それは恭介も同じだったようで、杏奈のことを羨ましそうに見ている。

杏奈は杏奈で椿と恭介の視線をどこ吹く風で流していた。

「私、鳳峰学園の文化祭を楽しみにしてるんだよね。校門から玄関までの通りに色んなお店が出たりするって先輩から聞いてるから」

「あと、グラウンドに脱出ゲームの施設とか、おもちゃの銃を持って化け物退治していくゲームの施設を設置するって聞いてるわね」

「……規模が違いすぎる」

「一応、クラスの出し物もあるから、接客がある出し物だとあまり見て回れないかもね」

「九月に話し合いがあるんだよね。何になるんだろう。でも二学期は色んな行事があるから楽しみ」

色んな行事と聞き、椿は『恋花』でルート確定の重要なイベントになっている行事を思い出した。

「確か……十一月に鳳峰学園の創立記念パーティーもございますわね。夏目さんはもう準備が終わっているのかしら？　まだでしたら、私達で答えられることならお答えしますわ」

「え⁉　もう夏休みから準備を始めなきゃいけないんですか！」

「ドレスの用意や他のアクセサリーや小物などもございますし、早い方ですと去年から準備しておりますわね」

「去年から⁉　……どうしよう、何も考えてませんでした」

「保護者の方には説明がされていると思いますが、外部生の方のために学校側がドレスや小物を用意して下さるので大丈夫ですわ。えーと……お母様、いつまでに申し込まなければいけないんでしたっけ？」

ゲーム内で透子も美緒も学校側からドレスを借りていたので、椿はそういったものがあることを知っていたが、いつまでに申し込むのかまでは知らなかった。

「確か、九月中ではなかったかしら？　カタログの中からドレスや小物を選べる形式だったと思うわ。申し込み方法も用紙が配られる訳ではなくて、利用する生徒は担任の先生に申告して用紙を貰わなければならなかったと記憶しているけれど」

「ありがとうございます！　忘れないように気を付けます」

「それと、創立記念パーティーではダンスがあるのだけど、これも学校側からレッスンの案内があるはずだから受けておいた方がいいわね」

ダンス、と聞いた透子は思いっきり顔を引き攣《つ》らせている。

透子は母親にもっと詳しい話を聞きたそうにしていたが、ここで花火大会が始まるという知らせをスタッフから聞いたため、子供達は個室の外のバルコニー部分へと移動を始める。

「お母様、ダンスレッスンは男子は男子、女子は女子で別々なのでしょうか？」

「ええ。そうよ」

ゲーム内と同じくこちらでもレッスンは男女別なのだと知った椿はそのまま外に出て、透子へと近寄る。

「夏目さん。ダンスレッスンは男女別だそうです。身長差のある方と本番で踊ることになりますが、大丈夫そうですか？」

「感覚が分からないと難しいかもしれませんけど、でも最悪の場合は壁の花でも」

「だったら僕が教えてやろうか？」

唐突に話に入ってきた恭介の言葉を聞いた透子と椿は同時に驚いた。

『恋花』内でも透子にダンスレッスンをするイベントがあるからこそ、椿も驚いたのだ。

「え？　いや、私はすごく助かりますけど、水嶋様は忙しいでしょうし迷惑でしょう？　それに私と踊ってくれる男子は居ないと思いますから、大丈夫ですよ」

「僕は下らない人間の言うことを真に受ける必要は無い、と言ったが、相手に文句を言わせないように自衛することも大事だ。ああいう人間は相手の失敗をこの上なく喜ぶ。そういった人間から身を守るためにもダンスに慣れておいて損はないだろう？」

透子は先程、女性達から言われたことを思い出したのか小難しい顔をして黙ってしまった。

だが、恭介の言う通りだと判断したのか、彼に向き直り「じゃあ、よろしくお願いします」と頭を下げる。

「椿、お前も来いよ」

「やはり私もですか」

「当たり前だろう。僕が夏目と二人きりになったら色々と五月蠅いことを言う輩《やから》がいるからな」

「分かっておりますわ。僭越《せんえつ》ながらお手伝い致します」

椿も参加すると聞いた透子は途端に顔を綻ばせる。

「朝比奈様も教えてくれるんですね。よろしくお願いします」

「えぇ。こちらこそ」

「あと、聞きたいことがあるんですけど、どんなドレスを着ていけばいいんですか？」

「学校側が用意したドレスをカタログから選ぶということですから、間違ったものは載ってないはずです。お好きなデザインのものを選んで大丈夫でしょうね」

椿が答えると、途端に透子の表情が曇《くも》る。

「……あの、やっぱり袖のないやつじゃないとダメなんですよね？」

「袖？」

「あの、えーと……そう、ストラップ！　ストラップです！　私、ストラップのないドレスに対する信頼が全くないので、出来ればずり下がる心配のないドレスがいいなって思ってるんです」

ストラップのないドレスに対する信頼がない、という部分が恭介のツボにはまったらしく、彼は口を手で押さえて体を震わせている。

明らかに笑っている恭介を見た透子は彼の背中をバシッと叩き、「そんなに笑うことないじゃないですか！」と頬を膨らませて抗議していた。

「悪い。予想外の答えに我慢ができなかった」

　笑いすぎですよ！　などと話している二人を見ていた椿は、いつの間にか隣に杏奈が来ていたことに気が付く。

「いい雰囲気ね」

「でしょう？　何より恭介さんが幸せそうで本当に良かった。夏目さんも迷惑には思ってないようですし、そこは安心ですわね」

「で、ダンスレッスンはどこでするの？」

「学校の空き教室でしょうね。生徒が来ない場所なら心当たりがありますから、そう簡単に見つかりはしないと思います」

　杏奈と椿が話している間に、花火大会が始まり、夜空に次々と花火が打ち上がる。

　椿は合間にチラッと恭介と透子の様子を窺ってみるが、「今のすごかったですね」「煙がないと綺麗に見えて良いな」などと楽しそうに話をしている。

　中々に良い雰囲気であるし、物凄くお似合いの二人だと椿は思っていた。

　このまま上手く行って欲しいと切実に願うばかりだ。

【6】

杏奈や千弦と出掛けたり、志信にコンビニへと連れて行ってもらったりと、かなり充実した夏休みを終え、二学期が始まった。

二学期のメインは文化祭。今年の文化祭で椿のクラスは人探しビンゴをすることに決まった。

単純に仮装した生徒達が高等部の校舎内に散らばり、客がビンゴカードに書かれている〝○○の仮装をした人〟を探しだし、本人からハンコを貰ってビンゴを完成させる、というもの。

仮装しない生徒達は制服に目印を付けて、どこら辺に仮装した人が居るのかのヒントを客に教える役目をすることになっている。

そして文化祭当日、仮装担当になっていた椿は更衣室でカタログから選んだ赤いチャイナドレスに着替え、美容師に髪を結ってもらっている。

椿のクラスの出し物である人探しビンゴであるが、あらかじめ決められたエリアから出なければ行動は自由なので、出し物のスタッフをやりつつ他のクラスの展示や出し物も楽しめるのだ。

ということで、椿は午前中エリア内にあった千弦や佐伯《さえき》のクラスの出し物を見ながら時間を過ごした。

ちなみに、チャイナドレスの人と書かれたビンゴカードは一枚しか存在せず、また使われることもないだろうと思い、午前中、椿は割と自由に行動していたのである。

午後になり、美術部の受付を終えた杏奈と椿は合流し、パンフレットを広げた二人は椿が担当するエリア内にある出し物を見ていく。

「ガラス細工がございますが、これは職人さんに作ってもらったものかしら？」

「でしょうね。普通に売ってるものよりお手頃価格で買えるんじゃない？」

などと話をして、椿と杏奈は教室棟Ｂの一階まで移動し始めるが、途中で彼女は一人廊下で佇《たたず》む恭介を見掛けた。

恭介はこちらに背を向けているので、椿達には全く気付いていない。

彼が一人で居るなんてチャンスでしかないのに、どうして周囲に女子が居ないのかと椿は考えていたが、美緒と話をしていたのを見て納得する。

「相変わらず頑張ってるわね」

「まぁ、他の方に迷惑をかけている訳ではないですから。恭介さんも迷惑でしたらご自分で対処なさるでしょうし」

杏奈とヒソヒソ話をしていた椿の耳に美緒の大きな声が聞こえてきて、彼女は視線を前に向けた。

「み、水嶋様！　せめてこれだけでも受け取って下さい！」

必死の形相《ぎょうそう》の美緒は面倒臭そうにしている恭介に小箱を押しつけている。

「……受け取ったら付いて来ないいんだな？」

「はい！」

恭介は少しだけ考えた後、美緒から小箱を受け取って立ち去って行った。

美緒は彼の後ろ姿を眺めながら分かりやすくガッツポーズをしているが、自分を見ている椿に気付いたのか、どこか勝ち誇ったような笑みを彼女に向けてくる。

そのまま、彼女は取り巻きに連れられ移動してしまった。

「今の何？」

「さあ？」

美緒の行動が全く分からない椿と杏奈は共に首を傾げるしかない。

「まぁ、ただのプレゼントでしょうね。さ、杏奈さん。まずはどちらに参ります？」

特に問題は無いだろうと深く考えずに、椿は杏奈と一緒に三年生のクラスの出し物を見て回る。

「あら、ダーツがございますわね」

「景品は焼き菓子ｅｔｃだってさ」

「やりましょう」

焼き菓子をゲットするために！　と気合いを入れて教室へと足を踏み入れようとした椿であったが、背後から声を掛けられ足を止める。

振り返ると息を切らせながらも笑顔の透子が椿を見ていた。

「……夏目さん？」

「やっと見つけましたよ！　これでビンゴです！」

ビンゴ？　と思い、椿は透子の手元に視線を向けると見覚えのあるビンゴカードを持っていた。

「……うちのクラスの出し物に参加されてましたのね」

「はい。三つリーチで真ん中がチャイナドレスの人だったので、朝からずっと探してたんです」

「それは、ビンゴになって良かったですわね」

良かった、と椿は口にしているが、チャイナドレスの人と印字されているカードは一枚しか無いことを彼女は知っている。

かなりの枚数のビンゴカードがあったはずだから、その一枚を透子に渡したのはわざとだろうと想像出来た。

また、透子は朝から探していたと言っていたが、椿は指定されたエリアから出ていないし、きちんと探せば簡単に見つかるのに今まで見つからなかったのは何故なのかと不思議に思った。

「夏目さん。ヒント担当の生徒から伺わなかったのですか？」

「聞いたんですけど、見つけられなかったんですよね」

「ちなみに午前中はどちらを探してらしたの？」

「グラウンドです。あと教室棟Bの三階ですね」

「……そうですか」

透子がチャイナドレスの人と印字されたビンゴカードを持っていたので、ヒント担当もイジワルして教えなかったのか、渡した生徒と繋《つな》がっていてわざと教えなかったのかのどちらかだろう。

「それで、他のヒント担当の方からここを教えられたのですか？」

「あ、いえ。チャイナドレスの人が教室棟Bに居るって聞こえたので急いで来たんです。まさか朝比奈様だとは思いもしませんでした。やっぱりスタイル良い人は何を着ても似合いますね。Tシャツとジーパン姿でも格好良く見える人に私もなりたいです。朝比奈様が羨ましい」

「……別に貴女もスタイルが悪いという訳でもないでしょう？」

「私と朝比奈様の腰の位置をちゃんと見て言って下さい……。私、寸胴《ずんどう》ですよ？　悲しいほどに」

悲しげな声を聞いて、透子の思わぬ地雷を踏んでしまったようで椿は慌てふためく。

「も、申し訳ございません。まさか気になさっているとは思わずに」

「いえ。変なことを言ってごめんなさい。でも、小学校の時から足を伸ばそうとして鉄棒に足を掛けてぶら下がったりしましたけど、効果はありませんでしたし……」

「ちなみに、ぶら下がった後の結果は？」

「頭に血が上ってふらふらになりました」

だろうな、と椿は思い何とも言えない気持ちになって透子を見つめると、彼女も意図に気付いたのか反論し始める。

「ち、違いますよ！　数えるくらいしかやってませんよ？　毎回ふらふらになっていた訳じゃありませんからね！」

「そのようなことは思っておりませんわ」

「絶対！　絶対に思ってますよね！　ついでにアホの子とか思ってますよね！」

「思っておりませんわ。ただ、夏目さんらしい、とは思いますが」

透子らしいと言われ、彼女はガックリと肩を落とした。

「それが夏目さんの良さ、ですわ。さ、ビンゴカードをお出しになって？　ハンコを押しますから。後はうちのクラスに行って景品を受け取って下さいませ」

半泣きになりながらも透子はビンゴカードを差し出した。

「夏目さん。私は貴女をアホだとは思っておりません。噂に惑わされずに人の本質を見抜いてくれる素晴らしい方だと思っておりますから。多少おっちょこちょいなところも貴女のチャームポイントですわ」

「あ、ありがとうございます」

途端に照れだした透子を見て、取りあえずフォローが上手く行ったことに椿は安心した。

「嬉しいですけど、そこまで評価されると、何だかむず痒《がゆ》いですね」

「少なくとも、私の目にはそう映っております。さて、夏目さん。そろそろ移動されないと本当にビンゴの景品が無くなってしまいますわ」

「あ、もう十四時ですもんね。引き留めてしまってごめんなさい」

「いいえ。それが私の仕事ですもの。気になさらないで。それと、残りの文化祭を楽しんで頂戴ね」

和やかに会話を終えた後、透子はこちらに手を振り、立ち去って行った。

椿が透子の姿を見送っていると、杏奈が呆《あき》れたように口を開く。

「椿さん、夏目さんの好感度を上げてどうしたいのよ」

「え？　好感度？　感謝したから、その言葉を伝えただけですわ」

「無自覚なの⁉」

「無自覚も何も、私は本心で彼女を素晴らしい方であると思っておりますからね。言葉にするのは当然でしょう？」

額に片手を置いた杏奈は「これ、誰ルートよ」と呟いている。

「これまでのことから考えて、恭介さんルートなのでは？」

「現時点で水嶋様に対する好感度よりも、椿さんに対する好感度の方が高いと思うけどね」

「そうかしら？　そんなことは無いんじゃない？　親愛と愛情は別物でしょう？」

「親愛が邪魔をして愛情に歯止めをかけなければいいけどね」

椿はすでに二度ほど透子とのイベントを起こしているが、それ以上に恭介も彼女とイベントを起こしているのだ。

それも割と重要なイベントである。

だから椿は恭介の相手は透子だと思っているし、自分が二人の仲を邪魔するとは微塵《みじん》も思っていない。

「大丈夫でしょう。恭介さんが頑張ると思いますわ」

「まぁ、ゲームじゃないからどう転ぶかなんて分からないわよね」

「そうそう。それに、一枚しか無いビンゴカードがこれで無くなったのですから、エリアに関係なく移動が出来ますわね」

「もう誰も探しに来るわけないものね。まだ見てないところにでも行く？」

「その前にダーツです」

椿と杏奈は、先程入ろうとしていた教室に入る。

チャイナドレス姿の人間がダーツをする、というのは中々にシュールな光景であった。

「……食券カード一年分かぁ」

「貰っても困るもの引き当てたわね」

「うーん。夏目さんに差し上げようかしら？」

「景品だって言ったら受け取ってはくれそうよね」

などと話しつつ、その後もいくつかのクラスの出し物を楽しんだ後で、椿達はカフェテリアで休憩することにした。

残り時間も少ないということで、カフェテリアに居る生徒は少ない。

少ないのだが、目立つ人物が椅子に座っていたため、椿は飲み物を受け取った後でそちらに向かって歩いて行く。

「恭介さん。お隣、よろしくて？」

「……椿と八雲か。お前、一日中その格好だったのか？　とんだお祭り人間だな」

「クラスの出し物の関係で仮装担当でしたのよ！　浮かれた人間みたいに仰るのは止めて下さいませ」

「違うのか？」

「違いますわよ！」

仕事でなければ体型がハッキリと分かるチャイナドレスを着ようとは椿だって思わない。

文化祭の出し物という後押しがあるから着たのだ。

恭介にとんだ勘違いをされてイラッときた椿であったが、机に置かれた蓋《ふた》の開いた小箱とガラス細工を見て数時間前の美緒と彼のやり取りを思い出す。

「……それ、立花さんから受け取っておりましたわね」

「見てたのか？　朝からずっと付いてきてたんだが、いい加減一人になりたくて、付いてくるなと言ったら押しつけられたんだ。受け取ることで大人しくなるなら、まぁいいかと」

「そうでしたか」

と言いつつ、椿は中身であると思われるガラス細工をジッと見つめる。

小さめのイルカのガラス細工であったが、必死に美緒が恭介に押しつけていたことが気に掛かる。

「見てたから欲しいはず、とか言われたんだが、僕はこのクラスに行ってもないのに……。あいつが何を考えているのかさっぱり分からない」

すると、恭介の台詞《せりふ》から何かに気付いた杏奈が口を開いた。

「水嶋様、これまでにも立花さん関係で気に掛かることはありましたか？」

「特には……。いや、そういえば、いきなり話し掛けてきては、こっちが何か言葉を返すと上機嫌になって去って行く、ということが何度かあったな」

「例えば？」

「……確か、入学式の後に自分のことが嫌いかどうかと聞かれたんで、別にと答えたら異様に喜んでいたな」

思い当たる節のあった椿は杏奈の方を見ると、同じことに思い至った彼女と目が合う。

再度、恭介に美緒の件を聞き、椿は彼女が高等部でのイベントを再現しようとしていることを確信した。

確信したのだが、恭介から話を聞く限り、彼は自ら動いている訳ではなく、イベント自体もポジティブに捉《とら》えれば起きていると言えなくもないが微妙な状態である。

そして今回のガラス細工の件なのだが、高等部一年の文化祭で恭介はクジラのガラス細工を気に入ったのに、プライドが邪魔をして買えずにスルーした後に美緒がこっそりプレゼントしていたイベントを再現しようとしたのでは？　と椿は考えた。

だが、あれはクジラであってイルカではない。

大体、この世界の恭介はガラス細工を見てもいないし、ゲーム内の美緒のセリフも押しつけるようなセリフではなかった。

にも拘わらず、あの時、美緒は喜んで椿に向かって勝ち誇ったような笑みを浮かべていた。

どう好意的に見てもあれはイベントが起きているとは椿には考えられない。そもそも恭介がガラス細工を見てもいないのだからフラグも立っていないのだ。

ポジティブ過ぎる美緒の考えに椿は脱力する。

それは杏奈も同じだったようで、彼女も肩を落としていた。

「何だ。どうした？」

「いえ。何でもございませんわ」

恭介に理由を説明できる訳もなく、椿は言葉を濁《にご》すしかなかったが、この時点で彼女は美緒の考えを知ることになった。

【7】

「あ、猫だ」

放課後、廊下を歩いていた椿は、裏庭方面に向かって行く猫を見掛けた。

前に恭介と透子の二年時のイベントを見た時に触っていた猫と似た柄であったことから、あの時と同じ猫ではないかと思い、久しぶりに会えたと椿は靴を履き替え、周囲に人が居ないことを確認して猫の後を追う。

動物が高等部の敷地内に入ってくるのは良くないことではあるが、普段から動物と触れ合う機会のない椿にとってはラッキーだとしか思えない。

「あれ？　こっちにきたと思ったんだけど……」

猫の後を追って裏庭までやってきた椿であったが、目的の猫を見失ってしまった。

ひょっとして怖がらせてしまったかと思い、椿はしゃがんで視線の高さを調整し、猫に声を掛けながら移動していく。

途中で落ちていた木の枝を拾い、地面の近くで揺らしていると動く物体に興味を惹《ひ》かれたのか先ほど見掛けた猫が勢いよく木の枝に飛びついてきた。

興奮して木の枝にじゃれついている猫とニヤニヤしながら木の枝を動かしている椿。

傍から見たら傲慢で我が儘、気に入らない相手を破滅させると信じられている椿が猫、それも野良猫相手に遊んでいる光景は異様である。

「いや〜。やっぱり可愛いな」

「あなた、そこで何をしているの？」

「……えっ⁉」

突如聞こえた第三者の声に椿は思わず大声を上げてしまい、声に驚いた猫が逃げてしまった。

幸い椿は後ろ姿を声の主に見られただけである。

後ろ姿だけで朝比奈椿だとはバレないはず。全速力で前方に走り、茂みに隠れながら逃げれば大丈夫だと彼女は考えた。

走り始めるのに椿は五秒前からカウントし始める。
五、四、三、とカウントしている椿に背後の人物が声を掛けてくる。
「あなた、朝比奈さんでしょう？」

バレてやがる!!! と椿は顔を手で覆う。

ここで椿が逃げてしまうと、相手に対して言わないでくれと頼むことが出来ない。

そもそも椿だとバレている以上、言い訳も出来なければ取り繕《つくろ》うことも出来ないと彼女は覚悟を決めて振り返った。

椿の目の前に居たのは長目の髪を後ろでひとまとめにした、どちらかといえば中性的で綺麗系な顔立ちをした男子生徒。

どこかで見た顔のような気がするが、椿はどこで見たのかまでは思い出せない。

「貴方、は…………………………だ、誰？」

「でしょうね！　そりゃ知らないでしょうね！　教室も離れてるし、あたしに興味もないでしょうからねぇ」

目の前の男子生徒の見た目と口調のギャップに椿は頭が付いていかない。

椿が混乱していることに気付いたのか、彼女よりも冷静な男子生徒が主導権を握り話し始める。

「あたしは一年十組の白雪凪《しらゆきなぎ》よ」

「白雪……く、さん？」

「君でいいわよ」

「え？　いいの？」

「ある事情で、幼少時から馬鹿にされたり苛《いじ》められたりしてね。それで何とか同級生の輪の中に入ろうと考えた末に辿《たど》り着いたのがこの口調だったってだけ。まぁ、可愛い子だったら女でも男でも、どっちも好きなんだけどねぇ」

「はぁ」

完璧に会話の主導権を白雪に奪われている状態ではあるが、彼から敵意も悪意も感じないことから椿は毒気を抜かれていた。

「あ、あの。白雪君。今見たことは秘密にして貰いたいんだけど」

「今見たこと？　あぁ、傲慢だの我が儘だの人を見下してるだの言われて、高飛車《たかびしゃ》でプライドと気が強くて庶民とは口も利きたくないし目に入れることすら拒否している、と噂されている朝比奈さんが猫にデレデレだった現場のこと？」

「今、そこまで酷く言われてるの私⁉」

「そりゃあ、もう。後は入学式の日に外部生をシメたとか、監視する名目でその子を図書委員にしたとかも言われてるわねぇ」

椿の思い通りになりすぎて嬉しいやら悲しいやらで彼女は複雑な気持ちになる。

「でも、そんな朝比奈さんの本当の姿が〝コレ〟とはねぇ」

顎に手を置いた白雪は、制服にところどころ葉っぱがくっついている椿を見ながら下から上へ視線を移動させた。

「〝コレ〟だとバレると色々と問題があるの」

「問題ねぇ。周囲から悪く思われることに何のメリットがあるんだか」

「……私にとってはメリットしかないよ。それに都合が良いんだもの」

「ちなみにどんな都合が？」

「詳しくは言えないけど、ある人達を守るためってのと、特定の人への牽制《けんせい》よ。私にとってそれはとても重要で大切で絶対に譲れないものなの」

白雪が想定していた答えとは違っていたのか、彼は目を見開いた後でニンマリと微笑《ほほえ》む。

椿は彼が何を考えているのか全く分からず、怪訝《けげん》そうな顔を浮かべている。

「そんなに疑わなくても誰にも言わないから大丈夫よぉ。大体、仮にあたしが今のことを誰かに話したところで、だぁれも信じやしないもの。それだけ、あなたの演じっぷりが素晴らしいってこと。それに、あたしはこの喋り方だし、信じてくれる訳がないでしょう？　……それとも、いけ好かない金持ちと同じように家の権力を持ち出して、あたしを黙らせる？」

白雪の言う通り、彼一人が言いふらしたところで、接点も何も無い彼の言葉に信憑性《しんぴょうせい》は無いし、これまでの椿の行動を見てきた生徒達は信じない。

だが、それだけで白雪を信用することは椿にはできなかった。

やはり彼には黙っていてもらわないといけない。

白雪と友人になる必要はないだろうが、少なくとも嫌われないように振る舞う必要があると椿は結論づけた。

そのためにも、素の椿が家の権力を持ち出すような人間ではない、と彼に信じてもらう必要があ

る。

「……父や伯父に頼むような真似はしないわ。そもそも、私が今のことをお二人に話して泣きついたところで動くような人達ではないし、学園内で制服を汚してまで猫と戯れていたことの方を注意されて終わるだけだもの」

「あら、そうなの？　お二人とも、朝比奈さんを溺愛《できあい》してるって有名よ？」

「常識の範囲内で可愛がられているだけよ。貴方一人が今のことを話したところで、ほとんどの人が信じないのは分かったわ。でも、一部の人が今後私のことを注意してよく見るようになるかもしれない。あくまでも予想ではあるけれど、可能性としては高いと思う。そうなれば常に気を張っていてもボロが出てバレる可能性があるの。それは困るのよ」

「……あら、じゃあ、あたしを黙らせるって訳？　親の権力を使えないならどうやって？」

会話の主導権を握っているためか白雪の口調や表情には余裕がある。

今も椿がどうやって自分を言い含めるのかを楽しんでいる節があった。

「……もし、他の人に今のことを言ったら」

「言ったら？」

「白雪君を見掛ける度《たび》に背後に回って靴の踵《かかと》を踏み続けてやる！」

「それ地味にムカつくやつじゃない⁉　止めて頂戴！」

「それかシャーペンの替え芯《しん》を全て折れやすいやつに替えてやる！」

「だから本当に地味にムカつくことをやろうとしないで頂戴！」

「じゃあ」

と言って椿は胸ポケットへと手を伸ばす。

「何よ。お金で買収しようって言うの？」

馬鹿にしたような目をした白雪が半笑いで椿に訊《たず》ねるが、彼女はその言葉に答えることはせずに胸ポケットから目的の物を掴んで勢いよく手を抜き、素早い動作で彼の目の前に差し出した。

「これを差し上げるので黙っていて下さい！　お願いします！」

言い終わると椿は勢いよく頭を下げた。

「これ、カフェテリアの食券カードじゃない！　しかも一年分！　あなた、困ってるからって親に買って貰ったものを差し出すなんて」

「違うよ！　これは文化祭のダーツの景品だよ！　己の力で勝ち取った景品だよ！」

「ホントに⁉　物凄い強運じゃない！」

「だから、これを差し上げるので黙っていて下さい！」

頭を下げ続けている椿の耳に、白雪の大きなため息が聞こえてくる。

「あたしが信用されてないってことはよく分かったわ。大体、あたしと朝比奈さんは初対面なんだからあたしのことを信用できる訳がないわよね。でも、あたしは最初から今のことは言わないって言ってるじゃない。朝比奈さんだけならまだしも、あなたと仲の良い水嶋様や藤堂さん達を敵に回したくないもの。だから頭を上げて頂戴。なんだかあたしがあなたを苛めてるみたいになって罪悪感が半端ないわ」

やや焦《あせ》ったような白雪の口調に、恐る恐る椿は頭を上げて彼の顔を見てみると非常に困ったような表情を浮かべていた。

「試すようなことを言ってごめんなさいね。悪かったわ」

「へ？」

「それでも、あなた変わりすぎよ。普段は澄ました顔をして他人に興味ない振りしてるから、ここまで親しみやすいなんて思わないわよ。あらあら、面白い場面を見ちゃったわ、としかあたしは思ってないっていうのに」

「だったら最初にそう言ってよ！」

「言ったところであなたは信用しないと思ったのよ。見られたって混乱してたでしょうしねぇ」

正論を返された椿はぐうの音《ね》も出ない。

「とにかく、制服に付いてる葉っぱとか土とか落としたら？　鳳峰学園の生徒が汚れるのも構わずに地面に手をつくなんて聞いたことないわよ。それにしても本当に噂ってあてにならないのねぇ。あなたの場合は意識して演じてた部分もあったんでしょうけど」

言われた通りに椿は制服に付いている葉っぱや土を手で軽く払いのける。

その様子を見ていた白雪は再度、目を丸くした。

「何よ」

「おおざっぱにも程があるわ！　もっとちゃんと落としなさいよ」

「目立たないからオッケー」

「見えなくても雑菌が付いて……はぁ、もういいわ。何でこんな子を皆が怖がっているのかしらね」

「印象操作って大事よ？　特に私は七歳からやってるから疑われもしないし」

「中身がコレって詐欺《さぎ》じゃない」

「いいでしょ、別に！　売られたケンカは買うけど、何もされなかったら何もしないし、怖がらせてるだけだし。大体、私は家の権力を使って無実の子を攻撃したことはないよ」

呆れた顔をしている白雪であったが、家の権力を使ったことがないという椿の言葉を聞いて表情を変える。

「初等部の時に教師を辞めさせたとか中等部の時に、椎葉さん？　だっけ？　その子を転校させたとか言われてるけど？」

「デリカシーの無い男性教師に鳳峰の教師としてどうなのかって言っただけよ。その後に逆恨みされて難癖付けてきたから、見かねた佐伯君が理事長の娘である彼のお母様に言って助けてくれたってだけ。あと椎葉さんに関しては、学校側の判断よ。彼女のしたことで私が怪我をしたからね。だけど、他の生徒は学校側の判断だって知らないから、傍から見たら私がやったという風に見えてるのよ」

「ふーん。なんだか随分と拍子抜けというか意外な感じねぇ。でも、さっきのあなたの姿を見たら言ってることは嘘ではないんだろうなと思うわ。見なかったら到底信じられないけど」

信じて貰えたのは良かったと椿は思うが、その理由があまりにも情けないものであったので、彼女は何も言えなくなる。

こんな所に人が来るはずがないと思い込んで気が緩《ゆる》んでいた椿の責任だ。

見られたのが白雪のように無害な人で良かったと椿は心から思った。

「そういえば白雪君、さっきいけ好かない金持ちとか言ってたけど、金持ち嫌いなの？」

「……全般的にじゃないわよ？　言わなくてもどういう人種を指してるのか、あなたには分かるでしょう？」

これまでにもそういった金持ちを見てきた椿は、無言で頷《うなず》く。

「ああいった連中は散々、人のことを馬鹿にしてた癖に立場が変わった途端にごますりをし始めるのよ。バカみたいよねぇ。プライドってものが無いのかしら？」

本当に嫌悪しているのか、白雪の口調は刺々《とげとげ》しいものである。

だが、その言葉に椿は違和感を覚えた。

「でも白雪家ってほとんどパーティーに出てないよね？　あまり他の家と交流がないって印象だけど。いけ好かない金持ちに会う機会って少ないんじゃないの？」

「あら？　朝比奈家のご令嬢でも情報通という訳じゃないのね」

「私もパーティーに頻繁《ひんぱん》に出席してる訳じゃないし、出席するパーティーは身内が多かったからね。会社のことは話題にしても、他家の事情は中々耳に入って来ないのよ。親もわざわざ言わないし、身近に噂好きな人も居ないしね」

「だったらあなたが知ってる訳ないわよね。そうねぇ……別に聞かれて困ることじゃないし、言ったところで、あなたの態度が変わるとも思えないからいっか」

さらりと述べた白雪は、何を言われるのかと真剣な顔をしている椿に向かって事情を説明し始める。

「……元々、あたしの家は母子家庭だったの。小学校に上がる前に父親が事故で亡くなってね。だけど、中学二年の時に母が白雪社長と再婚したのよ。白雪社長は子連れでもいいからって周囲の反対を押し切ってくれて。あたしがこんなんなのにも拘わらず良くしてくれるの。でも、あたしが白雪姓になった途端に周囲が手のひらを返してチヤホヤし始めたって訳。さすが白雪社長のご子息ですね、ってさ。ばっかみたい」

下の者には強く出て馬鹿にしている癖に、上の者にはペコペコと頭を下げる金持ちや周囲に白雪は嫌悪感しか抱いていない。

予想以上に重い過去話を聞かされた椿は、どう言葉にしたらいいのか分からずにいた。

白雪は平然とした態度であるが、表向きからは彼の心の内までは読み取れない。

「っていうのが作り話だったらどうする？　父親に頼まれて朝比奈家のご令嬢を落とせって言われてるだけかもしれないわよ？　初対面の人間に過去をペラペラ喋るような人間のことをあなたは信じるのかしら？」

「……うーん。でもさ、白雪君の過去は調べればすぐに分かることでしょう？　ここで嘘を言う必要は無いし、同情したからって私は白雪君に惚《ほ》れるような惚れっぽい人間でも無い。大体、嘘だと分かった時点で私は貴方を警戒するから、私を落とせと貴方の父親から言われているという点は否定されるはずだけど」

話を聞いた白雪は更に笑みを深める。

「ただの考えの足りないご令嬢かとも思ったけど、意外とちゃんと考えてるのねぇ」

「失礼ね。はっちゃける部分もあるけど、ちゃんと考えてるわよ」

「ふふ。ごめんなさいねぇ」

「……別に良いけど」

口では失礼だとは言ったものの、椿はさほど白雪に対して腹を立ててはいない。

その評価をされても仕方の無い行動をしている自覚が彼女にはあったからだ。

「ところで話は変わるんだけど、どうしてあたしがここに来たのか疑問に思わなかったの？」

言われて初めて、椿はそういえばという考えに至る。

なぜ白雪がここまで来たのかという理由を知りたかった椿は、彼をジッと見つめて続きを促した。

「やぁだ。そんなに見つめないで頂戴。照れちゃうわぁ」

「いや、そういうのいいんで続きを」

「急に冷静にならないでよ。恥ずかしいでしょう」

白雪の言葉に椿は応《こた》えずにジッと彼を見る。

「ちゃんと言うわよ。……簡単に言っちゃうと、あたし透子と仲が良いのよ。知ってるでしょう？　夏目透子。で、あなたが透子をシメたとか監視しているとか聞いたから、真相を確かめようと追いかけて来たの。だから偶然でも何でもなかったのよね」

「ああ、それで」

意図的に椿の跡を付けてきたのなら、彼女が気が付かなくても仕方がない。

あっさりと納得した椿を白雪は不思議そうな表情で見ていた。

「どうしたの？」

「跡を付けてきたって聞いて怒らないの？　不気味でしょう？　怖くないの？」

「だってちゃんと理由があるじゃない。私の弱みを握ろうと悪意を持って追いかけて来た訳じゃ無いし、ちゃんと私の意見を聞こうとしてくれたんでしょう？　そこで猫と遊んでいたのは、まぁ、私の落ち度ではあるんだけどね。でも、もうちょっと早くに声を掛けて欲しかったな」

「奥に奥に入っていくから、あたしが付けてることに気付いて誘導してると思ったのよ。そしたら、しゃがみ込んで何かしてるし、猫は出てくるし、猫と遊び始めるし。こっちだって声を掛けるタイミング失ってたんだから」

「猫のくだりの記憶を消去して下さい。切実に」

「あんなインパクトのある光景を忘れるなんて出来ないわ……」

「ですよねー」

恥ずかしさで椿は白雪から視線を逸らす。

猫にデレデレの所を見られるなんて恥ずかしくて堪《たま》らない。

「……でも、あなたの姿を見て、透子に害をなそうとしているとは全く思えなかったわ。どういう理由で透子と関わっているの？」

聞かれた椿が、これまでの話を白雪に説明すると、呆れた顔をした彼がボソリと「噂って……」と呟いた。

悪い印象の人間が何かしていたら、悪いことをしていると思われるのは仕方のないことだと椿は思っている。

その噂に椿も助けられているので、生徒達だけが悪いとは思わない。

「白雪君の誤解が解けたようで安心したわ。でも本当に言わないでね。言ったら靴の踵踏むからね！　折れやすいシャーペンの芯と交換するからね！」

「だから言わないって言ってるじゃない！　地味な嫌がらせはしないで頂戴！」

白雪の両腕をガシッと掴んだ椿は、頼むよ、頼むよと何度も口にして彼を呆れさせていた。

【8】


ついにやってきた！　と椿はカレンダーを見て心を躍《おど》らせていた。

彼女がこうなっている理由はただひとつ。創立記念パーティーが近づいてきたからである。

他の生徒達は、どこのブランドのドレスにした、だとかで盛り上がっていたようだが、椿が気にしているのはそんなことではない。

夏休みの時に透子と恭介が交わした約束。

文化祭が終わってから、高等部からの外部生やダンスをしたことのない生徒達のためのダンス教室が始まったのだが、早めにステップを覚えた透子は教師からもう大丈夫だと言われて、割とほったらかしにされているのだと、図書委員の当番の最中に本人から聞かされた。

「それでは、空き教室で練習しましょうか。部活の無い日がよろしいですわね」

「本当に良いんですか？」

「恭介さんが気にしていらっしゃらないなら大丈夫ですわ」

椿と透子は同時に後ろを振り向き、本当にダンスレッスンをするのかと恭介の顔を見た。

「……僕が言い出したことだろ。今になってやっぱり止めたなんて言う訳ないじゃないか」

「ですので、部活動の無い日にレッスンをしましょうね」

「ありがとうございます」

そんな会話をした数日後、椿達は放課後に特別棟の空き教室に集まり、ダンスレッスンを開始した。

恭介は恐る恐るといったように透子の手を取り、背中に手を回す。

「じゃあ、始めるぞ」

透子の方も緊張しているようで、表情が硬《かた》い。

ぎこちない二人のぎこちない動きに椿は呆れつつも、ただ見守ることしかできない。

「すごいな。ちゃんとできてるじゃないか」

「本当ですか？　今、いっぱいいっぱいなんですけど」

「始めて一ヶ月も経たないのに、ここまでできるのは割と凄いぞ」

「あ、ありがとうございます……！」

足下ばかりを気にしている透子であったが、恭介から話し掛けられるたびに顔を上げてすぐに視線を下に向ける、という動作を繰り返していた。

下を見てしまっているという点を除けば、椿から見ても姿勢も綺麗だしステップもちゃんとできている。

表情が硬いのは慣れてないのだから仕方が無いが、全くのダンス初心者なのにリズム感があるのか、覚えるのが早いのか、恭介のリードが上手いという点もあるかもしれないけれど、とにかく透子は自然に踊れている。

頭の良い人間は何でもそつなくこなせるのだな、と椿は感心しながら二人を見つめていた。

「一通り踊ってみたが、どうだ？　身長差があるからやりにくかった、とかあるか？」

「いいえ。水嶋様のリードがとても上手でしたから、私は付いていくだけで良かったので楽でした」

「そうか。なら良かった。問題はなさそうだし、あとは慣れだな。それから無駄に力が入っているから、そこだけは気を付けた方がいい。リードが上手いパートナーに当たるとは限らないからな」

「気を付けてはいるんですけど、つい力《りき》んじゃうんですよね……。練習するしか無いんでしょうけど、時間が足りないのがネックですね」

すでに本番まであと十日。

一日中をダンスレッスンに費やせば余裕のある日数ではあるが、昼間はどうしても授業があるし、放課後も絶対に空いているとは限らない。

「時間はあまり無いかもしれないが、自覚してるなら上達も早いだろう。本番が楽しみだな」

「水嶋様は私のことを買いかぶりすぎです！　覚えるだけで大変なんですよ？」

「それでも短期間で覚えられたじゃないか。元々、素質があるのかもしれないな」

「またそんなことを言って……。水嶋様って、人をのせるのが上手いですよね」

「そうか？　僕は本当のことしか言ってないが」

嘘の無い恭介の言葉に、透子は戸惑い驚いた後でゆっくりと口を開いた。

「……水嶋様と話しているとあまりに褒められるので、私はとんでもなく天才なんじゃないか、という錯覚に陥《おちい》ります」

決して自分は恭介が言うような人間では無い、と言っている透子であるが、椿はそういう己の努力や実力をひけらかさないところも彼女の魅力のひとつであると思っている。

中々に良い雰囲気の二人を見ながら、椿は創立記念パーティーでどうやって恭介と透子を二人でダンスさせるか、ということを考えていた。

恭介に女子生徒達が群がるのは予想できている。椿が隣に居れば他の女子生徒達は寄って来ないが、そこで彼女が透子とダンスをしろと恭介に言ってしまうと女子生徒達から透子が悪く言われてしまう。

椿に取り入っておこぼれに与《あずか》っている、と思われることになるのだ。

上手いこと周囲からの反感を買わずにダンスができないものか、と考えていた椿に向かって、透子が不意に声を掛けてくる。

完璧に考え事をしていて上の空だった椿は「へ？」とおかしな声を上げてしまう。

「朝比奈様から見て、おかしいところはありましたか？」

「あ、ああ。そういうことでしたのね。……そうですわね」

顎に手を当てて椿は深く考え込む。

あまり二人の関係に深入りすることなく、余計なこともしないと決めている椿であったが、折角ゲームのイベントがここで起こっているのだ。少しぐらい協力した方がいいかな？　という気持ちもあったが何よりも、彼女はスチルを見たい、キュンキュンしたいという己《おのれ》の欲求に勝つことができず二人に向かって声を掛ける。

「恭介さん、夏目さん。もう一度、最初から」

向かい合った二人が無言で手を取り、最初の形になる。

動き出しそうな恭介を椿は制して、真横から二人をジッと見つめていた。

「お前、何を……」

「手の位置はオッケーですわね。夏目さん、下を向かないで。足を踏んでしまいそうだと不安でしたら大丈夫ですわ。その男なら足を踏んでも文句は口にしません。とにかく顔を上げて。そう。あともっと寄り添って。そう、完璧。……はい！　ストップ！　そこで顔を上げて恭介さんを見つめた後に、はにかんで！」

「……何がしたいんだよ、お前は！　あと、夏目もはにかむな！」

「す、すみません！　つい」

ツッコむ恭介と謝る透子を尻目に、椿は非常に満足げな笑みを浮かべていた。

「椿！　僕はともかくとして夏目で遊ぶな！」

「遊んでおりませんわ。キュンキュンポイントを探していただけですわ」

「何だよ！　キュンキュンポイントって！」

「私の中の乙女としての判定基準です」

「乙女⁉　お前が乙女⁉　お前が⁉」

「三回も聞き返さないでいただけます⁉　心外ですわ！　私、れっきとした乙女でしょうよ！」

突如として始まったイトコ同士の言い合いに、透子は目を丸くしている。

普段、クールな二人しか目にしたことが無いので驚くのも無理は無い。

尚《なお》も言い合いを続けている椿と恭介が落ち着く気配を見せないことに、透子は控え目に声を掛ける。

「あ、あのー」

だが、ヒートアップしている椿と恭介に透子の声は届かない。

「あの！」

透子が大きな声を出したことで、ようやく椿と恭介はこの場に透子が居たことを思い出したようで、共に焦り始める。

「お見苦しいところを見せてしまいましたわね。驚いたでしょう？　ごめんなさいね」

「いえ、朝比奈様も水嶋様も大人っぽい方だと思ってたんですけど、会話を聞いてたら、やっぱり同い年なんだなって思って、ちょっと安心しました。むしろ、そういう一面を知れて嬉しかったです」

「あら？　そうですか。幻滅したりしませんでした？」

「幻滅なんてとんでもないです！　そりゃあ、勝手にこういう人なんだろうなーっていう予想はしてましたけど、その予想と朝比奈様や水嶋様の内面が違っていたくらいで幻滅なんてしませんよ。そこまで私は偉くないですし」

全力で否定してくれる透子を見て、椿も恭介も安心し息を吐く。

つい、いつものように言葉の応酬《おうしゅう》をしてしまったが、見方を変えればこれで透子の前で必要以上に取り繕わなくて良くなったということだ。

それでも椿の素を全て見せるという訳にはいかないが。

「夏目さんのためのダンスレッスンでしたのに、私と恭介さんの言い合いで時間を無駄にしてしまいましたわね」

「本番まで時間も無いのに悪かった」

「大丈夫です！　家でも自主練習を頑張りますし、放課後に朝比奈様や水嶋様がこうして時間を作ってくれますから。お二人の厚意に報《むく》いるためにも、完璧に、とまではいきませんけど、ちゃんと踊れるようになります！」

透子は両手を力強く握り、椿の方へ前のめりになっている。

強い決意の表れに椿も片手を握り、「私も協力は惜しみませんわ！」と返した。

ということで透子のダンスレッスンはその後も続き、レッスンのたびに透子のダンススキルは上がっていった。

創立記念パーティーのパートナーは事前に申請しなければならず、申請しなかった生徒は名字のあいうえお順で学園側から強制的にパートナーを組まされることになっている。

椿は一応、婚約者として周知されている恭介とパートナーになり、既に会場入りしていた。

「まだいらしてないのでしょう？　キョロキョロしてると目立ちますわよ」

しきりに出入り口の方を見ている恭介に椿は呆れてしまう。

「……篠崎《しのざき》と貴臣を捜《さが》してたんだ」

「そうですか。それは失礼致しました」

気まずいのか椿から顔を逸らした恭介は給仕からドリンクを貰い、一気に飲み干した。

全く素直じゃ無いんだから、と椿が考えていると、出入り口付近に居た生徒が何やらざわめき始めていることに彼女は気が付いた。

気が付いたのは椿だけではなかったようで、恭介も出入り口に目を向けている。

一体何があったというのか、と椿がジッと出入り口を見ていると、人混みの中から篠崎にエスコートされる形で千弦が歩いてくるのが見えた。

「篠崎からは誰と行くか聞いてなかったな。そうか、藤堂とか」

心なしか嬉しそうな恭介は口元を緩めている。

千弦と篠崎は自分達をじっと見ている椿と恭介に気が付いたのか、他の人への挨拶もそこそこにこちらへとやってきた。

「ごきげんよう、千弦さん。篠崎君とパートナーになったとは伺っておりませんでしたから、驚きましたわ」

「口にしたら椿さんから絶対にからかわれるに決まっておりますもの。ですのでパーティーまで秘密にしておりましたのよ」

「否定はできませんわね。それとドレスが似合っておりますわね。やはり千弦さんは豪華なドレスよりも上品なドレスが似合いますわ。それにしても……篠崎君の隣は既に千弦さんの定位置になってしまいましたわね」

からかうように椿が口にした途端に、千弦が顔を真っ赤にして慌て始める。

「ちっ！　ちがっ！　違いますわ！　篠崎君に相手がいらっしゃらないということでしたので！あと気心知れた相手ということで、篠崎君ならと思っただけです！　決して他意はございませんわ」

「千弦さん、声が大きすぎますわ」

あまりに大きな声に周囲の生徒達の注目を浴びてしまっているという状況に気付き、千弦は更に顔を赤くさせる。

「朝比奈さん。藤堂をからかうのはそこら辺にして貰っていいかな？　今回は僕が彼女に頼み込んで了承して貰ったことだからね」

「あら、からかってなんておりませんわ。私は、ただ素直な感想を口にしただけですもの」

「藤堂は真面目なんだから、素直な感想でもまともに反応するのは俺よりも付き合いの長い君がよく分かってるよね？」

「ええ、存じております。そうですわね。私の言い方が悪かったと思いますわ。その点は謝罪致します」

どことなく椿を責めるような篠崎の視線を受けた彼女は素直に謝罪した。

お前らさっさと付き合っちまえよ、と椿は思いつつも先ほどからかうなと言われた手前、彼女は二人の件に関して何も言えない。

「篠崎、あいつは近くに居たか？」

椿と篠崎の会話が一段落したのを確認した恭介が口を開くが、透子のことを指しているということは名前を出していない時点で察することができる。

「いや、顔は見なかったよ。もうじき始まるというのに遅いな。まさか迷ってるなんてことはないだろうね」

「さすがにそれは無いだろ」

「家からの送迎がない生徒は、集合場所を指定されて学校の用意した車で入り口まで送迎して貰えるはずですわ。全員が同じ場所に移動するのですから、迷うはずがございません」

「それはそうだが……」

さすがにこんな時間まで姿を見せないとなると、何かあったのではないかと恭介は心配なのだ。

椿もそれとなく入り口や周囲を確認してみるが、透子の姿は未《いま》だにない。

そうこうしている内に、透子の姿を見つけられないまま創立記念パーティーが開始される。

理事長や来賓《らいひん》の挨拶が終わり、しばらく歓談した後でダンスの時間となる。

ダンスの時間になる前までに椿は透子を見つけておきたい。

挨拶が終わった途端、女子生徒達に囲まれて身動きが取れなくなった恭介を見捨てた椿は一人でホール内を歩き回り、透子を捜し始める。

途中で顔見知りの生徒とすれ違ったりはしたのだが、さすがにこれだけの人数が居る場所で透子一人を見つけるのは至難の業《わざ》だ。

「どこに居るのよ……」

端っこの方まで移動した椿が、こんなことなら事前にどこかに居てくれと頼めば良かったと後悔していると、どこからか嫌な感じの笑い声が聞こえてきた。

笑い声が聞こえた壁際の付近を見てみると、人の間から床に手をついている誰かの姿が目に入る。

周囲に居る生徒のせいでその人の顔は椿からは見えないが、嫌な予感がした彼女は徐々にそちらに近づいていく。

「皆さん、いくら鳳峰学園の生徒としての振る舞いではないからといって、笑ってはいけませんわ」

「普通、転びます？」

「みっともないわね」

「そう仰っても、まさかまともに歩けないとは思わないでしょう？」

「ここまで品が無いといっそ憐《あわ》れですわね」

近寄るにつれて聞こえてくる声と周囲の生徒の馬鹿にしたようなクスクス笑いに、寄ってたかって何をしているのだと椿は憤り、笑っている生徒達に一言物申そうと足を踏み出した瞬間、彼女よりも先に白雪がこけた生徒に走り寄って行った。

彼は一瞬だけ椿を見たが、特に何を言うでもなく視線を戻して笑っている生徒達に向かって行く。

「みっともないのはどっちかしらね？」

笑っていた生徒達は第三者の登場ですぐに笑うのを止めたが、現れたのが白雪であったことを確認して大したことは無いと判断したのか、その中の一人がフンッと鼻で笑う。

「関係の無い人は黙っててもらえるかしら？」

「こうして庇《かば》われるなんて、夏目さんは男性と仲良くなるのが本当に得意ですのね。どうやったらできるのかしら」

「……あたしは、その子と友達なだけよ。友達が理不尽なことを言われているから庇っただけ」

一触即発という状態の白雪と女子生徒達。

椿は会話の内容から転んだ生徒が透子であると知り、言いようのない怒りがこみ上げてくる。

全く無関係の生徒相手でも気分が悪いというのに、椿に対して偏見を持たずに好意的に接してくれる透子に対してのこの仕打ち。

透子に非が無いということは分かっている分、笑っていた生徒達の言い掛かりに椿は腹を立てている。

今の椿にいつものような冷静さは無い。あるのは何も悪いことをしていない他人を嘲《あざけ》る醜い生徒達に対する怒りのみ。

教師が来るのを待ちきれなかった椿は、我慢しきれずに口を出してしまう。

「……本当に醜い」

椿の言葉は笑っていた生徒達にも白雪にも聞こえていたようで、全員が彼女の方に視線を向ける。

「あなたまでそんなことを……」

言うの？　と振り向きざまに言いかけた白雪であったが、椿の視線が透子ではなく笑っている生徒達に向けられていたことで、どちらに投げかけた言葉だったのかを彼はすぐに理解した。

反対に椿が来たことで自分達の味方になってくれると思った女子生徒達は、投げかけられた言葉と自分達に向けられる視線に、誰に対して言っているのかを少ししてから理解したようで困惑し始める。

「あ、あの。朝比奈様？　それは……どういうことでしょうか？」

「醜いから醜いと申し上げたまでですが？　ああ、お顔がという訳ではございませんわ。性根が醜いと申し上げておりますの。誤解なさらないでね」

「お、お言葉ですが、そこの夏目さんは鳳峰学園の生徒として相応《ふさわ》しくありません！　鳳峰ではなく違う学校の方が合っていると、彼女のためを思ってやったことです」

「私から見たら貴女達の方が鳳峰学園の生徒として相応しいとは思えませんが」

冷たく言い放った椿の言葉に、笑っていた生徒達は息を呑《の》む。

生徒達は何故椿の怒りに触れてしまったのか理解できないようである。

椿は笑っていた生徒達を一人一人見ながら、ゆっくりと口を開く。

「……鳳峰学園では転んだ生徒を笑っても良いと教育されてきたのでしょうか？　少なくとも私は、そのようなことは教わっておりませんが、皆さんは違うと仰るの？」

問われた女子生徒達は勿論、そのような教えは受けていないので、彼女達は椿から視線を逸らしてしまう。

しかしながら彼女達も大人しく引くつもりはないようで、椿に向かって興奮気味に話し掛けてくる。

「……庶民の分際で鳳峰学園に入学してきたことが、そもそも悪です」

「そうですわ！　庶民に鳳峰学園は相応しくありません！」

「私達は学園内の掃除をしていただけに過ぎません！　どうして責められるのか納得がいきません！」

「黙りなさい」

無表情の椿が低い声で言い放ったことで、周囲に居た生徒達は息を呑む。

「一般家庭の出身だから何だと仰るの？　彼女はきちんと試験を受けて学園側が入学の許可を出したからこそ、ここに居るのです。それのどこに問題があると？　それとも選考方法に問題があると仰るの？　上が判断されたことに文句があるのでしたら、ご自分の口で理事長にお伝えしたらいかが？　ちょうどダンスホール内にいらっしゃいますから、どうぞ」

理不尽なことを言っている自覚があるのか、笑っていた女子生徒達は大人しくなる。

「彼女が一般家庭の生徒だから、とのことですが、他にも一般家庭で鳳峰学園に入学された方はおりますけれど、勿論その方々にも彼女と同じような態度を取っていらっしゃるのでしょうね？」

黙ったままでいる女子生徒達の反応を見なくても、椿には透子のみにしか意地悪をしていないのは分かりきっている。

「その様子では、彼女だけですのね。〝掃除〟と口にしたからには、一人だけに仰るのは可笑《おか》しいのではなくて？」

どうする？　どうする？　と数人の生徒が目配せし合っているが、何か思い付いたのか中心人物と思《おぼ》しき女子生徒が他の生徒に向かって頷いている。

その女子生徒はどんなことがあっても透子が気に入らないのか、椿を何とか仲間に引き入れたくてたまらないらしく、今度は恭介との件を持ち出してきた。

「夏目さんが鳳峰学園の生徒として相応しくないのは、それだけではありません。彼女は水嶋様の迷惑を顧《かえり》みずにつきまとっています。同じ委員会になれたのだって、きっとそう仕組んだからに違いありません。水嶋様がお優しいから調子に乗ってお近づきになって、あわよくば水嶋様の隣にいる権利を得ようと思っているのです！」

「……くだらない。彼女が恭介さんとお話ししている時は、大抵の場合、側に私が居《お》ります。皆さんには私の姿が目に入ってなかったということですのね」

「ちが、違います！　大体、どうして朝比奈様は何も仰らないのですか！」

「どうしても何も、彼女の方から恭介さんに話し掛けたことは一度もございませんから。話している内容も他愛も無いことですし、少なくとも貴女が仰ったようなことを彼女はされてないと私は自分の目で見て判断しております。……それとも、一番近くで見ている私の目が信用できないと？」

ここまで言っているのに疑うのか？　と椿が目の前の女子生徒に凄《すご》んで見せると、彼女は口をギュッと結び何も言えなくなる。

大体、恭介の方が透子につきまとうとまではいかないが、関わっているのだ。

中等部時代に美緒を見てきたのだったら、つきまといがどういうレベルのものか分かる筈なのだが、それでも彼女達はただただ恭介から特別扱いされている透子を攻撃したい。

それが事実無根であったとしても、攻撃しなければ気が済まないのである。

「何の騒ぎだ」

「水嶋様！」

さすがにダンスホール内の隅《すみ》っこの方ではあるが、これだけ騒いでいたら人目につく。

「椿、何があった？」

果たして恭介はどの時点から見ていたのだろうか、と思った椿は彼に近寄り顔を寄せて小声で話し掛ける。

「いつから見てたの？」

「たった今だ」

「もっと早く引きはがして来なさいよ」

「見捨てて逃げた癖に無茶を言うな。……で、何があった」

「見て分かるでしょう？　夏目さんが転んだのよ。それを他の生徒が笑った。で、私が口を出した結果がこれ」

「攻撃するのは結構だが、さっさと夏目を控え室に連れて行け。まだ立ち上がってないってことは怪我でもしてるんじゃないか？」

　ここでようやく椿は透子が怪我をしている可能性があることに気付き、それならば早くこの場から彼女を連れ出さなければならないと考えた。

「ねぇ、貴女。いつまで座っているつもりなのかしら？」

「え？　あ、はい。済みません。ちょっと足が痛くて」

「でしたら、そこの彼に控え室まで連れて行ってもらったらいかが？　もうすぐダンスが始まりますから、いつまでもそこに座っていらっしゃると目立ちますわ」

「そうですね。……ごめんね、肩を貸してもらってもいいかな？」

「謝らなくても肩ぐらい貸すわよ」

透子は白雪に肩を貸してもらい、ゆっくりと歩きながらダンスホールから退出していった。

良いタイミングで恭介が来てくれたことに椿は感謝した。

「水嶋様！　水嶋様は」

話し掛けてきた女子生徒を恭介はジロリと睨み黙らせる。

現場を見てはいないものの、透子を笑っていたという点は彼を怒らせるのに十分であったようだ。

「僕が誰と話して誰と友人になるのかは僕の自由の筈だが、君達の許可が必要なのか？」

「それは……」

「でも、朝比奈様は」

「椿は僕に他の生徒と仲良くなるな、関わるなと言ってきたことは一度も無い。なのに何故、ただ同じ学年であるというだけの赤の他人にそんなことを言われなくちゃならないんだ」

恭介の強い物言いに、透子を笑っていた女子生徒達は青ざめて動揺している。

これまで恭介は女子生徒達に対して注意をしたことはあっても、ここまで怒っていると分かるくらいの雰囲気と物言いをしたことがないので、彼女達が狼狽《うろた》えるのも無理は無い。

「全く気分が悪い……！」

「恭介さん、落ち着いて下さい。こちらの皆さんは、そのように躾をされてきたのですから仕方ありませんわ。恭介さんが気になさる必要もございませんわ」

「なっ！」

瞬時に顔を赤くした女子生徒達を無視して、椿は話を続ける。

「ですが、このような方々と同じ場所で同じ空気を吸うのは、私には耐えられませんわ。私にまであのような腐った性根が移ってしまいそうですもの」

椿がふう、やれやれ、というような動作を取ると、女子生徒達は明らかに『腐った性根って、お前がそれを言うのか！』という視線を彼女に投げかけてきた。

性格が悪い自覚はしているが、腐ってはいないと思っている椿は女子生徒達を睨み付ける。

「ああ、嫌だ。私と貴女方《がた》が同じだと思っていらっしゃるのかしら？　この、私と同じだなんて思い上がりも甚《はなは》だしいですわね。一秒でも同じ空間に居たくありませんわ。恭介さん、帰りましょう」

恭介の腕を椿は引っ張るが、周囲からは「え？」「待って下さい！」等、引き留める声が上がった。

「貴女如きが私に指図なさるの？」

椿に睨まれてしまっては、それ以上反論することもできないのか、女子生徒達は口を噤《つぐ》む。

ゲーム本編でも進め方によっては一年目も二年目も恭介は創立記念パーティーに出席すらしない。おまけに、攻略キャラとは三年目のパーティーにおいてパートナーとなることでルートが確定するので、あの場を美緒が見ていたとしても口を出してくることはないだろうと椿は踏み、彼を連れ出そうとしたのである。

案の定、美緒が椿達を追いかけて来ることはなく、彼女達はダンスホールから廊下に出たが、少し歩いたところで恭介に腕を引っ張られ止められた。

「本当に帰るつもりか？　その前に夏目の怪我の様子を見に行きたいんだが」

「んな訳ないでしょ！　あんたを控え室まで連れて行く口実に決まってるじゃない！」

「そういうことか。悪いな、助かるよ」

その後、追いかけて来た教師に、騒ぎを起こしたことを詫《わ》び、しばらく控え室で頭を冷やして落ち着いた頃にダンスホールへと戻ると伝え、椿と恭介は控え室まで向かう。

控え室の前には白雪が腕を組んで立っており、椿と恭介の姿を見つけると彼はひどく驚いた様子を見せていた。

「夏目さんの具合はどうなの？」

「おい、口調……」

「バレてるからいいのよ」

「その姿を見られるとか。お前、本当に馬鹿だな」

「現場を見てないくせに馬鹿にするの止めてくれる？」

「言い合いなら後でして頂戴。透子の具合を聞きたいんでしょう？」

白雪が透子を下の名前で呼んだことで、恭介の機嫌が一気に悪くなる。

だが、椿はそんな恭介を無視して白雪の言葉の続きを待った。

「靴擦《くつず》れよ。透子が選んだ靴と用意されていた靴が違っていたらしいわ。多分、わざと入れ替えたんだと思う。卑怯なやり方よねぇ」

「……それで転んだのね。夏目さんも先生に言えば良かったのに」

「忙しそうにしていたから言い出せなかったんですって。それに、ここまで酷い靴擦れになるなんて思ってなかったとも言ってたわ。それよりも、あたしを殺しそうな勢いで見てくる隣の人をなんとかしてくれるかしら？」

言われた椿が隣を見ると、物凄い目つきの悪い恭介が白雪を無言で睨んでいたので、椿は彼の左の脇腹を人差し指で抉《えぐ》るように深々と突き刺す。

「っ！　何をするんだ！」

「くだらない　男の嫉妬《しっと》　いと醜し。あ、字余り」

「ふざけてるのか！」

「いや、馬鹿にしてるだけ。夏目さんが心配なのに、目の前のことに勝手に腹を立ててるのは違うでしょう？　今はそんなことをしている場面なの？」

椿から正論を返され、恭介はばつが悪そうな表情を浮かべながら「……悪かった」と白雪に対して謝罪した。

白雪の方もあまり気にしていないのか、気にしてないと返事をする。

控え室の前で待っていること数分。中から護谷《もりや》が出てきて透子の治療が終わったことを椿達に伝えてくれた。

真っ先に恭介が控え室の中へと入っていき、椿もその後に続こうとしたが、扉の前から動こうとしない白雪に気が付く。

「白雪君は中に入らないの？」

「邪魔者は居ない方がいいでしょう？　外で見張っててあげるわよ」

「別に邪魔じゃないと思うけど。……でも助かるよ。ありがとう」

そのまま椿は控え室の中へと入っていくが、「本当にこっちの調子が狂うわ」という白雪の言葉は聞こえなかった。

椿が控え室の中へと入ると、裸足のままソファに座っている透子と心配そうに彼女を見ている恭介の姿が目に入った。

二人の姿を見た椿は『恋花』でも三年目のパーティーで女子生徒から飲み物を零された透子を見て、怒った恭介が彼女と交際宣言をして控え室へ連れて行き、その後にダンスをするというイベントがあったことをこの時点で思い出した。

切っ掛けが違っていたので全く考えもしなかったが、おそらくこれはそのイベントである。

これは確実に自分も邪魔者だと思い、椿は部屋から出ようとするが透子から呼び止められてしまった。

「あの、さっきは庇ってくれて、ありがとうございました」

「あれはあまりに理不尽でしたから、つい口を出してしまっただけですわ」

「それなんですけど、庇ってくれたのは嬉しかったんですが」

その、と言いながら透子は言いにくそうにしている。

「どうかなさったの？」

「言いにくいのですが、あまり頻繁に庇ってもらいたくないんです。あの、嫌とかじゃなくて、私の気持ちの問題なんです。これからもこういったことがあるたびに助けられたら、きっといつか朝比奈様に助けられるのが当たり前だと思うようになります。朝比奈様の優しさに胡坐《あぐら》をかく時が来ると思うんです。私はそんな人間になりたくないんです。だから、これからも私が色々と言われている現場に遭遇すると思うんですけど、できれば口出しはしないでもらいたいというか」

「無理ですわね」

「即答ですか!?　私の話を聞いてましたか？」

「鳳峰学園が普通の公立学校であれば、私は夏目さんを毎回助けはしません。ご自分でなんとかなさいと申し上げたでしょうね。ですが、ここは名家の子息令嬢が通う学校。世間の常識やルールが適用されにくい場所です。家の権力を持ち出す分、嫌がらせされても教師は一般家庭の夏目さんの味方にはなってくれません。一人でなんとかできる次元の問題ではございませんのよ？」

透子の言いたいことはよく分かる。

けれど、圧倒的に透子の分《ぶ》が悪いのだ。相手が金持ちの生徒であった場合、教師は一般家庭の透子の方に我慢を強《し》いる。

この学園において生徒は平等では無く、家柄が物をいう。

「どうしてもダメですか？」

「私の言葉を受け入れるつもりはございませんのね？」

「ごめんなさい。ないです」

キッパリと透子が言い放ったことで、そういえばゲーム内の彼女もこういう言い出したら聞かない頑固なところがあったことを椿は思い出した。

こうなると、透子は何を言っても首を縦には振らない。

大人しく椿が折れるしか道はないのだ。

「分かりました。ですが、あまりに度を超えた時は助けに入りますけれど、よろしくて？」

「はい」

「本当に頑固だこと」

「ごめんなさい」

えへへという声が聞こえてきそうな笑みを浮かべた透子を見ていると、肩の力が抜けていく。

仕方がないか、と椿が思っていると話が終わるのを待っていた恭介が口を開いた。

「本当に足は大丈夫なんだな？」

「大丈夫ですよ。水嶋様は心配性ですね。靴擦れと細いヒールのせいで転んだんですけど、足を捻《ねん》挫《ざ》してなくて良かったです。それよりも、水嶋様にダンスレッスンしてもらったのに、無駄になってしまってごめんなさい」

「来年もあるんだから、気にするな。むしろ練習期間が一年延びたと考えたら、そう悪くも無いだろう。それとも、踊れなくて残念だと思ってるのか？」

「そりゃ、教えてもらったのにっていう気持ちがありますから、残念だとは思ってますよ。でも今の状態じゃ踊るのは無理ですし」

「歩けないほど酷いのか？」

恭介に問われた透子はそんなことはないと慌てて首と手を振る。

「足の裏は大丈夫ですから平気です！　そこまでひどくありませんよ」

「そうか、それを聞いて安心したよ。足の裏は大丈夫だって言うのなら……」

と言って恭介が透子に向かって手を差し伸べる。

透子は恭介が何をしたいのか分からず、首を傾げていた。

「折角、頑張ってダンスを習得したんだから、勿体ないだろ。だから……僕と、踊ってくれませんか？」

突然の出来事に透子は口をポカンと開けて恭介を見上げている。

「それとも、ダンスが無理なほど足が痛いのか？」

「あ、いえ！　治療の後でテーピングして貰ったので、大分楽にはなってますから。でも、こんな場所で私と踊って良いんですか？　ダンスホールで水嶋様を待ってる生徒が沢山居るんじゃないんですか？」

「後で行けば良いだけの話だろ？　僕は今、夏目と踊りたいんだ」

恭介の熱意に、透子は開けていた口を閉じた後で立ち上がる。

「結構ボロボロですけど、よろしくお願いします」

「ああ」

恭介はその場で靴を脱ぎ、透子の背中に手を回して彼女の手を握った。

「あの、水嶋様は靴を脱がなくても……」

「夏目も踏まれるかもしれないって思わなくて済むし、いいだろ。誰も見てないんだから咎《とが》められることもない」

「……それもそうですね」

ひとつ言わせて貰えるのならば、この場には椿が居る。

完璧に二人の世界に入ってしまい、椿は非常に居心地が悪くなったが、彼女の存在を忘れてしまっているのか、頬を赤く染めた透子は上目遣いで恭介を見つめている。

恭介も嬉しそうに微笑みながら、透子を見つめ、いつも以上にゆったりとダンスを始める。

透子の足のことも考えてダンス自体は一曲だけで終わり、彼女のことを心配して駆けつけた鳴海に後を任せた椿と恭介はダンスホールへと戻っていく。

そこで、一曲だけ椿は恭介とダンスをした後で佐伯や篠崎と踊り、一年目の創立記念パーティーは終わったのだった。

ちなみに、恭介が女子生徒に揉《も》みくちゃにされていたのは言うまでもない。

【9】

創立記念パーティーから数日後の放課後。

椿が帰るかーと廊下を歩いていると、廊下の壁にもたれ掛かっている白雪が居ることに気が付いた。

椿の方へ視線を向けていたことから、白雪が彼女のことを待っていたことは間違いない。

目が合った後で彼は裏庭の方へと歩き出し、たまに足を止めて椿の方へ視線を向けては歩き続けていたことから、彼女を呼んでいるのだということに気が付く。

特に用事も無いし、白雪が椿に危害を加えるような人物だとは思えなかったことから、彼女は何も疑わずに後を追った。

前に椿が猫と戯れていたところまで誘導され、振り向いた白雪が呆れたような口調で椿に声を掛けてきた。

「疑いもせずに付いてくるとか、馬鹿じゃないの？」

「だって、白雪君が私に危害を加えるとか考えられなかったから」

「少しは疑いなさいよ。第一印象が悪くないからって、すぐにあたしを信用するのはどうかと思うわよ？」

それに関して椿は何も反論ができないが、彼女はどうしても白雪が悪い人間とは思えないのである。

「うーん。でも、白雪君は創立記念パーティーでも夏目さんを庇ってたし、私に危害を加えるような人にはどうしても思えないんだよね。仮に私に危害を加えた場合、その後に報復が絶対にあるって分かってるんだから、やらないでしょう？　そこまで考えが及ばないような人にも見えないし」

さらりと椿が口にすると、白雪は複雑そうな表情を浮かべていた。

「透子を庇ったのは相手がやり過ぎていると思ったからよ。それにしても、あなたまで出てくるとは思わなかったわ。透子はあなたの婚約者である水嶋様と仲良くしているっていうのに、助けるなんて随分と心が広いじゃない」

「……別に婚約してるからって恭介さんに対して恋愛感情を持っている訳じゃないもの。そもそも金持ちの結婚ってそういうものでしょう？」

椿は嘘の婚約だと言える程、白雪のことを信用している訳では無い。

悪い人ではないとは思っているが、あまりペラペラ喋るような話でも無いからこそ、彼女は真実を告げなかった。

「まあ、金持ちの結婚なんてそういうものよねぇ。でも、あなたは良いの？　水嶋様に恋愛感情を持ってないとは言っても、婚約者なんだから良い気分ではないでしょう？　自分を差し置いて他の女に関心を持って関わろうとするなんて、あなたのことを軽んじているってことじゃない」

「……別に。正直、私は恭介さんが幸せであれば相手がよほどの酷い人間じゃ無い限りは勝手にすればいいと思ってるからね。それで将来、婚約破棄されて私が笑われることになっても死ぬまでずっとって訳じゃないだろうし、私に面と向かって言ってくる猛者《もさ》も居ないわよ。気にするだけ無駄って話」

「どうして、そう貧乏くじを引きたがるのかあたしには理解できないわぁ」

「それは貴方の常識で考えているからでしょうね。理解できないことを理解しろとは言わないけど。少なくとも私は貧乏くじとは思ってないわ」

椿の言葉が意外だったのか、白雪は非常に驚いていた。

何をそんなに驚くことがあるのか、と椿は不思議な気持ちになる。

「あのねぇ。誰だって自分が悪く言われるのは嫌なのよ。それを全く気にしないあなたの方がおかしいの！　自己犠牲なんて誰も得をしないわよ」

「自己犠牲っていうか、別に何とも思ってないどうでもいい人から言われても大したダメージなんて無いし。徒党を組んで陰でコソコソ他人の悪口を言って笑うような人間なんて、人として最低の部類じゃない。そんな奴らが何を言ったところで、私のプライドは傷つかないし揺らぎもしない」

「……他人に興味がなさ過ぎでしょう？」

「って言われても、どうでもいいものは、どうでもいいんだから仕方ないじゃない。わざわざ私を呼んでまでしたかった話って、自己犠牲うんぬんの話？」

「違うわよ」

額に手をついた白雪がため息を吐く。

自己犠牲の話ではないのならば透子と恭介が付き合うようになった後で、椿が彼女を苛めるんじゃないかと危惧して話を聞いておきたいということなのだろうか。

「言っておくけど、あの二人が両思いになった後にあなたが透子を苛めるんじゃないかって思ったから呼んだ訳でもないからね」

白雪に考えが読まれてしまい顔に出ていたのだろうかと椿は驚く。

「もしかして、白雪君てエスパー？」

「そんな訳ないでしょう！　自己犠牲の話じゃないとしたら、話の内容から考えて残されるのは、両思いになった後であなたが透子を苛める可能性だけでしょう？」

「あ、そういうことね」

「そもそも、控え室にわざわざ水嶋様を連れてきてた時点で、あなたにその考えが無いのはなんとなくだけど気付いてたわよ」

「じゃあ、自分の考えが合ってるかの確認のために私を呼んだってこと？」

椿が問い掛けるが、白雪はすぐに首を横に振って違うと意思表示をしてきた。

これが違うとなると、椿は呼び出された理由がさっぱり分からなくなる。

「あなたが積極的に水嶋様を控え室に連れてきたように見えたから、水嶋様を好きだという自分の気持ちに嘘を吐いて、平気な振りをして二人のために我慢してるんじゃないかしら？　と思って話を聞きたかったのよ」

「あー、ないないない。それはない。ありえない」

「ええ、そうねぇ。あたしの取り越し苦労だったっていうことが今のでよく分かったわ」

間髪容《い》れずにあっさりと述べられたことで、白雪は気が抜けたのか日が半目になっていた。

「夏目さんの友達なのに、顔見知りでしかない私の心配をしてくれてありがとう」

「透子は割と味方が居る子だもの。あたしじゃなくても誰かが守ってくれるわ。あなたの場合はダンスホールで透子を笑っていた生徒達に対する言葉から判断して、強すぎて守らなくても大丈夫だと周囲から思われてるんじゃないかと思ったの」

「実際そうだしね」

「……さっき自己犠牲とか言ったけど、訂正するわ。ただ無頓着《むとんちゃく》なだけだったわね」

心配するだけ無駄だった、と白雪の顔に書いてあるように椿には見えた。

椿は興味の無いものには本当に興味が無いので、無頓着といえばそうなのかもしれない。

「無頓着な部分もあるけど、ちゃんと執着する時はするよ？」

「それを見たことがないから、あたしは何とも言えないわね」

白雪の言葉を聞きながら、椿は説得力の無い己の言葉に思わず苦笑する。

「……でも私に気を遣って、人が居ない場所で聞いてくれてありがとう」

「こんな話、人が居る場所でできないでしょ。別にあなたに気を遣った訳じゃ無いわ」

「ツン」

「あたしはツンデレじゃないわよ！　何で、そういう言葉を知ってるのよ！　あなた朝比奈陶器社《とうきしゃ》の令嬢でしょう！」

「何事も勉強だと思うの」

「しなくてもいい勉強もあると思うわ」

椿と会話をしていて疲れてきたのか、白雪は肩を落としてため息を吐いている。

「知識はあった方が役に立つ時もくるよ。多分」

「そうだといいわね。……はぁ、最初に会った時から割とふざけた人だと思ってたけど、いい加減さもプラスされてるなんてねぇ。心配したあたしが馬鹿みたいだわ」

「期待を裏切って申し訳ない」

「もういいわよ。あたしが勝手に気を回しすぎたってだけだもの。何とも思ってないのなら、それに越したことはないし、安心してあたしも水嶋様を応援できるってものだわ」

応援できると聞いた椿の目がキラッと光る。

恭介を応援するということは、傍目《はため》に見ても彼が透子に対して恋心を抱いているように見えているということ。

そして透子の友人である白雪の言葉から考えると、彼女も恭介のことを好いてくれているということだろうか、と椿は期待する。

「な、夏目さんも恭介さんのこと好きなの⁉」

「……てことは、やっぱり水嶋様は透子のことが好きって訳なのね」

語るに落ちるとは正にこのこと。

椿は自分が誘導されたことを知り、情けない表情を浮かべた。

「なんて顔をしてるのよ。あたしはただ、水嶋様がどう思って透子に近づいているのか気になっただけよ。多分好きなんだろうとは思ってたけど万が一、毛色が違うから興味を持っているという理由なんだったら、あまりにも透子を馬鹿にしてると思ってねぇ」

「……夏目さんには、言わないでね？」

「純粋な恋心だって言うのなら、本人に言わないわよ。邪魔をしたい訳じゃないもの」

「あとさ、本当に言いにくいんだけどね。恭介さんの口から夏目さんが好きっていう言葉をこれまで一度も聞いたことが無いんだよね。聞いても違うって言い張るから。でも態度とか見ると、好きだとしか思えなくてさ」

状況証拠のみで判断しているという椿の言葉に、白雪は大きなため息を吐いた。

「……まあ、あれよねぇ。あたしを殺しそうな視線で見てきたことからも考えたら、透子を好きなんじゃないかと思うわよね。恥ずかしくて違うって言ってる可能性もあるわよね」

「だ、だよね！　本音で言ってる訳じゃないってこともあるよね！」

「なんでそんなに必死なのよ！」

「諸事情により言えません」

「何よそれ！」

特に透子と恭介が親しくなるための策などを練ることもせず、椿の迎えが来ているということもあって白雪との話は終了となった。

二人で連れ立って歩いていると、校舎が見えてきたところで自然と白雪が椿から距離をとる。

「白雪君？」

「二人で居るところを見られたら、勘違いされちゃうでしょう？　何のためにあそこまで呼んだと思ってるのよ」

「ああ、そういうことね」

「本当にお嬢様っぽくない子。でも、そこがあなたの長所なのよねぇ。またね、椿」

「あ、うん。じゃあ…………え？」

あっさりと自然に下の名前を呼び捨てにされたため、椿はすぐに反応ができず遅れてしまう。

その間に白雪との距離は開いてしまい、彼に話し掛けることもできずに椿は混乱したまま学校を後にした。

【10】

創立記念パーティーの一件で透子の悪い噂が女子生徒達の間でかなり流れ続けているらしく、彼女に対する風当たりがきつくなっていた。

助けたくてウズウズしていた椿であるが、手助けしないで欲しいと透子から言われているので、ただ見ていることしかできない。

そのような日々を過ごしている中で、今年も水嶋家のパーティーの日がやってきた。

鳳峰学園の初等部に入学した樹《いつき》、高等部に入学した椿と恭介が今回の話題のメインである。

椿は恭介と共に取引先の社長達に挨拶を終えて、いつものメンバーと挨拶を交わして世間話をしつつ、きちんと令嬢としての役目を果たしたのである。

「疲れた」

会場を後にした椿は、迎えの車の中で体勢を崩している。

「ちゃんと座れよ。外から見られてるかもしれないだろ？」

朝比奈家にある本を借りに行く予定であった恭介も椿と一緒に迎えの車に乗っており、隣でだらしない格好をしているイトコに冷ややかな眼差《まなざ》しを向けていた。

「スモークガラスだから大丈夫だよ」

「横からなら大丈夫だろうが、前から見られたら丸見えだろ」

「……分かったよ」

口を尖《とが》らせた椿は、渋々《しぶしぶ》といったように体勢を戻した。

そのまま窓の景色をジッと眺めていると車がコンビニの前を通過し、椿はふと目に入った文字を見て無意識にそれを口に出してしまう。

「おでんかぁ。もうそんな時期なんだ」

「おでん？　なんだ、おでんって」

「あれ？　今、声に出してた？」

「バッチリと声に出してたぞ。で、おでんとは何だ」

おでんというものに興味を惹かれたようで、恭介はしつこく椿に聞いてきている。

説明したが最後、きっと恭介はコンビニに行くと言い出すに違いないと思っている椿は教えたくなかった。

「恭介様、おでんとは大根、ゆで卵、こんにゃく、はんぺん、ちくわなどを煮込んだものです。おでんは冬の料理として一般家庭で食されておりますし、この時期になりますとコンビニエンスストアでも売り出しております」

「ふーん。じゃあ、そこのコンビニに寄ってくれ」

椿の予想通り恭介がコンビニに行きたいと言い出したが、さすがに一旦自宅に帰ってからだと思っていた彼女は慌て始める。

「ちょっと！　この格好で行くつもり！」

「コートを着てるんだから平気だろ？」

「一目見て高級なコートだと分かるデザインでしょうが！　大体、目立つし、髪のセットも化粧も落としたいから家に帰る」

「不破、コンビニで僕だけおろしてくれ」

どれだけおでんを食べてみたいんだよ……と椿は脱力してしまう。

まさか、水嶋グループの御曹司をコンビニで一人おろすわけにはいかない。

「申し訳ございませんが、朝比奈家までお送りするようにと旦那様より仰《おお》せつかっております。ですので、恭介様をこのままコンビニでおろすことはできません」

「……それなら、言われた通り朝比奈家まで僕達を送り届けたらコンビニまで車を出す、と言うんだな？」

「はい。旦那様からは用事が済み次第、すぐに恭介様をご自宅までお送りするようにとは仰せつかっておりませんので、途中でどこかへ寄ることは可能かと」

「ならそれでいい」

「畏まりました」

「お前も、さっさと着替えて玄関まで出てこいよ」

椿もコンビニに連れて行かれることは恭介の中で決定しているようだ。

一緒に行くとすでに組み込まれていることに異を唱えたいが、椿もコンビニおでんを食べたいという欲求はあるし、コンビニに行きたいと思っている。

結局、彼女は勝手に決められていたのが嫌なだけなのだ。

「返事は？」

「……分かったわよ」

「五分で準備しろよ」

「あんたも着替えるんだからね」

「はぁ!?　何で僕が！」

「当たり前でしょう！　鳳峰学園の生徒がこの時間にコンビニに行くことなんてほぼ無いでしょうけど、良家の子息だと分かる格好は避けてよ」

恭介の顔が良いのは仕方が無いので、椿は一般家庭に居るイケメンで通そうと考えた訳である。

恭介は椿がどうして良家の子息だと分かる格好を避けたがるのか理解できず、面倒臭そうな顔をしていた。

「着替えなきゃ連れて行かないから」

「じゃあ、椿は連れて行かない」

「……送っていく志信さんがうちの使用人だってこと忘れてない？　私の一言でコンビニに寄るのを止めさせることもできるんだからね」

椿を見ていた恭介は、勢いよく志信の方へと視線を向ける。

「椿様がそう仰るのなら、私はその命令に背《そむ》くことはできませんね」

「椿、卑怯だぞ！」

「正当な主張よ。いい？　未成年が高いブランド物の服を着ているということは、『僕は金持ちの家の息子です』って言ってるようなものなのよ。犯罪者に目を付けられるかもしれないから、なるべく普通の家庭に近い格好をしろと言ってるの」

椿の説明に恭介は納得したようだが、やりこめられて悔しいとも思っているようで無言で彼女から顔を背けた。

恭介の態度はあれではあるが、彼が納得してくれて良かったと椿は追い打ちをかけるような真似はせず、その後の朝比奈家までの移動中は会話もなく静かなものであった。

朝比奈家に到着後、恭介は純子によって書斎まで案内され、当初の予定の通りに何冊かの本を借りていた。

その隙に椿は自室でドレスから着替え、セットされていた髪をほどいて、櫛《くし》で梳《と》かした後にメイクを落として部屋を出る。

先に着替え終わっていた恭介と合流し、二人は志信を連れてコンビニへと向かった。

到着すると、恭介は物珍しさからか店内を好き勝手に歩き始める。

中でも興味を惹かれたのはお弁当コーナーのようで、棚の前から一歩も動こうとしない。

「買わないのに前に居たら邪魔でしょ。私はお菓子コーナーに行くけど、どうする？」

「僕も行こう」

大人しく椿の後に付いて行く形で恭介と共にお菓子コーナーへと移動する。

「あ、ホワイトチョコって期間限定のやつじゃん。ラムレーズンのチョコも出てる。きなこと抹茶も買わなくちゃね。ナポリタン味のポテトチップスも出たんだ。あ、はちみつポップコーンもある」

椿は目に付いた期間限定と書かれているお菓子を次から次へとカゴに入れていく。

節操の無い椿を冷めた目で見ていた恭介であったが、気になるお菓子を見つけてしまい、手に取ると無言で彼女の持っているカゴに入れた。

お菓子コーナーとつまみコーナー、ついでに飲み物コーナーでこれでもかとカゴに商品を入れた結果、ひとつでは収まりきらずに二つになってしまっていた。

もうひとつのカゴを恭介に持たせた椿は、満足げな表情でレジへと向かう。

「お待ち下さい」

それまで静かに見守っていた志信から止められ、椿は首を傾げる。

「どうしたの？」

「買い過ぎです。せめてカゴひとつ分に減らして頂かないと」

志信に止められたことで、椿は手に持っているお菓子で山盛りになったカゴを見て、確かに多すぎると我に返り、恭介と共にお菓子の仕分けをし始める。

「ちょっと、待て。なぜそれを棚に戻そうとしてるんだ」

「焼き肉キャラメルなんて絶対に美味《おい》しくないに決まってるからよ」

「分からないだろ。もしかしたら奇跡が起きてるかもしれないじゃないか」

「奇跡とか言ってる時点で不味《まず》いって言ってるようなもんじゃない！　どうせ、ひとつ食べた時点で買ったことを後悔するのよ。だったら最初から買わない方がいいでしょ」

「お前は焼き肉キャラメルの味が気にならないのか！」

「全く微塵もこれっぽっちも気にならない！　焼き肉キャラメルは私の舌に相応しくない！　私の舌がこれを味わうことを拒否してる！」

「それ、貴臣のとこの商品だぞ」

「マジで！　月曜日に佐伯君に文句言わなくちゃ！」

戻す、戻さないと椿と恭介は押し問答を続けていたが、大声を出さないようにと気を付けているものの、やはり背が高く顔の良い男と可愛らしい女のコンビは目立つようで何度か店内に居る客からチラチラと見られていた。

「あ、朝比奈様と水嶋様!?」

突然聞こえた自分達を呼ぶ声に正気に戻った椿と恭介が、声のした方へと視線を向けると、目を丸くして口をポカンと開けて固まっている透子が立っていた。

何故ここに透子が！　と驚いた椿も固まってしまう。

だが、先に動いたのは恭介であった。

「夏目は家がここら辺なのか？」

「あ、いえ。通っている絵画教室がこの辺りで、今日はその帰りだったんです。これから駅まで向かおうと思ってたんですけど、その前に飲み物を買いにコンビニへ来たんです。……水嶋様達はどうして？」

「……すっかり目的を忘れてたな」

「迂闊《うかつ》だったわ。それもこれも全部期間限定のお菓子が悪いのよ」

「お前がお菓子コーナーに行くって言ったからだろ？」

「ちょっと、人のせいにしないでくれる？　あんただって人のカゴにポイポイ勝手に入れてたじゃない」

またもや本題から逸れた二人の会話を聞いて、透子は非常に驚いている。

それもそのはず、完璧に擬態《ぎたい》を解いた椿と恭介の素を見たのだから。

「椿様。あまり大声を出されますと、他のお客様のご迷惑となりますので」

「あ、ああ。そうよね。つい白熱してしまったわ。そうそう、夏目さん。どうしてコンビニへと言ったわね。私達の本来の目的はおでんを買うことだったのよ」

「おでんですか？」

と、言いつつ透子の視線の先はお菓子類で山盛りになったカゴであった。

言いたいことは分かると椿は遠くを見つめる。

「えっと……」

「皆まで言わなくても分かってるわ。買いすぎだと言うんでしょう？　さすがに冷静になった今なら私にも分かるわ。だから仕分けしているの」

「あ、それでどれを戻すかと話してたんですね」

「……ちなみにどこから見てたの？」

「あの……えっと、佐伯君に文句を、の部分でしょうか」

「あぁ、最後の辺りね。そんな変なこと言ってるところじゃなくて良かったわ」

「え⁉　それ以上のことを言ってたんですか⁉」

自ら説明したくなかった椿は無言を貫いた。

これ以上、透子に対して恥を晒《さら》したくはないと椿は思っていた訳なのだが、素を見せている時点で恥も何もないことに気付いていない。

「あの、でも朝比奈様って普段はそういう話し方なんですね」

透子に指摘された椿は、あっ！　とようやく自分が令嬢言葉で喋っていなかったことに気付いた。

だが、今更どうすることもできない椿は開き直るしかない。

「……そうなのよね。ごめんなさい。ガッカリさせてしまったかしら？」

「ガッカリなんてしてませんよ。意外だなぁとは思いましたけど」

透子は椿を格好いい人だと言っていたので、素の椿を見てさぞガッカリしたに違いないと彼女は思っていたが、ハッキリと違うと言われて驚いた。

「普段、あんな偉そうな態度とか口調とかしてるのに？」

「どんな態度でも口調でも、言い方が違うだけで言ってることは変わらないはずですから。それに私は何度も朝比奈様に助けられてますもん。口調ひとつで印象が変わることはありません」

「そう？」

「はい！　それにそっちの口調の方が距離が近くなった気がして私は好きです」

「……ありがとう」

力強く断言する透子に、椿は柔らかな微笑みを向ける。

「なら、これでその話はお終《しま》いね。さ、恭介。仕分けを続けるわよ」

「分かってるよ」

椿と恭介は透子に見守られながら二つあったカゴの中身をなんとかひとつにまで減らした。

「ちょっと、まだ焼き肉キャラメルを持ってるの？　諦めなさいよ」

「お前はこれの味が気にならないのか」

「ならないって言ってるでしょう」

「冒険心のない奴め。夏目はどうだ？　気にならないか？」

よほど仲間を増やしたいのか、恭介は無関係の透子に話し掛けた。

「それ、実はずっと気になってたんですよね。友達は皆嫌だって言って一緒に食べてくれなくて買えなかったんですよ。賛同者が居ないと一人で消費しなくちゃいけないので、なかなか買おうという気にならなくて」

「そうだろう！　ホラ見ろ、椿。これが一般的な意見だ」

「マイナー意見の間違いでしょう」

少なくとも、透子の友人達と椿の意見がメジャーな意見だと胸を張って言える。

だが、この場では二対一。必然的に恭介と透子の意見が勝ってしまう。

味方を得た恭介は得意満面の表情を浮かべているし、同じ意見を持つと知った透子も嬉しそうである。

「不破はどっちの意見？」

「お答え致しかねます」

気になると答えた場合は椿の敵に回ることになり、気にならないと答えた場合は二対二になり議論が伸びるということを考えれば余計なことは言えない、ということだ。

「二対一だからな。僕は焼き肉キャラメルを買うぞ」

「あーはいはい。消費は手伝わないからね」

「奇跡が起こる瞬間をお前に見せてやるよ」

「はいはい」

仕分けを終えておでんを頼み、会計を終えた椿達が、コンビニから出ると恭介が焼き肉キャラメルを袋から取り出し、包装を解いていく。

まさかここで食べるつもりかと椿は驚いたが、その通りのようで、恭介はキャラメルを透子にひとつ差し出した。

恭介と透子は包み紙から焼き肉キャラメルを取り出すと、同時に口に含んだ。

口に含んですぐに、笑顔だった二人の表情が曇り始める。

「ほら見てみなさいよ」

「違いますよ！　噛《か》んでいけば美味しくなります！」

「するめじゃないんだから、どれだけ噛んでも味は変わらないわよ」

「……あいつの会社、よくこれを商品として売ろうとしたな」

「確実にターゲットは私の目の前に居るような人達よね」

椿の言葉に、恭介と透子はすっかり肩を落としている。

「とりあえず、飲み物を飲んで口直ししたら？」

椿が言うや否や、透子と恭介はすぐさま買った飲み物で口の中の焼き肉キャラメルを無理矢理飲み込む。

「まだ、口に焼き肉キャラメルの味が残ってます」

「だが、これでひとつ勉強になったな。僕達は他の奴らが知らない情報を手に入れたということだ」

「考え方が前向きすぎるでしょうよ！　それにその情報は生きていく上で全く何の役にも立たないわよ！」

「甘いな。今後、焼き肉キャラメルを買おうか悩んでいる奴らを見て、味を知っている僕達は、優越感に浸《ひた》れるという訳だ」

「その優越感は必要なの⁉」

結局のところ、恭介は負けたと認めたくないだけだ。

透子という道連れが居たことで取り乱していないだけである。

「……それで、夏目さんはこれから帰るのよね？　うちの車に乗っていく？　時間も遅いし、暗いし危ないわよ」

「いえ、ここから二駅程度で家も駅から近いので大丈夫です」

「ダメだ。家から近くても事件に巻き込まれる時は巻き込まれる。ちゃんと家まで送らせて欲しい」

「送らせて貰えないなら、無理矢理車に乗せるわ」

「それは強引すぎやしませんか⁉　朝比奈様って割と無茶振りする人なんですね」

「だってもう夏目さんに対して取り繕う必要がないんだもの。あ、でも鳴海さんには言わないでね。令嬢口調で付き合ってきた年月が長い分、ガッカリされてしまうかと思うと怖いのよ」

透子も鳴海はきっと自分以上に驚くと判断したようで、分かりましたと答えてくれた。

「じゃ、行きましょうか」

コンビニを後にした椿達は、車に乗って透子を家まで送っている間、学校の話や委員会の話、冬休みの話をしながら過ごしたのだった。

透子を降ろした後に恭介を水嶋家に送り、椿はコンビニ袋と共に自宅へと帰ったのである。

【11】

「あら、では、お二人で植物園に？」

「はい。植物の絵を描きたいと言ったら、水嶋様が一緒に行ってくれると言って下さったので、お願いして一緒に来てもらったんです」

年が明けて、図書委員の当番中に椿は透子からそんな話を聞かされる。

これまでは恭介の運転手が祖父の部下だったこともあり、彼伝《づた》いに祖父へ報告がされる形になっていたのだが、去年の暮れに伯父直属の人物へと交代していた。

なので、今ならば伯父にだけ報告される結果となるので、二人は気兼ねなく出掛けられるようになったのである。

恭介と透子の件は伯父の耳に入っているだろうと椿は思っていた。

だから、伯父が恭介の運転手を替えたということは、彼は二人の仲を特に問題視していないということであり、そう頻繁に出掛けたりしなければ、目を瞑《つむ》ってくれるということだろう。

ひとまず、祖父が出てくる可能性がなくなり、彼女はホッとする。

ホッとするついでに、恭介が何かヘマをしなかったかが気になった彼女は、それとなく透子に訊ねてみる。

「……絵の参考になりました？」

「はい！　色々な植物があって、どれも興味深かったです。それに水嶋様が解説してくれたので、勉強になりました。あ、そういえば、植物園限定のガチャをやったんですけど、水嶋様が欲しかった物が中々出てこなくて、五回以上回してようやく出てきて、思わずハイタッチしちゃいましたよ」

興奮気味に話す透子を見て、椿は初めてのガチャを見て好奇心でガチャを回す恭介の姿が目に浮かんだ。

何をしているのかと彼女は思ったが、話を聞くと、透子は恭介に親しみを覚えているようである。

何にせよ、この調子で仲を深めていってもらいたいところだ。

（でも、二人で出掛けていることが他の生徒にバレないようにしないと……）

今でも透子に対する女子生徒達の当たりが強く、嫌がらせも減っていない。

二人で出掛けていたとばれたら、透子に対する嫌がらせが加速してしまう。だからこそ、隠し通さなければならない。

その後、椿は二人の仲を疑う生徒達に向けて、さり気なく噂を否定して回ったり、他の生徒に手を出すなと牽制したりと透子のフォローを陰ながらやっていたのである。

そんな中、今年もバレンタインがやってきた。

昼休みが終わりに差し掛かった頃に図書室から教室へと戻っていた椿は、特別棟の方から歩いてくる恭介の姿を見掛ける。

彼は口元に笑みを浮かべており、遠目からでもとても機嫌が良さそうに見えた。

おまけに恭介が通った数分後に、同じく特別棟の方から歩いてくる透子の姿も見掛ける。

これはもしや、透子がバレンタインのチョコを贈ったのでは？　と椿は期待してしまう。

だって、バレンタインだし、恭介が嬉しそうにしていたし、と彼女は確かめたくて堪らなかったが、余計な口出しをして引っかき回してしまうのもダメだと思い、唇を噛みしめながら我慢した。


放課後になり、サロン棟で友人達にチョコを渡し終えた椿は自宅へと帰ると、佳純《かすみ》から「レオン様がお越しです」と知らされ、彼女は制服のままリビングへと向かう。

「それが高等部の制服か。初めて見るが、椿によく似合っている。あと使用人に土産《みやげ》を預けてあるから、後で食べてくれ」

「毎回どうもありがとう。それから遠路《えんろ》はるばるようこそ日本へ。で、今年もチョコはいらないって言うの？」

「ああ、顔を見に来たのと、しおりを受け取りに来ただけだからな。新しく作ったんだろう？」

「温室や庭にある花限定だけどね。でも、しおりばっかり増えても仕方ないでしょ？」

「そうでもないさ。前は本を読む時は一気に読んでいたが、しおりを貰ってからは本に挟むのが楽しみになって、適度に休憩を取れるようになったからな。まぁ、そうやって頻繁に使っているから」

と、そこでレオンが話すのを止めたので、椿は何か問題でもあったのだろうかと不思議に思った。

「その……必要以上に触ったりしていたせいもあるが、割とボロボロになってしまったんだ。貰った物に対して申し訳ないとは思っている。すまない」

「いや、謝らなくていいから！　あれは本当に趣味で作ったものだから、補強はしてないし切り方も適当なのよ。だから使い続けていればラミネートが剥《は》がれるのは当たり前。むしろそこまで使ってくれてたことの方に驚いたわよ」

「そうなのか？　てっきり俺が毎日触ったりしていたから剥がれてしまったんじゃないかとばかり」

本当に申し訳なさそうな顔をしてレオンが言うものだから、椿は趣味だからと使用人の助けを最小限にしてもらい適当に作っていたことを申し訳なく思った。

喜んでくれているとは思っていたが、まさかそれほどまでとは思ってもいなかったのである。

「……剥がれたやつはもう一回ラミネートすれば一回り大きくなっちゃうけど、修復はできると思う」

「そうか！　それなら良かった」

途端に顔を明るくさせるレオンを見て、しおり程度でこんなにも喜んでくれるとはと椿は戸惑い半分、嬉しさ半分といった気持ちになる。

側で控えていた佳純が椿の話を聞いて、すぐにラミネートの機械を用意してくれた。

「レオン様、修復されるしおりをこちらへ」

「ああ、頼む」

しおりはものの数分で修復され、少し大きくなってしまったがレオンの手元へと戻っていった。

「ラミネートで簡単に修復できるんなら、機械を買っておいた方がいいな。それなら、俺でも家でできるし」

「機械が熱くなるから火傷《やけど》しないように気をつけてね」

「そこは使用人の手を借りるさ。俺が怪我をしたら、見ていなかった、手伝わなかった彼らのせいになってしまうからな」

「そう、なら良かった。で、増えるだけのしおりを本当に新しく選ぶのね？」

「当たり前だ。それを目的に来たんだから。今まで使用していたものは殿堂入りで飾ることにするから、新しいのが必要なんだよ」

「止めて！　飾ろうとしないで！　材料費含めて百円もかかってないから！　場違いだから！」

レオンの部屋に飾られているのは、いずれも価値のある高価なものばかりなのは椿でも簡単に想像がつく。

そのような高級品の中に椿の作ったしおりが混ざるなんて、彼女は考えただけでもいたたまれなくなる。

椿の言葉をレオンはずっとニコニコと笑顔で聞いているが、あれはこちらの言うことを聞く気はないということだと付き合いの長い彼女は察していた。

基本的にレオンは一応自分の意見を出しはするが、最終的に椿の意見をいつも尊重してくれている。

　取りあえず自分の意見が通ればラッキーと思っているのだ。

　けれど今回は椿の目の届かない所での話なので、レオンも引く気はさらさらないということである。

「値段ではない、と去年俺は言わなかったか？　物の価値は値段じゃなくて、持っている本人が決めることだ。俺にとって、このしおりは値段の付けられない貴重な物、という認識しかない。椿にとっては大したことはなくても、俺にとってはそうではないというだけだから、その認識を変えることは無理だ。諦めてくれると助かる」

「頑固者め」

「それを椿が言うのか？」

「私はレオンほどじゃないもの」

「さぁ、どうだろうな？　俺は自分が頑固なのは認めるが、椿よりもそうかと言われるとちょっと疑問だな」

　わざとらしくレオンは笑っているが、そう言われると意地っ張りで頑固だという自覚がある椿は彼に強く反論することができない。

　何も言えない椿は、腕を組んで黙り込んだが、彼はそんな様子を見て穏やかな笑みを浮かべている。

「どちらがより頑固かの議論は置いておこう。答えは絶対に出ないだろうから。それに日帰りの強行軍だから、あまり長居はできないんだ」

「本当に毎年ご苦労様ね。そういうことなら、頑固かどうかの議論はまた今度にしましょうか。佳純さん、しおりの入っている缶を持ってきてくれる？」

すでに佳純は椿の部屋からしおりの入った缶を持ってきていたようで、すぐに彼女に手渡してくれた。

それを椿はそのままレオンへと手渡した。

彼は蓋を開けて、中に入っているしおりを何枚か取り出して見比べながら、どれにするかを真剣な表情で選んでいる。

「そうだな……今年はこの桜のしおりにするよ。もうじき春だしな」

「一枚でいいの？」

「あぁ、今年は必要以上に触ったりしないように気を付けるから長持ちするはずだ。それに修復できるようにするから問題も無い」

「ならいいんだけど」

レオンは箱から取り出した桜のしおりを大事そうにひと撫でした後に、長方形のケースへと収納し立ち上がる。

「さて、そろそろ空港に向かうよ。それと、今年の夏は日本に来るから、また恭介達と一緒に東京を案内してくれると助かる。あと……」

「あと？」

椿の言葉に、レオンはしばらく考え込んだ後で何でもないと答えた。

「言い残してることがあるなら言って。後からやっぱりこうでしたーって言われたら怒るからね」

腰に手を当てて仁王立ちになった椿が、軽くレオンを睨みつけるように見ると、彼はそっと視線を外した。

「やっぱり何か言いたいことがあるんじゃない！」

「……いや、あるにはあるが……。だが、言ったら……」

煮え切らない態度に椿はレオンとの距離を詰めて、真正面から彼を見上げる。

レオンは至近距離の椿に狼狽えて二、三歩後ずさった。

「……分かった！　言うよ！　言うから少し離れてくれ……！」

頼むから！　と必死に言われ、椿は元の位置へと戻る。

椿が離れたことでレオンも落ち着きを取り戻し、咳払いをした後で彼は口を開く。

「先に確認しておくが、怒らないな？　逃げないな？　嫌がらないな？　俺を嫌いにならないな？」

「何⁉　私、これから何を言われるの⁉　何を言おうとしてるのよ⁉」

「いいから、約束してくれ。でないと今の時点で言えない」

切羽詰《せっぱ》まった表情のレオンを見た椿は、彼の本気度を感じて覚悟を決める。

「分かった」

「その言葉を信じるからな」

レオンの言葉に椿はしっかりと頷いた。

「その…………実は、今年の九月から……鳳峰学園に、留学することになった」

「は？」

「椿と同じ学年で一年間」

「え？」

「ずっと両親を説得していたんだが、去年の夏に条件を出されてね。それをクリアしたから留学が許可されたんだ」

「…………………マジで？」

「マジだ」

レオンは、ポカンとしている椿をジッと見て彼女の反応を窺っている。

予想もしていなかったことを言われた椿の脳がようやく動きだし、視線をレオンに合わせた。

「やっぱり嫌か？」

不安そうな彼の言葉と態度に椿はそうではないと首を振る
「違うの。全くの予想外だったから、ただ驚いただけよ。レオンが私の不利になるような行動を取らないのは分かってるもの。そこは信頼してるから」

「……驚かせて悪かった。留学の話をして、否定的なことを椿から言われて自分もどこかの国に留学すると言われたらと思ったら言い出しにくくて」

「……別に言われたところで逃げないのに」

「それを椿が言うのか？」

レオンが苦笑しているのを見て、椿はこれまでの自分の行いを振り返ってみたが、確かに逃げる準備はしそうだと思った。

「……言い出しにくい状況を作ったことに関しては謝罪するわ。ごめんなさい」

「別に椿を責めている訳じゃないし、謝罪して欲しい訳でもない。それに謝っているのは俺だし、椿にそんな顔をさせるために来た訳じゃない。いつもみたいにしていてくれないか？」

困り顔のレオンに向かって椿は「了解」と告げると、彼は安心したようにニッコリと微笑みを浮かべる。

「話し込んじゃったけど、飛行機の時間は大丈夫？」

「そろそろ出ないとまずいな。あと最後に驚かせるようなことを言って悪かった」

「それはもういいよ。気にしてないから」

「……じゃあ、また夏休みに」

時間にしたら一時間も経っていなかったが、レオンは用事だけを済ませて朝比奈家を後にした。

【12】

あ～桜が綺麗だなぁ、と敷地内の桜を眺めながら、二年に進級した椿は人が少ない内にクラス分けを見ようといつもよりも早めに登校していた。

「あれ？　朝比奈さん。相変わらず早いね」

クラス分けが掲示されている場所まで来た椿は自分の名前を探し始めるが、篠崎に声を掛けられたことで、視線を外して振り返る。

「……ごきげんよう、篠崎君。貴方もいつも通り早いですわね。もうクラス分けはご覧になりまして？」

「見たよ。朝比奈さんが何組かも知ってるけど」

「あ、ちょっとお待ちになって！　自分で見つける楽しみを奪わないで下さいな」

「そう言うと思ったよ」

椿の拗ねたような言い方に篠崎は苦笑している。

彼女はクラス分けに視線を戻して一組から順番に見ていき、四組まできた所で女子の一番目に朝比奈椿の名前を見つけた。

他に知り合いの名前は無いかと見ていると、な行の所で椿は全ての動きを止める。

『夏目透子』

四組の所にはそう書かれていた。

まさか彼女と同じクラスになるとは、と椿は戸惑いを隠せない。

「あれ？　鳴海さんと同じクラスになれたのに、嬉しくないの？」

背後から篠崎に声を掛けられた椿は、すぐに透子の名前の下に視線を移動させる。

そこには篠崎の言った通り、鳴海の名前も書かれており、椿は再び彼女と同じクラスになれたことを素直に喜んだ、が、どうして彼はそれを知っていたのだろうか。

「何故、篠崎君が御存じなのですか？　まさか、もう誰が誰と同じクラスだとか覚えたのですか？」

「四組の男子の所を見てみて」

笑みを浮かべている篠崎に言われて、椿は四組の男子の名前を見てみると、さ行の部分で篠崎の名前を見つけた。ついでに白雪の名前も。

「あら、同じクラスでしたのね。篠崎君とは中等部の三年生以来になりますわね。今年一年よろしくお願い致します」

「こちらこそよろしく。朝比奈さんは行事とかで協力してくれる人だから、今年は楽なクラスになりそうで良かったよ」

「できることは致しますが、他の方が私を怖がって畏縮《いしゅく》してしまいますから、楽かどうかは」

「そうかな？　鳴海さんも夏目さんも居るから、そこまでにはならないんじゃない？」

「だとよろしいのですが」


こんな調子で始まった二年目。

いつの間にか透子が水嶋様呼びから水嶋君と呼ぶようになったりと順調に仲良くなっている二人に対して、後は勝手にフラグ回収しやがれ、と思いながら学校生活を送っていたが、遠足の後で問題が勃発する。


それは、遠足が終わり中間テストが近づいてきたある日のこと。

椿が昼食を終えて教室へと戻っている最中に、ポケットに入れていた携帯が震えていることに彼女は気が付いた。

携帯の画面を見ると、佐伯から『四組の方の階段に来て』と短いメールがきていた。

佐伯に何があったのかと心配になり、メールに記された場所へと向かうと、階段の下の方を、つまり椿の方を呆然と見ている恭介がいたのである。

近くには困った様子の佐伯が立っており、彼はやってきた椿に気が付くとどこかホッとしたような表情を浮かべた。

普段とは違う様子の恭介に通りがかった生徒達は彼に視線を向けては通り過ぎていく。

「恭介さん？」

階下から椿が声を掛けてみるが、彼の反応は全く無い。

「恭介さんったら！」

先ほどよりも大きな声を上げてみるが、またもや恭介からの反応は無い。

一体どうしたというのかと椿は階段を上がって恭介に近寄ったが、顔を真っ青にしてただ一点を見つめ、思い詰めたような表情の彼を見て彼女は言葉を失った。

この状態の恭介から話を聞くのは無理だと悟った椿は、隣で狼狽えている佐伯に理由を訊ねる。

「佐伯君、一体何がありましたの？」

「……実はさっき、夏目さんが階段から落ちそうになったのを見てから、ずっとああなんだよね」

「え⁉　夏目さんが⁉　大丈夫ですの⁉」

「手すりに掴まったから、落ちなかったんだけど、驚いたみたいで動けなくなって、白雪君が保健室に連れて行ってくれたんだ」

「それは、心配ですわね。だから、恭介さんが、ああなってしまったと」

椿の言葉に佐伯は頷く。

同時に、大きなため息を吐いた恭介を見て、椿はようやく我に返ったかと彼に声を掛ける。

「恭介さん。夏目さんは」

「……分かってる。放っておいてくれ」

まるで透子の話を聞きたくないというような恭介の態度に椿は違和感を持つ。

彼はそのまま階段を下りて、足早にどこかへと行ってしまう。

残された椿と佐伯は恭介の行動が理解できずに首を傾げたのだった。


そして、この日から恭介は透子に話し掛けることはおろか、彼女を徹底的に避けるようになってしまった。

元々、恭介は頻繁に透子と話をしていた訳ではないが、創立記念パーティーの一件から彼女と親しくしていると生徒達からは認識されていたため、彼の突然の変化に皆が驚いていた。

だが、きっと恭介が透子に飽きたか嫌いになったのだろうということに落ち着き、女子生徒達からは喜ぶ声も聞こえてきたのである。

一方で、ついに椿が動いたとも言われていたが、当人は、ついこの間まで親しくしていた相手から急に避けられるようになったことで落ち込んでいる透子を見て胸を痛めていた。

透子にここまで悲しい顔をさせるなんて、恭介は一体何を考えているのかと椿は彼を問い詰めようとしたが、彼は透子のみならず彼女のことも避けていた。

話し掛けようとしても逃げられ、メールも電話も無視されている状態であったことから、椿は恭介の外出先まで押しかけることにしたのである。

休日に椿は志信を連れて、恭介が居るであろうホテルのロビーで待ち伏せし、用事を終えた彼の前に立ちふさがった。

恭介は突然現れた椿を見て険《けわ》しい表情になる。

「どうして私のメールや電話を無視するのかしら？」

「……忙しかったんだ」

「嘘ですわね。その時に忙しくとも時間ができた時に必ず恭介さんは折り返し連絡して下さるもの。それもなさらないなんて、そんなに夏目さんのことを尋ねられるのがお嫌でしたの？」

恭介は何も答えず黙ったままだが、沈黙は肯定にしかならない。

「どうして彼女を避けておいでですの？　彼女が何か気に障ることをなさいました？　理由も話さずに避けるなど、人としてどうかと思いますわ。彼女を悲しませて何が楽しいのですか？」

途端に恭介は椿を睨み付けると、彼女の腕を掴んで物陰へと引っ張っていく。

ロビーで話すことでもなかったので、椿は大人しく引きずられていった。

「……お前に何が分かる！」

「理由を知らないんだから分かるわけないでしょ！　分かって欲しかったら、ちゃんと理由を話せばいいだけよ！」

椿にキレ返され、恭介は勢いを削《そ》がれてしまう。

気まずくなり、彼は椿の腕から手を離して目を逸らした。

「夏目さんに何か問題があったの？　何かされたの？」

「……夏目は何もしてないし、何も悪くない」

「じゃあ、どうして」

「それは言えない。言いたくない」

「一体、何なのよ。理由も言わずに無視するなんて、夏目さんから嫌われるだけでしょ？　いいの？」

「むしろ嫌ってくれた方がいい」

何がどうなってそう思うようになったのか、椿には全く分からない。

「どうしてそういう思考になるのよ」

「椿には関係のないことだ。何を聞かれても僕は答える気はない」

「四歳から付き合いがある私にすら言えないって言うの⁉」

「……お前に言ったら夏目に伝えるだろうが！」

「夏目さんのせいじゃないなら、伝えるに決まってるでしょ！　あの子がどれだけ傷ついてると思ってるのよ」

恭介は固く唇を閉ざしていて、理由を口にしようとはしない。

あまりの頑なな態度に椿は息を吐き出した後に緩く頭を振った。

「何を言われても僕は理由を話すつもりはないし、これ以上夏目のことで話すこともない」

「……態度が変わったのって夏目さんが階段から落ちかけたのを見てからよね？」

恭介が眉を微妙に動かしたところを見ると、椿の言ったことは合っているようであったが、彼はその問いに答えぬままその場を後にする。

椿は恭介が階段から落ちかけた透子を見たことと、彼女を避けることがどうしても繋がらず途方に暮れた。

この日以降、恭介はこれまで以上に椿のことも避け始め、水嶋家に行っても居留守を使われたりして会えなくなってしまう。

ならば、と椿は佐伯や篠崎に話を聞いてみるが、彼らも分からないということで、彼女はどうすることもできずにいた。

【13】

打つ手がなくなりどうすることもできずにいた椿は、白雪から放課後に話があると空き教室に呼び出された。

相手が白雪であったことから、もしかしたら透子の件で話でもあるのかと思い、椿は快諾し空き教室へと向かう。

空き教室には、呼び出した白雪の他に透子も居《お》り、彼女は椿が入ってきたことにひどく驚いていた。

「なんで、朝比奈様を！」

「一番事情を知ってそうな人に聞くのが一番だと思ったからよ」

「だからって！」

「夏目さん、落ち着いて」

興奮している透子は白雪へと詰め寄るが、椿は落ち着かせようと彼女の肩に手を置いた。

「……白雪君、ここに夏目さんが居るってことは、恭介さんの話でいいのね？」

「そうよ。それと話は変わるけど、透子に対してその話し方で大丈夫なの？」

「ああ、去年の冬にコンビニで買い物してるの見られてね。こっちの口調がバレたの」

「何してるのよ……」

「バレたのが夏目さんだったんだから問題ないでしょ？　それよりも今は夏目さんの話よ」

そうだったわね、と呟いた白雪は本題を口にする。

「……椿は最近の水嶋様の態度は知ってるわよね？　まだ透子に話してないことで何か知ってることがあれば教えて欲しいのよ」

「残念ながら、恭介さんは夏目さんだけじゃなく私まで避けてる状態でね。メールも電話も無視されてるの」

「椿まで？　徹底してるわねぇ」

「でしょ？　それで、恭介さんがああなったのって、この間の昼休み以降よね？　夏目さんが階段から落ちそうになった日。あの時の恭介さんってどんな感じだったの？」

「……あの日、午前中までは水嶋君の態度は普段通りだったんです。でも階段から落ちそうになって尻餅をついて上を見たら顔面蒼白の水嶋君が私を見てて……。なんていうか、その時の水嶋君は物凄く怖いものを見たような顔をしてました。それからは凪君が立ち上がれない私をおんぶしてくれてその場を離れたので、水嶋君の様子は分からないんですけど」

話を聞いても、やはり恭介の態度が変化した理由が椿には思い浮かばない。

「あの、朝比奈様……。もしかしたら水嶋君は私が階段から落ちかけたのを見て、あまりの鈍くさに引いてしまったんじゃないですか？　みっともないと思われてしまったんでしょうか？　見限られてしまったから、もう関わりたくないと思ってしまったんでしょうか？」

言いながら透子は泣きそうになっている。

咄嗟に椿はそれはない！　と強く否定したが、透子は下唇をかんで首を横に振っていた。

白雪は、透子と椿のやり取りを黙って聞いていたが、顎に手を当てながら冷静な口調で話し始める。

「ねぇ、ちょっと疑問に思ってたんだけど。透子は水嶋様に冷たくされていることを気にしすぎじゃない？　何でだろうって思う気持ちは分かるわよ？　でも、前に別の子が同じように透子を無視した時は、透子は自分にも悪いところがあったかもしれないからって、とりあえず相手が落ち着くのを待ってから動いたじゃない。どうして水嶋様に対してだけすぐに動こうと思ったの？」

透子は、それは……と言葉につまり口を閉ざした。

彼女自身もなぜそうしたのかが分かっていないようで考え込んでいる。

「分からないなら、このまま水嶋様の気持ちが落ち着くまでは放っておくのね。今、本人に聞いても話してくれないだろうし」

放っておくという言葉に反応した透子が勢いよく顔を上げた。

「どうしてそこまで過剰に反応するのよ。他の子と水嶋様に違いなんてないでしょう？　それとも

「……嫌われたくない理由でもあるの？」

白雪から聞かれ呆《ほう》けていた透子であったが、しばらくすると彼女は一気に顔を真っ赤にさせて恥ずかしそうに顔を伏せてしまう。

「え？」

恋愛感情を自覚したような透子の行動に、椿の動悸が激しくなる。

全くのシリアスな場面であるにも拘わらず、椿は口元に笑みが浮かびそうになった。

「な、夏目さん！　そうなの⁉　まさかそうなの⁉　恭介さんのこと」

「ぎゃー！　言葉にしないで下さい！」

「やっぱり！　やっぱり好きなんだ！」

「ハッキリ言われると恥ずかしいので止めて下さい！」

「いよっしゃー！　天は我に味方したぞー！」

立ち上がり両手を上げている椿と顔を手で覆ってジタバタしている透子。

一見異様な光景である。

「あーもう！　透子も椿も落ち着いて頂戴。ほら椿は座って」

「あ、ごめん。つい興奮して」

椿と透子を落ち着かせた白雪は、盛大なため息を吐いた後で真面目な表情になり口を開く。

「ねぇ、椿。本当に水嶋様が透子を避ける理由を知らないの？　何かこれまでに疑問に思ったこととか無かった？」

「私からもお願いします」

白雪と透子から聞かれたが、恭介から話を聞けていない椿はさっぱり分からない。

階段から落ちそうになった透子を見て恭介が何を思ったのか。何故あそこまで動揺したのか。

先ほど透子は恭介が何か怖いものでも見たような顔をしていた、と言っていた。

怖い、怖がる？　恐れる？　あの恭介が怖いと思うものがあるのか？　と椿が考えた所で、そういえば中等部の時に冷静な彼が美緒に対して怒りをあらわにした後で、椿に「死なないよな？」と不安そうな目をして聞いてきたことがあったのを彼女は思い出す。

あの時は切っ掛けが〝死〟というワードであったことから、恭介は階段から落ちそうになった透子を見て、もしも彼女が死んだら、と考えて途端に怖くなったのではないだろうか。

けれど、それだけで透子を遠ざけようとするもの？　と椿は疑いを持ってしまう。

「何？　何か気付いたことでもあったの？」

椿の表情の変化を察知した白雪が言うことは絶対に誰にも言わないと誓って」

「……夏目さん、白雪君。今から私が言うことは絶対に誰にも言わないと誓って」

「言わないわ。でも、とんでもない秘密を共有させられるのはごめんよ」

「絶対に誰にも言いません。だから言って下さい。朝比奈様」

二人の表情から、本当に秘密にしてくれると判断した椿は口を開く。

「あのね。恭介さんは三歳の時に母親を亡くしてるの。どの程度かは私には分からないんだけど、母親の死がトラウマになっている部分があって、近しい人が死ぬことを恐れてるんだと思う。これは本人から聞いた訳じゃないから私の予想なんだけど。でも、それだけで夏目さんを遠ざけるのはないかなって思って……」

悩んでいる椿と違い、白雪は彼女の話を聞いて何か考え始める。

「白雪君、どうしたの？」

「いえ、うちと状況が似てるかもって思っただけよ。……ねぇ。確か水嶋様と椿のお祖母《ばあ》さんも早くに亡くなってたわよね？」

「うん。確かうちの母が学生の頃だって。何か気になることがあるの？」

「気になるっていうか。……仮定なんだけどね。でもそう考えると納得できるのよね」

「何が？」

首を傾げた椿は聞き返して、白雪に先を話すよう促した。

彼はしばらく考え込んだ後で椿へと視線を向ける。

「あのね。前にあたしの父は小学校に入る前に亡くなったって言ったわよね？」

「うん」

「母が今の父にプロポーズされた時に、ちょっと情緒不安定になったことがあったのよ。ていうのも、実の父は駅まで母親を迎えに行く途中で事故にあって亡くなったから、父方の親族に色々と責められたりしてね。それで、また結婚相手を不幸にしてしまうかもしれないって信じ切ってたみたいなのよ」

「……それって、お祖母様やおば様が亡くなっているから、恭介さんは自分の相手もそうなるかもしれないって考えたってこと？」

「水嶋様がどう考えてるのかは分からないけどね。でもそう考えると納得はできるのよ」

話を聞いた椿は、確かに気にしすぎるところがある恭介だから、そう考える可能性はあると思った。

同時に、恭介は透子から嫌われた方がいいとも言っていた。今の話が合っていた場合、その恭介の言葉は理解できる。

また、その場合は恭介の態度が軟化することは絶対にない。

どうする？　と悩みながら椿は、避けられている張本人である透子の様子を窺う。

意外なことに彼女は先ほどまでの悲しげな表情からやや落ち着いた表情に変わっていた。

「夏目さん、大丈夫なの？」

「はい。大丈夫です。って言いたいところですけど、正直に言うと色々混乱してます。水嶋君から話を聞いた訳ではないので、本当かは分かりませんけど、何も知らない時よりは落ち着きました。今の話が真実かどうか、水嶋君に聞いてみようと思います。何もせずに離れてしまうのは嫌ですもん」

小さくガッツポーズを決めている透子は、すでに覚悟を決めたようだ。

恭介から話を聞くのだと息巻いている。

そんな透子に向かって、椿も白雪もエールを送ったのだった。

【14】

鳳峰学園高等部の裏庭へ、透子に手を引かれる形でばつの悪そうな表情の恭介が連れられてきた。

ほどなくして足を止めた透子は振り向いて、恭介の目をしっかりと見つめる。

だが、すぐに恭介は彼女から視線を逸らしてしまう。

「……いきなりなんだ」

「無理に連れてきてしまってごめんなさい。でも、私はこのまま水嶋君と話ができなくなるのが嫌だったんです」

恭介は透子の言葉に応えることもせずに黙っていた。

透子も無言になるのは予想していたのか構わずに話し続ける。

「最初は私の間抜けな姿を見て失望されたのかなって思ってたんです。でもそうだったら、絶対に水嶋君から何か言われるはずだから違うのかなとも思ったり……。何も言わずに水嶋君から避けられるっていうことは相当の理由があるんでしょうけど」

「悪いが、迎えを待たせてるんだ。話がそれだけなら僕は帰る」

何がどうあっても理由を話すつもりのない恭介は、無理に透子との話を切り上げて彼女に背中を向け歩き始める。

「お母さんのことが原因ですか！」

立ち去ろうとする恭介の背中に大声で透子が投げかけると、彼はピタリと足を止めた。

「それを誰に聞いた」

今まで聞いたこともないような低い声に透子は驚いて身を震わせる。

透子の反応を見た恭介は一瞬しまったという表情を浮かべたが、すぐに表情を戻した。

「……朝比奈様です」

「あいつ、余計なことを」

恭介は小さく舌打ちをした。

「私が教えて下さいと言ったんです。だから朝比奈様を責めないで下さい」

「……別に話されて困ることじゃない。いや、今は困ってるけど秘密にしていた訳じゃないし、母が幼い頃に亡くなったことは大抵の人が知っていることだから椿を責めたりしない。ただ、タイミングが最悪だっただけだ」

「ということは、やっぱりお母さんのことがきっかけなんですね？」

理由を言い当てられて透子からジッと見られ、恭介は深いため息を吐いた後で観念したように口を開いた。

「……あの瞬間、夏目が階段から落ちていく光景がスローモーションで見えた。同時に母を亡くした時の色々な出来事がフラッシュバックして……夏目が、居なくなる未来を想像したら途端に怖くなったんだ。常識的に考えれば持病のない人間が事件や事故に巻き込まれる可能性は限りなく低いし、寿命を全うする人がほとんどだと頭では分かってる。けど」

「お祖母さんのことですね」

「それも聞いてたのか……。さすがに祖母、母と続けて亡くなれば、もしかしたらと思ってしまう。ただの偶然といえばそうなのかもしれないが、それでも僕は……君を、失うことが何よりも怖いんだ」

最後の言葉の時、恭介の声は震えていた。

それだけ彼は大事な人の死を恐れている。

「そ、れって……水嶋君とは、このままずっと話もできないし離れたまま、ということですか？」

「僕の側に居なければ危険な目には遭わないかもしれない。死なないかもしれない」

「そんなの可能性の話じゃないですか！　水嶋君の近くに居ても死なないかもしれないし」

「だったら！　どうやってそれを証明するんだよ！」

反論する言葉が思い付かなかったのか、透子は言葉に詰まってしまう。

「大声を出して悪かった。でも」

透子へと視線を向けた恭介は、彼女の怒っているような表情を見て途中で口を閉ざした。

「み、水嶋君は、私を守ったつもりだから満足だろうけど、それは自分のことしか考えてないよ！」

「え？」

「優しくするだけ優しくして、期待させるだけさせておいて、いきなり手を離すなんてずるいよ！大体、私のためとか言ってるけど結局、水嶋君は自分が傷つくのが嫌だから私を避けてるだけじゃない！　理由があるならちゃんと話して欲しかった！　勝手に一人で決めるんじゃなくて、私は水嶋君と一緒に悩みたかった！　私の未来を勝手に決めないで。私をのけ者にしないでよ！」

恭介は何も言えずに、ただ呆然と透子を見つめている。

普段は温和な透子が興奮している様子に驚いているようだ。

はぁはぁと息を切らせた透子は、幾分か落ち着いたようで穏やかな表情へと戻っていた。

「私は水嶋君から信頼してるって言ってもらえて嬉しかったです。水嶋君は、私がいつも利用するお店や食べている料理とかの話をしても馬鹿にしたりしないで、目を輝かせて聞いてくれたし、いつも私の意見を尊重してくれてました。私と一緒に子供みたいにはしゃいで楽しそうにしてる水嶋君を見るたびに、この人は私と同じ十六歳の男の子なんだって知って嬉しかったし、同じ時間を過ごせたことが幸せだと感じてました」

「夏目……」

「私は、水嶋君とのことを過去にしたくないです」

ジッと見る透子に気圧《けお》されたのか、恭介は狼狽えている。

しばらく無言の状態が続いていたが、透子から顔を背けた恭介が「ごめん」と一言口にしたことから、透子は涙目になってその場から走り去ってしまった。


追いかけようと足を踏み出した恭介であったが、そのまま立ち止まり下を向いた瞬間に、ガサガサ！　と音がして、茂みの向こうから般若の顔をした椿が飛び出してきた。

「この馬鹿！　さっさと夏目さんを追いかけなさいよ！」

「うわああ！　ビックリした！　お前どっから出てきたんだよっていうか制服に草とか土とか付いてるぞ！　何してたんだよ！」

突如として現れた椿に恭介は腰を抜かさんばかりに驚いている。

驚きながらも全てにツッコミをいれているところは、椿の教育の賜物《たまもの》であると彼女は自画自賛をしそうになったが、今はそんなことをしている場合ではない。

「私のことはどうでもいいのよ！　早く夏目さんを追いかけて」

「お前には関係ないだろ」

「大ありよ！　ここであんたらにくっついてもらわないと、私が恭介なんかと結婚する破目になるじゃない！　そんなのごめんなんだからね！」

「とんでもなくひどい言いざまだな！　僕が結婚するとしても、相手は絶対にお前じゃないことは確かだ。安心しろ」

「ああ、そう。それは安心したわ。でも、今はその話は置いておいて。恭介が夏目さんを傷つけたのは事実なんだから、追いかけて謝らないといけないんじゃないの？」

「……」

追いかけろとせっつくと、恭介はそれまでの勢いはなんだったのかと思うぐらいに無言になった。

「追いかけないってことは諦めるのね。じゃあ、この先、夏目さんがこれまで恭介に向けていた笑顔を他の男に向けても平気だっていうの？　他の男の名前を口にして、手を繋いで微笑み合っても良いっていうのね」

「……仕方、ないだろ」

「架空の相手を殺しそうな目をしといて、どこが仕方ないのよ。未練たっぷりじゃない」

「だったら……だったらどうしろって言うんだよ！　僕の側に居たら」

「大丈夫よ」

「何でそんなに自信満々なんだよ！　他人事だと思って簡単に言うな」

「だって、付き合うだけだったら大丈夫でしょ？　お祖母様もおば様も結婚してたじゃない。付き合ってる時はなんともなかったんだから、ＯＫよ」

　斜め上のことを椿から言われ、多少は冷静になったのか、恭介の表情が落ち着いたものになる。

「……その理論は一応理解できるけど、付き合ってしまったら結婚は避けられないだろ」

「だから、なんで付き合う＝結婚に結びつけるのよ。付き合っていく内にお互いの価値観の差がどうしても埋められないってことに気が付いて別れることだってあるでしょう？　お互いに納得して別れた方が未練は残らないし、後悔もしない」

　椿の言うことに納得する部分があると思ったのか、恭介は考え込んでいる。

　だが、やはり彼の考えを変えることは難しく、ゆるく頭を横に振っていた。

「そう。だったら将来、夏目さんがろくでなしと結婚してボロボロになってる所に遭遇しても手を差し伸べたりしないと言える？　弱っている夏目さんを見て守ってあげたいとか、側で支えてあげたいって感情を抱かないと本当に言える？」

「…………しない」

　しないと言いつつ、恭介は唇を噛みしめて苦しそうな表情を浮かべている。

　言ってることと表情が全く違うことに本人は気付いているのか、と椿は呆れてしまう。

「その時に恭介が私じゃない別の人と結婚していたとして、その人を裏切らないって言えるのね。不誠実な真似はしないって誓えるのね」

「……お前は！　困ってる相手を見捨てろって言うのか！　どうせ結婚したとしても政略結婚なんだから互いに恋愛感情なんてないだろうし、僕がどこで何をしようと相手は気にしないはずだ」

「政略結婚だと納得したとしても、夫が妻以外の女を大事にするなんて女としてのプライドが許すはずないでしょう？　そこまで心の広い人なんてそうそう居ないわよ」

恭介は自分が都合のいい話をしていることに気が付いたのか、居心地が悪そうにしていた。


「ねぇ、恭介。今度はあんたが私と立花美緒をつくるつもりなの？」


そうして負の連鎖を続けていくつもりなのかと椿が問うと、恭介はハッとして彼女を見つめてくる。

「取りあえず付き合うだけ付き合ってみたら？　夏目さんだって結婚したいとまでは、まだ思ってないでしょう。未練も後悔も残さないように動くのが一番よ」

ここまで言っても二の足を踏んでいる恭介に椿は苛立ってくる。

夏目を傷つけたこと、自分を無視していたことを踏まえて、椿は追いかけようか悩んで背中を向けていた恭介のお尻に向かって思いっきり膝蹴りを入れた。

「いって！　いきなり何するんだよ！」

「恭介の馬鹿！　ヘタレ！　弱虫！　腑抜《ふぬ》け！　意気地なし！　小心者！　短足！　服のセンス最悪！　格好つけマン！　将来的に恥ずかしい禿《は》げ方して水虫になった挙げ句に痛風になってメタボで苦しめ！」

「それは言い過ぎだろ⁉　あと途中からただの呪いになってるじゃないか！」

「いちいちツッコミいれてる場合⁉　いい加減に腹をくくりなさいよ！　他の男に渡したくないんだったら、さっさと追いかけろ！」

「……追いかけてどうすればいいんだよ」

「逃げる夏目さんの腕を掴んで引き寄せて抱きしめた後にキスでもすりゃ一発よ！」

「それ一発で嫌われるやつだろ⁉」

「グダグダ言わずに行きなさい！」

椿は恭介の背中を全力で押すと、あっさりと動いたことから彼も覚悟を決めたようである。

「椿……もし振られたら」

「あーもう！　グチグチ言ってないで。ほら、行った行った」

背中を押し続けて椿は恭介を送り出した。

走り出した恭介の背中が見えなくなると、椿はその場に座り込んで息を吐く。

「なんであそこまで拗《こじ》れるのよ……。ほんっとうに疲れた」

椿はすぐに帰ろうかとも思ったが、恭介と透子がどうなるのか気になってしまい中々その場から動くことができない。

そうして座って待つこと三十分ほど経った頃に、椿の許へ恭介と泣き腫らした目をした透子が二人揃ってやってきた。

こちらに来た時とは逆に恭介が透子の手を引いている。

手を繋いで二人揃っているということはそういうことである。

「透子と付き合うことになった」

「恭介君と付き合うことになりました。心配を掛けてごめんなさい。それからありがとうございます」

「おめでとうの前に一言言わせてもらえる？　どういう話し合いを経たら下の名前で呼び合うまでの仲になれるのよ⁉」

椿の言葉に透子は頬を赤く染めて嬉しそうに笑っており、恭介も恥ずかしそうにしているだけで、全く答えになっていない。

だが、二人が無事に付き合うことになって、これまで色々とサポートしていた椿は本当に良かった、と満面の笑みを浮かべた。


そうして恭介と透子が付き合うことになった数日後。

サロン棟の個室にて椿を初めとするメンバーと篠崎、透子が集まり、恭介と彼女が付き合うことになったという報告会をしていた。

篠崎と透子がいるので、いつもの個室ではなかったが、給仕は真人《まさと》にお願いしてある。

「では、水嶋様とお付き合いすることになりましたのね」

「はい。藤堂様にも色々と心配を掛けてすみませんでした」

「夏目さんが気になさる必要はございませんわ。それに水嶋様と上手くいったと伺って安心致しま

した」

「全て丸く収まって良かったじゃない」

「藤堂様も八雲さんも、ありがとうございます」

照れ臭そうにしながらも、透子は本当に嬉しそうである。

「それで、水嶋はいつ夏目さんを好きだと気付いたんだ？」

「……この間、透子が階段から落ちかけた時だよ」

「はあ⁉」

それ以前に兆候はあったはずであるし、散々恭介に透子が好きなんじゃないのかと聞いていたのに無自覚だったことに椿は驚いた。

「え？　ちょっと待って。私、去年の四月の時点から夏目さんのことが好きなんじゃないの？　って聞いてたよね。なんで自覚するのがそんなに後なのよ」

「お前な……。僕の近くに居る恋してる男の言葉と態度を思い出せよ。あれを見てたら僕の抱いている感情はただの好意でしかないって普通は思うだろ？」

「あいつは外国人だから感情表現がストレートなだけよ！　あと何をもって相手を好きだと思うかとか、好きになった時の行動は個人差があるもんなの！　他の男と話している時に相手の男を睨み付けてる時点で好きってことだったんだよ！　鈍感な男め」

「自覚してなかっただけだし、自分の気持ちと向き合うのを避けてたんだ。だから、きっと椿が言うように四月の時点で好きだったのかもしれない。いや、かもしれないじゃないな。僕はその頃から透子が好きだったんだ」

突如始まった恭介の告白に、透子は真っ赤になった顔を両手で覆い隠している。

「藤堂様……これはさすがに恥ずかしいです。ここから今すぐ逃げ出したいです」

「あら、愛されている証拠ですわ。喜ぶべきでは？」

「そうなんですけど、こうもハッキリ言われると嬉しいやら恥ずかしいやらで」

「水嶋はそういう意図がなさそうだけどね」

「今は朝比奈さんと言い合うことに集中してるから。冷静になったら真っ赤になるか真っ青になるんじゃない？」

「有り得るな」

男子二人は面白いものを見たとでもいうように笑いながら口にしている。

しばらくしてから椿との言い合いも終わり、顔を真っ赤にしている透子を見た恭介は、ようやく自分がこれでもかと彼女のことを好きだなんだと言っていたことに気付いて頭を抱えてしまう。

「あ、頭抱えるタイプだったみたいだね」

「察しが良いと相手の顔を見てすぐに状況が分かってしまうのが面倒だよな」

勝手な言い分に、恭介はギロリと二人を睨み付けるが佐伯も篠崎も他人事のような顔をしている。

男子三人の会話を尻目に、椿は紅茶を飲みながら真正面に居る透子を見た。

ショートケーキを頬張りながら、小声で何度も美味しい美味しいと呟いている透子を見ると、本当に普通の女の子であると実感させられる。

ジッと見ていた椿は顔を上げた透子とバッチリと目が合うと、彼女は嬉しそうにニッコリと微笑みを向けてきた。

「朝比奈様。この間、恭介君と話してたんですけど、夏休みに家の近所の神社と商店街でお祭りがあるんです。それで朝比奈様も一緒にどうかなって思ったんですけど、どうですか？」

「デートでしょ？　二人で行けばいいじゃない」

「二人じゃないですよ？　恭介君のお友達が外国から来るらしくて、日本文化の体験とかでお祭りに連れて行くって言ってたので、今のところ三人ですね」

「……それってドイツ人の男？」

「はい、ドイツ出身の男の子だって聞きましたよ？」

「恭介？」

椿が恭介の方を見て説明を求めると彼はわざとらしく視線を逸らした。

逸らしたということは、ドイツから来る恭介の友達がレオンであるということだ。

「この間の電話じゃそんな話してなかったわよ」

「……昨日決まったばかりだからな。次の時に言うつもりなんじゃないのか？　で、来るのか？」

「さすがに三人でいってらっしゃい、は夏目さんが気まずいだけでしょうね。行くわ」

「良かった！　朝比奈様とお出掛けするのは久しぶりなので楽しみです！」

本当に嬉しそうな様子の透子を見て、椿も笑みを零す。

思えば最初から透子は椿に対して好感度が高かった。それをずっと不思議に思っていた椿であったが、今なら理由を聞けそうである
「ねぇ、夏目さん。ずっと不思議に思ってたんだけど、どうして貴女は入学式の時から私に対して

好意的だったの？　あの時、私は貴女に割と素っ気なく接していたと思うんだけど」

「え、えーとですね。それはですね」

と言ったっきり、透子は落ち着かない様子であちこちに視線を動かしている。

どうやら言おうかどうしようかと悩んでいるようだ。

「どんな理由でも別に怒ったりしないわよ」

「……本当ですか？　絶対に怒りません？　呆れません？　見捨てたりしませんか？」

「見捨てるって……むしろどんな理由なのかが物凄く気になるんだけど!?」

「えっとですね。……朝比奈様も覚えていると思うんですけど、中学二年の時に初めて私と朝比奈様は出会って話をしましたよね。その時の朝比奈様の凛《りん》とした態度や立ち居振る舞いの美しさ、それと発言に私は物凄く感動したんです。……私の目の前にマンガでしか見たことない理想のお嬢様が居るって」

「え？」

途中までは椿を物凄く褒めていた筈なのに、最後の言葉が予想外すぎた。

なんだか雲行きが怪しくなってきそうな雰囲気に、椿は心配になる。

「多分、エリカ様が実在したら、こんな感じなんだろうなって思ったのが最初でした。その時は私と住む世界が違う人なので、二度と会うことはないと思ってたんです。たとえ鳳峰学園に入学できたとしても、関わり合いになることはないだろうなって」

「ねぇ、夏目さん。ちょっと中断させてもらっていい？　〝エリカ様〟って誰？」

「あ、エリカ様というのはですね。『猫とショコラ』っていうマンガに出てくる早乙女《さおとめ》エリカ様のことです」

「マンガ……」

「そうなんです。それで、エリカ様は非常に向上心のある女性で頭が良くてスポーツ万能でなんでもできちゃうすごい人なんです。おまけに美人でスタイルも良いんですよ」

「へ、へぇ」

そんなすごい人物に似ているなんて、と椿はすっかり上機嫌になっていた。

「それで、早乙女エリカという人物が主人公なのは分かったけど、どういうマンガなの？」

「エリカ様は主人公じゃないです」

「は？」

「お金持ち学校が舞台のラブコメで、主人公は一応社長令嬢なんですけど、親の会社がつぶれかけてて資金援助を求めて、お金持ちの男の子をゲットするために入学してきた女の子です。エリカ様は主人公と恋に落ちるヒーロー、もといお金持ちの男の子の非公式ファンクラブの会長です」

「一気に小物キャラ臭しかしなくなったんだけど⁉　あと主人公、ものすごいアグレッシブね！」

「それで、エリカ様は主人公とヒーローの仲を邪魔する役割なんですよ」

「噛ませキャラじゃない！　なんでそんな高スペックのキャラを作者は噛ませにしようと思ったのよ！」

「落ち着いて下さい。エリカ様は普通の悪役じゃないんです。体育祭では全ての競技で主人公に勝ち、テストでも一位。料理が得意だという主人公に対抗して独学で料理を勉強して、フレンチのフルコース料理を作れるほどの腕前になったり、主人公が木彫りが得意と聞けば独学で勉強して木彫りのミロのヴィーナスを作ったりできる人なんです！　エリカ様の決め台詞《ぜりふ》の『貴女に私と同じことができて？』は、学校で流行《はや》ったんですよ。はぁ、本当にエリカ様は格好良いですよね！」

「ごめん、全然分かんない！」

　話を聞けば聞くほど、椿は早乙女エリカという人物が全く分からない。

「いや、前半は分かるわよ？　問題は後半よ、後半。努力の方向性が間違ってると思うんだけど。それマスターして将来、役に立つの？　主人公カップルの邪魔をするんだったら主人公を無視するとか、なんかこう色々あるでしょ？　何で勝負を挑む方向にいくの」

「最初はエリカ様もちゃんと悪役をしてたんですけど、途中からなぜかそういうキャラになったんです。でも、エリカ様が変わってから本誌の後ろの方で掲載されてたのが前の方になって巻頭カラーになり、表紙を飾り、ドラマＣＤにまでなっちゃったんですよ。今はアニメ化するんじゃないかって噂されてます」

　途中で作者に何があった。

「エリカ様の人気は凄いですよ。この間の人気投票で主人公カップルをぶっちぎって堂々の一位でしたから」

「主人公が既に食われてるじゃない！」

　興奮している透子とは反対に、椿はそのようなマンガが流行っているということに驚いた。

「仕方ないですよ。主人公と張り合って勝っていても毎回試合に勝って勝負に負けるという流れで、エリカ様の空回りっぷりがコミカルに描かれていて、格好良いけど可愛いって周知されているので憎めないキャラとして人気があるんです」

「……そのキャラと私が似てるって」

最初は物凄く上機嫌になっていた椿であったが、話を聞き終えた後だと気が抜けてしまう。

「おい、椿。エリカと似ていると言われて調子に乗るなよ。お前はエリカの足下にも及ばない」

「え？　何？　あんた読んでるの⁉」

「はい。私が貸しました」

「マンガだと馬鹿にしていたが、エリカが孵化《ふか》したウミガメの子供を海へと無事に誘導した時は不覚にも感動してしまった」

「どういう流れでそうなるのよ」

「お前にはエリカの優しさが分からないのか！」

「いや、そこに行くまでの流れが分からないから何とも言えないんだけど！」

それから、恭介は早乙女エリカの魅力を嫌というほど椿に語ってきたが、途中で杏奈が話を止めてくれたお蔭で話題を終えることができた。

「あの、憧れた切っ掛けはマンガだったんですけど。高等部に入学してから実際に朝比奈様と話してみたら何でも優しく教えてくれるし、フォローしてくれるし、庇ってくれるし、啖呵《たんか》が格好いいしで、朝比奈様自身を尊敬するようになったんです！　エリカ様だと思ってる訳じゃありませんから！」

「分かってるわよ。別に悪い意味じゃないんだし、そこは気にしてないわ。私はただ、どうして夏目さんが私に対して好意的だったのかっていう理由を知りたかっただけだもの」

最初こそ理由に驚きはしたが、透子は切っ掛けがそれだっただけで、その後にちゃんと椿自身を見てくれているのだから、彼女に対して何か思ったりすることもない。

そして、椿達はテストの話や夏休みの話をしつつ、サロン棟の個室での報告会を終える。

ということで、ついにレオンが日本へとやってくる。

【15】

夏休みへと入った椿は、必死に課題を終わらせて家でゴロゴロしたり、鳴海と出掛けたりと休みを満喫していたが、八月に入り、透子と約束していた夏祭りの日がやってくる。

浴衣《ゆかた》を着た椿が志信を伴《ともな》い、待ち合わせ場所に行くと浴衣姿の透子と恭介、レオンが既に到着していた。

三人は何やら話をしている最中であったが、椿に気付いた透子が笑みを浮かべながら彼女に向かって手をふってきた。

「お待たせしてしまったかしら?」

「待ち合わせ時間の前だから大丈夫ですよ。私は案内役なんで早めに来ただけですから」

「そう。遅刻じゃなくて安心致しました。それと、恭介さんもレオン様もお久しぶりです」

「久しぶりだな。電話で話はしていたが、会うのは二月以来か」

「バレンタイン以来ですわね。そうそう、レオン様。これから一年間よろしくお願い致しますね」

「ああ、よろしく頼む。なるべく椿には迷惑を掛けないように頑張るから」

「そこまで気を遣わなくても平気ですわ。親戚なのですから、多少会話をしていたとしてもおかしなことはございませんもの」

椿からの魅力的な言葉に、レオンは嬉しいような困ったような表情を浮かべていた。

尚も会話を続けようとする椿とレオンの様子に痺《しび》れを切らした恭介が早く店を見に行こうとせっついたことで、椿の隣に透子、後ろに恭介とレオンという形で移動を始める。

「遅れてしまってごめんなさいね。恭介さんがいらっしゃるといっても、初対面のレオン様、それも外国人の方と話をするというのは緊張されたでしょう?」

「いえいえ。会って数秒で私の手を握って恭介君を頼む！　ってお願いされたので、緊張する暇もありませんでしたよ」

透子と恭介がこのまま上手くいって貰わないと困るからか……と思った椿がちらりと後ろに居るレオンを見ると、彼は日本のお祭りが珍しいのか周囲を物珍しそうに眺めていた。

「いきなりそのようなことをされて驚きませんでしたか?」

「驚きましたけど、グロスクロイツ様と恭介君は親友だって聞いてたので、二人は本当に仲良しなんだなって思って羨ましくなりました」

「確かに六年くらいの付き合いですので仲はよろしいですが、レオン様が伝えたかったのはそれだけじゃないと思いますけどね。……ところで、地元民の夏目さんに伺いますけれど屋台のお勧めなどございます?」

「え?　お勧めですか?　えーと、そうですね。和菓子屋さんの前にカステラの屋台が毎年出るんですけど、そこはいつも長蛇の列ができるくらい有名ですね。並んでもいいのなら行きますか？」

有名だと聞き、椿の目が光る。これは絶対に買わなければいけない。

「その屋台は遅い時間までやってるのかしら？」

「私は毎年、八時前には帰ってますけど、その時はまだお店はやってましたから、今年もそうだと思います」

「そう。なら、帰る前に寄った方がいいかもしれませんわね。持って歩くと冷めてしまいますから」

「それもそうですね。じゃあ、まずは一通り屋台を見て回りませんか？　何か食べたいとかあれをやりたいとかあったら教えて下さいね」

楽しそうに会話をしている椿と透子を後ろから見ていた男二人は、羨ましそうに彼女達を眺めている。

「俺はお前とデートに来た訳じゃないんだけどな」

「僕もだよ。大体なんで椿が透子の隣なんだ」

「お前、彼氏だろう？　隣を死守しろ」

「……あまりにも自然に透子が椿の隣に行ったから出遅れたんだよ。レオこそ椿の隣に行けば良かっただろう？」

「まさか二人の世界に入るとは思ってもみなかったからな。たまにこっちに話し掛けてくると思ってたから、想定外だっただけだ。というか夏目は椿を好きすぎじゃないか？　一切こっちを見てないぞ」

「レオもそう思うか？　僕も薄々そうなんじゃないかとは思ってたんだ」

出会って数時間しか経っていないレオンですらすぐに気付いたのに、一年以上の付き合いがあるはずの恭介の言葉に彼は天を仰いだ。

「一目瞭然だろ？　お前の目は節穴か。……いや、節穴だったな。惚れたと自覚するのが遅すぎだったよな、恭介は」

「あのな……僕が恋心を自覚するのが遅れたのはレオの態度のせいでもあるんだからな」

「個人差、ということを全く考えていなかった恭介の責任だろう？　俺に責任転嫁しないでくれ」

「責任転嫁じゃなくて、ただの八つ当たりだ」

全く悪びれる様子もなく言ってのけた恭介に、レオンは文句を言う気が削がれてしまう。

だが、彼は前に恭介とした約束のことを思い出し、このまま何も言わずにやり過ごすのも癪《しゃく》だと考えた。

「……ところで恭介。俺はどのタイミングでお前を指差して盛大に笑ってやればいい？」

中等部一年の時の話を出された恭介は、レオンとの口約束を思い出したのか眉をピクリと動かした。反して、レオンは優位に立っているためか、楽しそうな笑みを浮かべている。

背後の会話が聞こえていた椿は、また何か変な賭け事でもしていたのかと呆れていた。

透子の方はケンカでもしているのだろうかと心配そうに何度も後ろを振り返っている。

「夏目さん。あのやりとりは通常営業ですからご心配なく」

「そうなんですか？　心臓に悪いですね」

「素直になれない方々なんですのよ。面倒でしょうけれど、たまに構って差し上げてね」

「すみませんでした。私ったら、久しぶりの朝比奈様とのお出掛けにはしゃいでしまって」

年が明けてからは恭介と二人で出掛けるようになったこともあり、椿は透子と一緒に出掛ける機会がなくなっていた。

透子の方から一緒に出掛けようと誘われるのは嬉しいものだと思い、椿は表情を緩める。


一行は、ゆっくりと歩きながら、射的《しゃてき》をやったり、かき氷やクレープを食べたりしながら時間を過ごし、境内でお参りを済ませてから解散しようということになった。

だが、境内は人で混み合っており、椿は人に押されて透子達から離れてしまいそうになり、咄嗟に誰かの浴衣を掴んでしまった。

そのまま人混みに押され、通路の脇まで移動したところでようやく落ち着くことができて、椿は掴んでいた人物を見て大声をあげる。

「……なんで、あんたなのよ！　ここは空気を読んでレオンが来るところでしょうが！」

「有無を言わさずに人の浴衣を掴んだのはお前だ！　お前が空気を読めよ！」

「うう……最悪だわ。初対面の二人を残してきたことが不安だわ」

「レオが透子の魅力に気付いて惚れたりしたらどうしてくれる！」

「いや、さすがにそれはないでしょう？　親友の彼女よ？　それに私のこともあるし」

と椿は言ってみたが、相手が透子ということで急激に不安になってくる。

なんせ恭介が惚れた相手だ。レオンまで惚れて修羅場になったら目も当てられない。

不安そうな表情を浮かべている椿と恭介は急いで来た道を引き返した。

一方、こちらは初対面同士ではぐれてしまったレオンと透子。

はぐれたと分かってすぐに二人は脇に移動し、人の往来を眺めていた。

何を話したらいいのか分からず、透子は落ち着かない様子を見せているが、レオンは腕を組んでマイペースにひたすら椿の姿を捜している。

「あ、あの！」

「なにか？」

「日本語、すごい上手ですね」

「どうも。……といっても知らない言葉もあるし、読み書きも完璧だとは言えないんだがな。でも、日本人の貴女からそう言ってもらえると自信に繋がるし嬉しいよ」

あまり表情が変わってはいないが、普段のレオンは友人でもない女子から話し掛けられても大抵の場合は無視しているような状態なので、こんなにも長文を話すのは珍しいことであった。それだけ透子に対しては良い感情を抱いているということである。

そもそも透子が恭介とこのまま上手くいってくれれば、椿との未来がないレオンにとって彼女は救世主のようなもの。

自然と対応もちょっとだけであるが柔らかいものになる。

ここで、二人の会話は終わり再び居心地の悪い空気が流れ始めるが、不意にレオンが何の前触れもなく透子に声を掛けた。

「……君は恭介との未来をどう考えている？」

「どう、とは？」

「結婚したいかどうかだ」

「け、結婚⁉」

いきなり飛躍した話題に透子の声が裏返った。

戸惑っている透子を気にすることもなくレオンは話を続ける。

「そういうことになるんじゃないのか？」

「いや、私はそういうことはまだ何も考えては……」

「ずっと一緒に居たいとは思ってないのか？」

「お、思ってますけど、まだ十七ですし。想像ができないというか」

消極的な透子の言葉に、レオンは彼女の真正面に立つと声を張り上げた。

「そんな気の持ちようでどうする！　俺の未来は君にかかってるんだぞ」

「知らない内に重大な任務を与えられてる⁉　何でですか⁉」

透子は、本当に何も知らない様子であったことから、彼女がまだ恭介達から婚約の話を聞いていないのだとレオンは理解した。

「あいつは……俺の件から何も学んでいないのか……」

「あの？　何か知ってるんですか？」

「ああ、知ってるが俺が勝手に言っていいことじゃない。恭介本人から聞いてくれ。言わないと嫌いになるとか言えば教えてもらえるだろう」

「それ、何を言われるのか怖いんですけど」

「悪い話じゃないとだけ言っておく。ただ、君の覚悟が必要なだけだ」

「は、はぁ」

全くピンとこないのか透子の返事は軽い。

そうしてレオンが再び黙ってしまい、沈黙に耐えられなかった透子は思い付いた話題を彼に振った。

「あ、そ、そういえばグロスクロイツ様は朝比奈様とも仲が良さそうですけど、付き合いは長いんですか？」

「椿とは六歳の時からの付き合いになるから十年、十一年くらいか」

「十一年ですか⁉　長いですね！　でも六歳かぁ、六歳の頃の朝比奈様って可愛かったんでしょうね」

「そりゃあもう可愛かった。いや、今も可愛いが、綺麗さが増している。心の綺麗さは顔に出るというが正にその通りだ。だからこそ余計な虫がつかないか心配にもなる」

硬い表情であったレオンが穏やかな笑みを浮かべたことと、会話の内容から透子はもしかして彼は椿のことを好きなのでは？　と気付く。

「あの、もしかしてグロスクロイツ様って朝比奈様のこと……」

「……そうだな、君の考えている通り、俺は椿を愛しているし、人として尊敬している。堅実で誰かのために行動できる椿は本当に素晴らしい女性だと思っているよ」

レオンが椿を好きだと聞き、自分のことではないのに、透子は興奮し顔を赤くして「そうなんですね！　そうなんですね！」と嬉しそうに口にしていた。

キャーと興奮している透子の許に、二人を見つけた椿と恭介がやってくる。

「レオン様。余計なことは仰らなかったでしょうね」

「余計なことは何も話してない。俺は、ただ椿の素晴らしさについて語っただけだ」

「余計よ！　それ、すごく余計よ！」

思わずレオンに詰め寄る椿であったが、隣に居た透子が二人を微笑ましく見ていることに気付き、狼狽えてしまう。

透子の態度からレオンが椿を好きという情報を知っていることを察し、途端に彼女はどことなく恥ずかしい気持ちになり勢いを失う。

「朝比奈様？」

「気にしないで。ちょっと出鼻《でばな》を挫《くじ》かれただけよ」

椿の返答に透子は「そうですか」とだけ答え、恭介に向かって口を開いた。

「恭介君。さっきグロスクロイツ様から気になることを言われたんですけど。グロスクロイツ様の未来が私にかかってるってどういうことですか？」

問われた恭介は言葉に詰まり、ゆっくりと透子から顔を背けた。

様子を見ていた椿は、恭介が婚約の話をしていないことに気付き、呆れてしまう。

「ちょっと、恭介さん。まだ説明なさってないの？　レオン様の件で学習したと思っておりましたのに……。早く教えないと前と同じこと、むしろ別れるだなんだという話になりますわよ」

「分かってるよ！　ただ、言ったら透子のことだから身を引くとか言いかねないと思って中々言えなかったんだよ」

「理解はできますが、彼女には知る権利がございます。信頼を失いたくないのであれば早めに仰ることを勧めますわ」

「……分かった。じゃあ十分だけ二人にしてくれるか？」

「ええ。あまり奥まで行かないようにして下さいね。会話が聞こえない距離で十分ですからね」

「分かってるよ！　透子、ちょっと来てくれるか？」

「あ、はい」

二人が離れていき、椿は二人の会話が聞こえないようにと配慮して、レオンに向かって声を掛ける。

「理由を仰らなかったのね」

「他人から言われたら余計に拗れると思ったからな。さっき椿が言った余計なことはこのことだと思ってたんだけど」

「もう恭介さんが説明なさってると思っておりましたからね。……ところで留学は一年の予定ですのよね？　滞在は朝比奈家の本家で？」

「そうだ。一年間、世話になる予定だ。最初は恭介の家にという話だったんだが、恭介の祖父に反対されてな」

「あのお祖父《じい》様は……」

「そう責めるな。あの人は椿と恭介の婚約が嘘だということを〝俺が知っている〟とは思っていないんだろう？　だったらどう考えても俺が悪者なんだから、対応としては正しい」

それはそうだけど……と納得していない椿はまだブツブツと呟いていたが、レオン本人が気にしていないということであれば、彼女がここで文句を言っても意味がない。

「それに俺は椿と同じ学校に通えるということが幸せなんだ。同じクラスではないようだが、新学期を楽しみにしているよ」

和《なご》やかに言っているレオンであるが、新学期に恐らく彼は人に揉みくちゃにされる、と椿は確信していた。

「……大変言いにくいのですが、平穏な学園生活は送れないと思います」

「どうしてだ？」

「言っておきますけど、大和撫子《やまとなでしこ》なんて過去の幻影、絶滅危惧種ですからね。学園内にだって探さないと居《お》りませんわ」

「つまり？」

「肉食女子が貴方を待っているということよ」

ドイツでも身に覚えがあるのか、一気に彼は顔を嫌そうに歪《ゆが》ませた。

「日本人だろう？」

「肉食女子に人種は関係ございませんわ。どうしても無理、ということがあれば私の隣に居れば女子は近寄ってきませんから。避難所にどうぞ」

椿としてはこれまで恭介を見てきているので、外国人・金髪碧眼《きがん》の王子様のような見た目のレオンであれば彼の比ではないだろうと予想しての言葉であったのだが、レオンは何故か顔を赤らめて嬉しそうにしている。

「……あまり優しくすると俺が調子に乗るから程ほどにしておいてくれ」

「別に優しくなどしておりません。せっかくいらっしゃるのですから、嫌な思い出ばかりではと思っただけですわ」

「嬉しい提案だが、俺は学校で椿に話し掛けないようにしようと思っているから、気持ちだけ貰っておく」

「は？」

「話し掛けたら、俺の表情や口調でばれる可能性もある。一年間居るんだから、どこでヘマをするか分からないだろう？　それに、どうしてもという時は、杏奈や恭介が居るから問題ない」

「そ、そう」

以前に比べてレオンの態度がかなり変わっているため、椿は動揺してしまう。

ペースを乱された椿がレオンと会話をしている内に、恭介も透子と話が終わったようで二人の許へと戻って来る。

心なしか透子の表情が暗いことが椿は気になった。

「夏目さん。大丈夫ですか？」

「…………朝比奈様は、本当にそれで構わないんですか？　破棄される側になるのは、その、つまり」

「周囲から笑われることになるのではと心配なさってるのね？」

暗い表情のまま透子は頷いた。

「私、恭介さんのお守《も》りはごめんなんですの。こんな面倒臭い男と一生を送らなければならないなんて考えただけで嫌になりますわ」

「酷い言い種だな」

「そこに現れたのが夏目さん、貴女です。私にとっては恭介さんを押しつける格好の餌食《えじき》です。どうかそのまま分厚いフィルターが取れることがないようにと願っておりますわ」

「本当に酷い言い種だな！」

「他人から笑われることは気にしておりません。婚約しているとは一言も申し上げておりませんから、お祖父様がきちんと説明なされば問題にはなりませんわ。夏目さんが心配なさる必要はどこにもございません。ですから、顔を上げて。お祭りの日になんて顔をなさってるの？　綺麗な格好をしていらっしゃるのですから、そのようなお顔は似合いませんわ。ちゃんと笑顔で家に帰りましょう」

「止めてくれ。僕の彼女を口説《くど》くのは止めてくれ」

「あーもー！　さっきから五月蠅いわね！　別に口説いてないわよ！」

「お前、外なんだからちゃんと擬態しろよ！　ちょくちょく素が出てるの気付いてるか⁉」

全く自覚のなかった椿は、え⁉　と大声を出して隣に居たレオンを見てみると、彼は神妙な顔をしてゆっくりと頷いた。

「……気を付けますわ。あと夏目さん。話の腰を折って申し訳ございません」

「いえ、お蔭で悩んでたのが全部吹っ飛びました」

言葉の通り、透子は晴れやかな笑みを浮かべている。

何にせよ透子の心配を解消することができ、椿はホッとした。

「それは良かった。さ、残りの屋台も拝見して帰りますわよ。最後にベビーカステラに並ばなければなりませんからね」

「そうですね！　あと、揚げアイスの屋台があるので帰りに寄りましょうね。美味しいんですよ？　カロリー半端ないですけど」

「歩いてカロリーを消費しておりますので問題はございませんわ。それに帰ってから運動すればよろしいのです」

「消費カロリーが摂取カロリーを上回れば問題ありませんもんね！」

「えぇ。その通りですわ」

楽しそうに話をしている椿と透子であるが、およそ男子の前でする会話ではない。

だが、後ろの男子二人は全くこれっぽっちも気にしていないようで、お互いの相手を優しげな眼差しで見つめていた。

途中で綿菓子や揚げアイス、ベビーカステラを購入し、最初の待ち合わせ場所へと帰ってきた椿達は解散となった。

【16】

レオンは新学期の準備諸々《もろもろ》で忙しいらしく、残りの夏休みは片手で数えられるくらいしか会うことはなく、椿は新学期を迎える。

始業式で留学生の紹介としてレオンが壇上で挨拶をしたのだが、そこかしこで女子の興奮した声が聞こえてきた。

お祭りの時に椿が心配した通り、レオンは鳳峰学園の女子生徒達のアイドルとなってしまったようである。

また、彼は恭介と同じクラスとなったことで、一緒に居ることが多くなり、尚更《なおさら》女子生徒達が寄ってきて大変なことになるだろう、と椿は心の中でレオンに同情した。


放課後になり帰ろうとしていた椿は、女子生徒達がレオンの姿を一目見ようと彼のクラスに押しかけている場面に遭遇する。

動物園のパンダじゃあるまいしと思ったが、彼女達からすれば物珍しいことに変わりはない。

少し遠回りになるが反対側から玄関まで行こうかと椿が考えていると、ちょうど教室から出てきたレオンと目が合う。

夏祭りの時はああ言っていたが果たして彼はどうでるのか、と椿が警戒していると、レオンはそのまま顔を背けて彼女が居る方向とは逆の方向へさっさと歩いて行ってしまう。

あっさりした対応に椿は安心すると同時に無駄に警戒していた己《おのれ》を恥じた。

レオンが移動を始めると女子生徒達は彼の側に行き、どうにか気を引こうとあれこれ話し掛けている。

「グロスクロイツ様！　私が校内の案内をします」

「あ、ずるい！　私がやります」

「私もやります。ちょっとした穴場を知ってるんですよ？」

という女子生徒達の声をレオンは一切無視して、真っ直ぐに杏奈のクラスへと向かって行く。

レオンが移動すれば女子生徒達もそれにくっついていってくれるので、椿も帰るためにゆっくりとその後を付いていく形になった。

大丈夫かな？　と椿が様子を窺っていると、杏奈のクラスに着いたレオンは教室内をのぞき込み、声を上げた。

『おい、杏奈。校内を案内してくれ』

『……その子達に頼めば？』

声を掛けられ、面倒臭そうに廊下へと出てきた杏奈は、巻き込まれたことが嫌なのか、かなりなげやりな態度である。

一方、声を掛けたレオンの機嫌もすこぶる悪い。

『冗談じゃない。あちこちに連れ回されて目的の場所に行けなくなるのは目に見えてる。それに無駄な会話はしたくないんだよ。疲れるだけだ』

『本当に顔に似合わず辛辣《しんらつ》ね。巻き込まれる私が可哀想だわ』

『……今度、おごるから』

『あら、本当に？　なら了解。行きましょうか』

女子生徒達はドイツ語を理解できなかったようだが、二人の様子から杏奈が構内を案内するということに気付いたようで、途端に文句を言い始める。

「ちょっと八雲さん！　横取りするなんてずるい」

「そうよ。私達が先に声を掛けたのに」

抜け駆けするなんて許さないという女子生徒達を一瞥《いちべつ》し、杏奈は大きなため息を吐いた。

「あのね、私はレオの両親から日本に居る間の世話を頼まれているのよ。私達が親戚だってことは貴女達も知ってるわよね？　私が親戚の面倒を見ることの何が問題なの？」

珍しく杏奈が女子生徒達にキツイ口調で話し掛けると、女子生徒達は気まずそうに口を閉ざした。

「じゃあ、行きましょうか。よく利用することになるカフェテリアと特別棟、実習棟とかの案内をすればいい？　他の場所は水嶋様かクラス委員長に聞くのね」

「それで構わない。大体の場所は頭に入っているから軽く案内してくれるだけでいい」

「ああ、実際の場所を確認したいのね。ならさっさと終わらせて帰りましょう」

他の生徒が入り込む余地などないのだ、と言わんばかりに二人はテンポ良く会話をしながら遠ざかっていった。

椿は杏奈が上手くフォローしてくれて良かったと安心し、その日は帰宅した。


それからというもの、レオンの周囲には女子生徒達が文化交流と称して常に居る状態が続いていた。

今やレオンは恭介と並んで二大アイドルとして女子生徒達に大人気なのである。

一応は女子生徒達に返事をしている恭介と違い、レオンは返答はするもののどこか棘のある突き放した言い方をしていた。

業務連絡の場合は普通に会話をしているのだが、これまでの椿に対するレオンの対応を知っている彼女はあまりの冷たい対応に驚いてしまう。

また、夏祭りの時に言っていたようにレオンは全く椿に接触してこない。

前のことを思えば椿としては助かるのは助かるのだが、どこか心が落ち着かない自分がいることに彼女は気付く。


後日、昼休みのカフェテリアで恭介とレオンが佐伯、篠崎と四人で昼食を食べているのを椿は見掛けたのだが、彼らの周囲にはいつも通り女子生徒達が集まっている。

レオンの冷たい対応に心が折れた女子生徒もおり、最初の頃よりは人数が減ってはいたがそれでも多い状態だ。

「あれではゆっくり昼食を頂けないのでは？」

「落ち着かないことは確かね。でもドイツでも似たようなものだって言ってたから慣れてるんじゃない？　そんなに心配しなくても大丈夫よ」

「それなら、近寄ってくる女子生徒達への対応が冷たいのも納得ですわ」

見目麗《みめうるわ》しい御曹司の宿命とはいえ、椿は同情してしまう。

けれど、杏奈はレオンに同情などしていないようで、興味なさそうに頬杖《ほおづえ》をついている。

「レオの場合はそれだけじゃないと思うけどね」

「え？」

「目の前の人間に脇目もふらずにいるから、他所の女に全く興味がないんでしょ」

目の前の人間＝椿だとすぐに分かり、彼女は苦笑した。

「……そうなるのは想定外だったのですが」

「私は想定内だったけどね。他に良い人を見つけてなんて言ったって、あのレオには無理だって。そもそも本人に見つける気がないんだから」

「も、もしかしたらという希望を持っておりましたのよ。それに他の女性に対してあのような態度をとっているとは思ってもみませんでしたから。パーティーで見掛けた時は、他の女性には普通に対応していらしたではありませんか」

「そりゃ、社交の場だし話は普通にするでしょうよ。あと、今のレオンの態度だけど、心に決めた相手が居るんだから、他の女に対しての対応は素っ気なくなって当たり前だと思うけど？」

そういうもの？　と首を傾げた椿の向こうでは女子生徒がレオンに対していくつか質問を投げかけていた。

「レオン様は休日はどのように過ごされているのですか？」

「寝てる」

「……乗馬が趣味だと伺いましたが、私もなんです。一緒に遠乗りしませんか？」

「大して親しくもない他人と行って、何が楽しいんだ」

「あの、十一月に創立記念パーティーがあるのですが、私とパートナーになってくれませんか？」

「断る。俺にも選ぶ権利があるんでね」

「で、でしたらレオン様に選ばれたい身としましては、どのような女性がタイプなのか伺いたいですわ」

「四六時中つきまとわない女」


一瞬でその場の空気が凍ったのが椿の居る場所からでも分かった。

質問をした女子生徒など笑顔のまま固まってしまっている。

それらを全く気にする様子もなく、レオンは一方的に話し始める。

「言っておくが、俺には五年以上想いを寄せている相手が居る。正直、その女性以外は全く目に入っていないから、君達の行動は迷惑でしかない。君達が俺の近くにずっと居るということを彼女が知っても、俺が喜んでいるだとか好意的に受け取っているとかいう誤解をされることにはならないと思うが、そういった情報が彼女の耳に入ること自体が不愉快だ」

だから自分に近寄るな、とレオンは女子生徒達を睨み付けている。

彼女達は蛇《へび》に睨まれたカエルのように固まっていたが、篠崎が咳払いをしたことで我に返ったのか、互いに顔を見合わせた後にカフェテリアから出て行った。


二学期が始まってからというもの、椿はレオンが学校生活に馴染《なじ》んでいるのかを気にしていたが、彼女が気にしているのはそれだけではない。

ようやく付き合い始めた恭介と透子のことも彼女は心配していた。

ひょんなことからばれやしないかとか、恭介が余計なことをしないかとか、そっち方面の心配である。

けれど、椿の心配は無用であった。

というのも、恭介と透子が付き合い始めて何が変わったかというと何も変わってはおらず、付き合う前と同じ。同じというか恭介が透子を避けていた頃と何も変わっていない。

二年生になり、委員会も別々で接点もない二人が人前で話をすることはまずなかった。

付き合い始めのカップルがこんなんでいいのか？　と椿は一度、恭介に聞いたのだが、彼に「委員会やクラスが同じだとかの接点もないのに話し掛けたりしたら目立つし、折角僕の目が透子から離れたと思われてるのなら、それでいい」と言われてしまった。

隣に居た透子も神妙な顔をして頷いていたことから、二人の間できちんとした話し合いをした結果だと椿は知り、口を出すのを止めたのである。

このような状態なので、他の生徒は恭介と透子が付き合っているとは露程《つゆほど》も思っていない。

むしろ、庶民に愛想を尽かした水嶋様、と思っている。

願わくば、大きな問題は何も起きずに平穏無事に一年を終えればいいな、と椿は思っていた。

【17】

秋も深まり紅葉《もみじ》が色づき始める頃、鳳峰学園高等部では文化祭が開催されていた。

今年の文化祭で椿のクラスはパワーストーンを使ったブレスレットを生徒達が作り、販売をすることになっている。

　椿の担当はブレスレット作成だったので当日の仕事は何もないのだが、いつも行動を共にしている杏奈は午後からクラスの出し物の係になっているので、彼女は午後から一人で行動しなければならない。

　そんな訳で午前中は杏奈の行きたい所を重点的に見て回り、昼食後に彼女と別れた後で、椿はパンフレットを眺めながら気になったクラスにペンで印を付けていく。

　ある程度行きたい場所が決まった所で椿は移動を始めた。

「まずはレジンでバッグチャームを作った後に体験型のクラスをいくつか回ってから、スイーツ系ね。今はお腹いっぱいだし、歩いているだけでカロリーは消費されるから、クラスを見ながら一周するのもありね」

　小声で独り言を呟きながら、椿が目的地へと向かっていると、実習棟へ向かう渡り廊下を歩いているレオンを見掛ける。

　あちらは生徒の立ち入りは禁止になっているはずなのだが、と彼女は思ったが、もしかしたら女子生徒達から逃げているのかもしれないと考えてそっとしておくことにした。

　少し歩いて目的のクラスへと到着し、材料を選んだ椿は、まったく目を見ようともせず、声が震えている生徒に教えてもらいながら三十分程度でバッグチャームを作り終える。

　時計型のミール皿に星空の台紙を入れて歯車と三日月のパーツを配置しラメを散らしたバッグチャームを見た椿は、中々の出来であると自画自賛した。

学校の鞄《かばん》に付けようか佳純に頼んで携帯ストラップに手直ししてもらおうか、と椿は考えながら歩いていると、通りがかったクラスの出入り口から出てきた白雪と遭遇する。

「あら、一人なの？　杏奈はどうしたのよ」

「杏奈さんは午後からクラスの当番ですの。なので、一人で見て回っております」

「寂しいわねぇ」

「そういう白雪君もお一人ではありませんか」

「失礼ね。あたしは椿と違って一人じゃないわよ」

一人ではないと言う白雪だったが、どこからどう見ても一人で行動しているようにしか見えないんだが、と考えた所で椿はハッとする。

もしや白雪は彼にしか見えない友人と一緒に見て回っているのではないだろうか、と。

「申し訳ございません。心が清らかではない私には、隣にいらっしゃる白雪君のご友人を確認することができません……」

「ちょっと！　勝手に架空の友達を作らないでくれる⁉　あたしは大和《やまと》と一緒に見て回ってるのよ！」

「え？　篠崎君と？　でも姿が見当たりませんが」

いつの間に仲良くなったんだと思いつつ、椿は周囲を見回してみるが、彼女の視界に篠崎の姿はない。

周囲を窺っている椿の行動は予想通りだったのか、白雪は落ち着いた様子で隣のクラスを指差した。

「大和は隣のクラスで体力測定してるのよ。握力でどうしても一位になれないって言い出して動かないから置いてきただけ」

「そのような理由でしたのね。てっきり白雪君にしか見えないご友人が存在しているのかと」

「居ないわよ！　どれだけ寂しい人間なのよ！」

白雪も本気で怒っている訳ではないだろうが、決めつけてしまったのは悪かったと思った椿は素直に申し訳ありません、と謝罪の言葉を口にした。

「まったく、もう。発想が斜め上すぎるわ」

「お言葉ですが、明らかにお一人ですのに一人じゃないと口にした白雪君にも非はあるかと」

「それに関しては言葉の選び方が悪かったわ。……それより、午後から一人っていうなら、透子や清香達と一緒に見て回れば良かったじゃない」

「いえ、その、途中でこっそりお会いすると伺っておりますので、私が一緒だと目立ちますでしょう？　他の生徒から注目されて二人きりになれないかと思いまして、別行動をしておりますの」

文化祭の準備期間中に鳴海や透子と三人でブレスレットを作っていた時に、椿は本人から午後にいつもの場所で恭介と会うのだと聞いていたのだ。

「なるほどねぇ。……ああ、そうそう。そういえば、ストラックアウトの景品でクッキーの詰め合わせを貰ったんだけど、あげるわ」

白雪は制服のポケットから取り出した小さな袋を椿に向かって差し出した。

「頂いても、よろしいのですか？」

「これからまだ見て回るし、荷物があると邪魔なのよねぇ。だから貰ってくれると助かるってわけ」

なら、と椿は白雪からクッキーの詰め合わせを貰い、彼に礼を言う。

そのタイミングで、ちょうど篠崎が隣のクラスから出てきたので、椿は彼と別れて三年生のクラスがやっている迷路へと向かっている途中で、女子生徒達に囲まれている恭介を発見する。

午後に透子と会う約束をしていたのに、こんな場所で女子生徒と何をしているのだと思った椿は恭介に近づいていく。

「恭介さん？」

椿が恭介に声を掛けると、笑顔で彼に話し掛けていた女子生徒達の表情が固まる。

「ちょうどいい所にいらっしゃいましたね。私、これから三年生の迷路に参ろうかと思っておりましたの。ご一緒しませんか？」

「いいのか？」

「ええ。……そういうことですので、皆様、遠慮して下さるかしら？」

椿が微笑みかけると女子生徒達は彼女と目も合わさずに、そそくさと恭介の側から離れていった。

女子生徒達が離れていったのを確認した椿は、小声で恭介へと話し掛ける。

「このような場所で何をしておいでしたの？　約束は？」

「もうそろそろ行こうかと思っていた所だったから、椿が来てくれて助かった。あとレオを見なかったか？　昼食後にカフェテリアで別れたんだが、あいつ、テーブルに忘れ物をしてたから、渡そうと思ってずっと捜してたんだよ」

「レオン様でしたら、実習棟に向かう姿をお見掛けしましたわ」

「実習棟に？　生徒は立ち入り禁止だと伝えたんだけどな」

「先程の恭介さんのように女子生徒に追いかけられたのではなくて？　大体、捜していらっしゃるなら携帯にかければよろしかったのに」

すると恭介は無言でポケットから一台の携帯電話を取り出して椿の目の前に見せつけてきた。

恭介の持っている携帯とは全く違う機種を見せられ、彼女は携帯電話を凝視《ぎょうし》する。

「これは？」

「レオンの携帯だ」

「……何であん、恭介さんが持っていらっしゃるの？」

「ちゃんと擬態しろよ」

恭介は周囲を見て、今の会話が聞こえていないかを確認している。

幸い、二人の会話が聞こえる距離に人は居《お》らず、ホッとした椿は、先程よりも声を落として恭介に話し掛ける。

「突然のことに驚いただけですわ。それで、どうして恭介さんが？」

「あいつがテーブルの上に置き忘れていったのが携帯だったからだ」

「とんでもない物を置き忘れて行きましたわね」

現代人の必須アイテムで、忘れたら絶望の淵《ふち》に突き落とされるアイテムをよく忘れたな、と椿はレオンの迂闊さが心配になった。

「全くだ。そして、ここで残念なお知らせなんだが、さっきも言った通り、僕はそろそろ身を隠さなければならない」

「……お待ちになって。嫌な予感がするのですが」

頭の中で警報が鳴り響き、椿は恭介から距離を取ろうと後ずさったが、それを察知した彼に腕を掴まれてしまう。

「そのタイミングで僕に話し掛けてきたレオンの知り合いが目の前に居る」

「嫌ですわよ。絶対に嫌ですわよ！」

「この携帯、お前に託《たく》す！」

「受け取りませんからね！　ちょっと！　無理に手を開こうとしないで！」

恭介は非難の声を聞こうともせず、椿の手にレオンの携帯を握らせた。

「後は頼んだ。お前のことを信じているからな」

じゃ！　と小声で言った恭介は足早に椿の前から居なくなってしまう。

無理矢理握らされたレオンの携帯を持った椿は呆然と立ちつくすしかない。

「ど、どうしよう」

椿は実習棟に向かうレオンの姿を見掛けていたが、どの教室に入って行ったかまでは分からない。

連絡を取ろうにも、その手段は彼女の手の中。

携帯がないことに気付いたレオンが捜しに行こうとしても、身動きが取れないのかもしれないと考えると放っておくのも悪い気がする。

校内放送で呼び出してもらうことも考えたが、レオンの居場所を他の女子生徒に知らせることにもなるし、彼女達から逃げていたのであれば可哀想だしできればしたくない。

どうしようもない状態に、椿は仕方ないかと言い聞かせレオンを捜しに実習棟へと向かうことを決めた。

文化祭中は立ち入り禁止になっている実習棟に他の生徒から見られないようにこっそりと侵入した椿はひとつひとつ教室や資料室などの扉を開けてレオンが居ないかどうかを確認していく。

一階を見終えて二階の教室のドアを開けようとすると鍵が掛かっていた。

扉をノックした椿が小声で「レオン様？　椿ですが」と声を掛けると、しばらくして鍵が開く音がして扉が開き、レオンが姿を現す。

「どうしたんだ？」

「取りあえず中に入ってもいい？　外から見られるかもしれないし」

教室の中へと入った椿は、恭介から預かった忘れ物である携帯電話をレオンに手渡した。

「これを恭介から預かってきたわ。携帯を忘れるなんて、危ないわね」

「電話がかかってくる予定があってテーブルに出しておいたんだが、ものの見事に忘れてたよ。ありがとう」

「ちゃんとポケットに入れておかないと悪用されても知らないわよ」

「気を付ける」

言われた通り、レオンはすぐに携帯電話をポケットへと入れると、彼は元の座っていた椅子に座った。椿も、ずっと歩いていて疲れていたので彼の向かいの椅子に腰を下ろした。

「それから、実習棟は生徒の立ち入り禁止だって恭介から聞いてるでしょ？　女子に追いかけられて逃げ込んだの？」

「いや、女子に追いかけられていた訳じゃない。立ち入り禁止なのは知ってたが、狭い場所に人が居すぎたせいで酔ったんだ。人の気配がない場所で落ち着きたかったのと一人になりたかったのもあって、ここに来た」

人混みに酔ったと知り、椿の表情がレオンを心配するものへと変わる。

「気持ち悪いの？　大丈夫？　何か飲み物を持ってきたら良かったね」

「休んだら大分良くなったから大丈夫だ。ただ、このまま戻ったら、また人混みに酔うと思うから、終わるまではここに居るよ」

大分良くなったと言っている通り、レオンは幾分か落ち着いているように椿には見えた。

こうして椿と話ができるなら、良くなったという言葉は嘘ではなさそうだ。

それでも大丈夫なのかとレオンを見つめる椿を見て、彼は肩を竦《すく》めて「本当に大丈夫なのに」と苦笑した後で話題を変えた。

「それで、椿は杏奈と文化祭を見て回ってたんだろ？　どこに行ったんだ？」

「……杏奈と一緒だったのは午前中だけね。行ったのはワッフルとか野点《のだて》とか、エクレア、マカロン、飲茶《ヤムチャ》あたり。全部お店から提供してもらってるから美味しかったよ」

食べ物ばかりのラインナップにレオンはフッと笑みを漏らした。

笑われた椿はジトッとした目を彼に向ける。

「ああ、違う。馬鹿にして笑った訳じゃない。椿は昔から何ひとつ変わらないなって思っただけだ」

「どうせ食い意地がはってますよ」

「そんなことはない。プレゼントする側としては物凄く助かってるよ。何を贈っても美味しいと言ってもらえるんだから贈り甲斐《がい》はある」

「美味しい物しか贈らないくせに。それに、私が行ったのは食べ物関係のクラスばっかりじゃないわよ」

そう言うと、椿はポケットからレジンのバッグチャームを取りだして机に置いた。

レオンはバッグチャームを手に取ると食い入るように見つめている。

「すごいな。これは椿が作ったのか?」

「正しくはレジンを入れてパーツを並べることしかしてないけどね。後は係の生徒がしてくれたわ。それ、初めて作ったけど、パーツが色々あって、どれにしようか悩んだのよね」

「よくできてるな。キラキラしていてとても綺麗だ」

「……あげようか?」

目を輝かせているレオンを見て、いつも贈ってくれるからお返しに、と思い、椿は口に出したが、予想と反して彼は軽く首を振った。

「これは椿が初めて作った物だろう? 記念なんだから自分で持っていた方がいい」

レオンはバッグチャームを椿の近くへと置いたが、彼女はプレゼントされるばかりで、お返しが満足にできていないことを以前から気にしていた。

押し花のしおりをプレゼントしているが、圧倒的にレオンからのプレゼントの方が多い。

バッグチャームも作ろうと思えば自宅で作ることは可能なことから、今回作ったものをレオンに良かったらどうかと思ったのである。

お返しできなくて残念だ、と椿が思っていると、真面目な顔をしたレオンが口を開く。

「いらないと言ってる訳じゃないからな。椿のことだから、お返ししないとと思って気にしてるのかもしれないが、俺は椿に喜んで欲しいから贈ってるだけだ。お返しというなら、椿の笑顔で十分返されている。……それに、本当に俺が欲しいのは、ひとつだけだって椿も分かってるだろう？」

ええ、それはもう嫌と言うほど分かってます、と椿は心で呟いた。

「ということで、しおりを貰うことで十分だ。俺は椿が思っている以上に単純だし、ちょっとしたことで簡単に喜ぶ人間だから、今こうして椿と話しているだけでも幸せだと思っているよ」

「欲があるんだかないんだか、分からないわね。……さてと、あんまり長居してもレオンが疲れるだろうし、そろそろ行くわ。一応、護谷先生に伝えて、様子を見に来てもらうから」

「本当に大したことはないんだけどな」

「いいから、大人しくしとくの」

回復したと言っていたが、それでも椿はレオンの体調が心配なのだ。念のために護谷を呼びに行こうと椿は椅子から立ち上がると、レオンも続けて立ち上がる。

すると、レオンが何かに気付いたように目を見開き、窓の方を凝視している。何か見えたのかと気になった彼女は、後ろを振り返ろうとした。

「だめだ！」

何が？　と椿が頭で思うよりも早く、彼女はレオンに腕を掴まれて引かれたことにより、よろけて彼の胸元に思い切り顔面をぶつけてしまう。

突然のレオンの行動に椿は非難の目を彼に向けた。

「ちょっと、レオン」

「静かに。いつから居たのか知らないが、向こうの校舎に誰か居る。俺のことは、ばれているかもしれないが、椿は後ろ姿だったから分からないはずだ。ちょっと大人しくしていろ」

向かいの校舎に人が居て見られていたと聞き、椿は顔面蒼白になる。

密室でレオンと二人で居て、更に密着していたなんてばれたら、椿の悪評だけならまだしも、レオンまで悪く言われてしまう可能性があるし、何よりも水嶋の祖父の耳に入った場合、ただでは済まされない。

最悪の状況を考えてしまい、椿は震えていた。

椿の不安が伝わったのか、レオンは彼女の頭に手を置く。

「大丈夫だ。椿の顔は見られてない。髪の長い女子生徒が、この学校にどれだけ居ると思ってるんだ？」

「わ、私のことじゃなくて、レオンのことよ！　折角、一途《いちず》だと思われて女子が大人しくなってたのに、台無しじゃない」

「そんなことはどうでもいい。それと、相手に椿の顔を見られたらまずいと思って、力加減もせずに腕を引いて悪かった。更に状況が悪くなったことは言い訳のしようもないな。済まない」

「…う、うん。非常事態だから仕方ないよ。……じゃなくて！　好きな人が居るって公言しているのに女子と二人っきりで、しかも密着しているのを見られたら、レオンが悪く言われちゃうじゃない」

これまでの印象が悪い方に変わるかもしれないというのに、レオンの表情は変わらない。

彼は心配している椿を安心させるように微笑みかけた。

「椿が心配することは何もない。女にだらしがないとか言われて俺の評判が落ちたとしても、椿が分かってくれていれば、それでいいと思ってる。それに怖くて震えている椿を見てたら、自分の保身なんて考えられない。……頼むよ、好きな女ぐらい守らせてくれ」

密着しているということもだが、椿だとばれてしまったらという今の状況と台詞が相まって、彼女は自分の顔が熱くなるのを感じ、慌てて下を向く。

レオンは椿が落ち着いたと思ったようで、彼女から体を離した。

「……椿、このまま後ろを振り返らずにここから出て行くんだ。まだ相手がこっちを見ているから、急いで戻れば鉢合わせることもない。確か、あっちの校舎も生徒の出入りは禁止されてると聞いてたんだけどな……。大方サボっていたんだろうが、まずいところを見られたな」

「レオン」

「気にするな。女にだらしがないと噂になっても、失望されるだけで済む。俺の評価が下がって女子が寄りつかなくなるなら、それでいい。ほら、早く。なるべく人目につかないところから教室棟に戻るんだ」

椿はレオンに肩を掴まれ、教室から出されてしまう。

一連の出来事である意味、混乱していて何も考えられないまま、彼女は実習棟を後にしたのであった。

【18】

文化祭の後、案の定、レオンが立ち入り禁止の校舎で女子生徒を抱きしめていた、という噂が広まった。

一途だと思われていたのに、女にだらしがない、女好きだと好き勝手に言われており、潔癖《けっぺき》な女子からは避けられ、遊ばれてもいいという女子からは近寄られるという結果になっている。

当の本人は噂など全く気にせずに過ごしていた訳であるが……。

けれど、レオンが抱きしめていた、いや厳密に言えば抱きしめられてはいないのだが、ともかくその相手が椿だとはばれていない。

どうやら、向かいの校舎に居た生徒には椿の顔は見えていなかったようである。

良かったな、とレオンには言われたが、椿は自分が安全圏にいることを良しとは思わず、彼が悪く言われていることを気に病《や》んでいた。

けれど、創立記念パーティーが近づくにつれ、レオンが誰をパートナーに選ぶのかが気になる、といった声の方が大きくなっていき、結果として、彼のパートナーははとこである杏奈が務めることになったことで、噂は収束していった。


そうして、創立記念パーティーの日。

去年と同じように恭介のパートナーとなった椿が会場内を見回すと、白雪にエスコートされている透子を見つける。

今年は白雪が迎えに行くと言っていたので、何も嫌がらせをされずに無事に会場内へと来られたようだ。

しばらく透子が大丈夫かどうかを窺っていた椿であったが、いつの間にかダンスの時間となり、恭介に手を引かれながら中心へと誘われ、一曲目を踊りきる。

ダンスが終わった瞬間に女子生徒達に囲まれた恭介を見て、椿は心の中で合掌《がっしょう》しつつ、飲み物を受け取り壁際へと向かった。

佐伯も篠崎も見つけられず大人しく壁の花となり、踊る生徒達を眺めていた椿に杏奈が近寄って行く。

「あ、椿さん。ちょうど良かった」

「杏奈さん？　どうなさったの？」

一曲目を終えてずっと椿を捜していたのか、杏奈は少し息が上がっていた。

杏奈の後ろにはレオンが居《お》り、彼は椿を見て口元を引き締めていたものの目尻が下がっていた。

「私、これから友達と踊らなくちゃいけないから、〝これ〟頼むわね」

「え？」

「おい、杏奈！」

〝これ〟と言われたレオンは杏奈を引き留めようとしたが、彼女は構わずにさっさとどこかへと行ってしまう。

残されたレオンは一瞬だけ椿に視線を向けると、仕方ないと思ったのか大人しく彼女の横に行き壁にもたれ掛かった。

腕組みして踊っている生徒達を凝視しているレオンに、椿は話し掛けることができず、しばらく無言の状態が続く。

周囲には遊ばれてもいいから記念に、と思っている女子生徒達がレオンをダンスへと誘いたそうにしていたが、隣に椿が居るため近寄ることもできずにチラチラと様子を窺っている。

杏奈から任された以上は、レオンを放ってどこかに行くこともできない。

「……レオン様は、このようなダンスパーティーに出席されることはございますの？」

「たまにだが出席することはある」

二人が会話を始めたことで、様子を窺っていた生徒達はレオンをダンスに誘うのは無理だと判断し、その場から離れていった。

「文化祭のこと、杏奈さんにもお話ししてないのね」

「わざわざ言いふらすことでもないし、言ったら椿が困ると思ったんだ」

「……ありがとう」

「といっても、我に返った俺が恥ずかしかったという理由もあるから、感謝されることでもない」

レオンは無表情ではあったものの、声は非常に穏やかで優しいものであった。

聞く人が聞けばレオンが椿を好きだとばれてしまう。すると、ちょうど彼女の目の前でねだられて渋々といった様子の恭介が美緒と踊っている姿が目に入る。おそらく美緒を大人しくさせるために踊っているのだろう。透子を守るために健気なことだと思いつつ、話題を変えるのに良いと思い、そのことを口にする。

「恭介さんはあのように順番に皆さんと踊っていらっしゃいますが、レオン様は？」

「杏奈とは踊った」

「折角、日本にいらしているのですから他の方と交流なされればよろしいのに」

「じゃあ、椿が踊ってくれるっていうのか？」

突然のことに椿は言葉に詰まってしまった。

どう答えようかと悩んでいる椿を見たレオンが表情を緩める。

だが、それは一瞬のことで、すぐに彼は表情を引き締めた。

「冗談だ。あまり目立つ真似はできないだろう？」

「残念ながら、レオン様が鳳峰学園にいらしてから私と会話したことは、この場以外ではございませんでしたからね。目立つのは目立ちますわね」

「……残念だと思ってくれているのか？」

「まあ、多少は」

と椿が言った瞬間、レオンが勢いよくもたれ掛かっていた壁から離れて驚いた表情を浮かべながら彼女を見下ろした。

レオンの行動に驚いた椿は体を硬直させる。

「あ、いや。済まない。驚かせるつもりじゃなかったんだ。ただ、予想外の答えが返ってきたから」

「単純にレオン様はどのようなリードをなさるのかと興味があっただけですわ。動揺させる意図はなかったのですが、申し訳ありません」

「……そういうことか」

心臓に悪い、とレオンが小声で呟いた。

実際には無意識に椿の口から出ただけであるが、言った本人が一番驚いている。

何となく気まずくなり、無言になった二人のところへ白雪が笑顔を振りまきながらやってきた。

「目立つ人が壁の花なんて似合わないわよ？　まだパーティーは始まったばかりじゃない」

「声を掛けやすい佐伯君が見当たりませんでしたの。顔見知りも居《お》りませんでしたし、杏奈さんからレオン様を頼むとお願いされましたので」

「ふぅん。ねぇ、グロスクロイツ様。ちょっと椿をお借りしても良いかしら？」

白雪が〝椿〟と呼んだことでレオンは嫉妬から軽く彼を睨み付けてしまう。

睨まれた白雪はまったく動じずにニコニコと笑みを浮かべていた。

「……別に。彼女は俺のパートナーでもないし勝手にしろ」

「どうも。じゃあ、椿」

そう言って白雪が椿に向かって手を差し伸べる。

「あの、白雪君？」

「やぁねぇ。ダンスに誘ってるのよ。男の子に恥をかかせないで頂戴？」

ハッキリと言われてようやく椿は白雪からダンスに誘われていることに気が付いた。

自分の評価が白雪に悪い影響を与えるのではないかと椿が余計なことをグルグルと考えていると、彼は椿の手首を持って差し出している己の手に重ねる。

「白雪君。本当によろしいの？　あまり目立つような真似は」

「あたしがあなたを椿と呼んでいる時点で、他の生徒はあたし達が親しいって分かってるわよぉ。それにあたしは変人で有名だし、今更評判が悪くなってもどうってことないわ。ほら、行くわよ」

椿の手を握り、白雪は踊る生徒達の方へと進んでいく。

レオンは面白くなさそうな目を向けながら、椿の後ろ姿を見送ることしかできなかった。

他の生徒達は椿と白雪という意外な組み合わせを見て目を丸くしている。

けれど、ちょうど曲が始まるタイミングだったようで、椿は外野の声をじっくりと聞く間もなく白雪とのダンスに集中することができた。

「あ、流れで踊ってるけど、夏目さんは？」

「ダンスよりも透子の心配？」

「去年のことがあったから。一人にしてきた訳じゃないんでしょ」

「当たり前じゃない。ちゃんと美術部の子に託してきたわ」

「なら良かった」

自分のことよりも他人の事情を優先させる椿に、白雪は知らずに口元が緩んでいく。

「それよりも、グロスクロイツ様よ。椿って彼と仲が良いの？　これまで学校で話してるところを見たことなかったんだけど」

「一応、義理のはとこにあたるからね。会話くらいは普通にするけど」

「ああ、そうよね。そうだったわね。すっかり忘れてたわ。それを踏まえてだけど、あたし、もしかして椿をダンスに誘おうとしてたところを邪魔しちゃったのかしら」

「そんな気配はなかったから、大丈夫よ」

椿の言葉に、白雪は苦笑している。

「他人をよく見てる割に、意外と男心は分かってないのね」

「何が？」

何のこと？　と椿が問い掛けるが、白雪は笑顔のまま曖昧に誤魔化すだけで話してはくれなかった。

ダンスが終わり、別れ際に白雪がボソッと「どういうつもりかしらねぇ」と呟いたので椿はどういう意味なのかを聞こうとしたが、既に彼は生徒達の波にのまれており見失ってしまった。

疑問に思いつつも、本人が居ないのでは仕方ないと思いつつ、椿は周囲に人が多く居たこともあって一旦会場の外へと出ることにした。

外にはカップルやダンスに興味のない生徒達がちらほら居《お》り、椿はなるべく生徒達に視線を向けないようにしながら歩いていると、ベンチに座っている恭介とレオンを見つける。

人気者の二人がこんなところで何をしているのかと、彼女は声を掛ける。

「女子生徒の皆さんが捜しているのではなくて？」

急に声を掛けられて驚いたのか、恭介の肩がビクッとなった。

「……なんだ、椿か。驚かせるなよ」

「休憩中ですの？」

「ノルマは果たしたからな。お前はどうした」

「人が多くて移動が難しそうだと思いましたので、一旦外に出ましたのよ。それでちょっと散歩でもしながら会場内へと戻ろうかと」

「そうか。僕はもうしばらく休憩してるから、レオを連れて行ってくれ。五月蠅くてたまらない」

ため息交じりの恭介の言葉に、レオンはジロリと彼を睨み付ける。

「お話ししていらしたのでは？」

「話はもう終わったし、椿に託した方が楽だ」

「杏奈さんといい、恭介さんといい、なぜ私にレオン様をすぐに託すのですか」

「ちょうどいい所にお前が来るからだ。じゃあ、よろしく」

恭介から押し出されたレオンは渋々会場の方へと移動を始める。

本当に良いのかと椿が恭介を見るが、彼は素知らぬ顔で遠くを見つめていた。

ため息を吐いた椿は、やや遅れる形でレオンの後を追う。

「外にいらしたということはパーティーがつまらなかったとか？」

「……あの男とは仲が良いのか？」

「は？」

質問に質問で返されてしまい、椿はマジマジとレオンの顔を見てしまう。

「あの男って？」

「さっき椿をダンスに誘ってた男だ」

「ああ、白雪君のことですか。仲は良い方だと思いますが、彼は夏目さんのお友達ですのよ。特別私と親しいという訳ではございませんわ。どちらかといえば、夏目さん側の方です」

「じゃあ、どうして」

言いかけてレオンは慌てて口を手で塞《ふさ》いだ。

「どうなさったの？」

「いや、なんでもない。それで、その男は信用できるのか？　利用されるだけされて椿が不利な状況になりはしないのか？」

「心配なさらなくても白雪君には私の素の姿がばれておりますのよ。ですが、それを他の生徒にはらすでもなく、秘密にしてくれております。少なくとも私は彼を信用に値《あたい》する人物だと思っておりますわ」

途端にレオンは片手で顔を覆い「まいったな」と口にする。

「私だって、ばれたくてばれた訳ではございませんわよ」

「違う。違わないけど違う」

「じゃあ、どういうことですの？」

「どうって……。椿をダンスに誘ったんだぞ」

「仲が良いのですから、ダンスくらい誘うのでは？」

「だから、そうじゃなくって」

言いたいことが椿に全く伝わっていないことにレオンは頭を抱えている。

「もう！　レオン様は何が仰りたいの？」

「いや、いい。俺が勝手に心配しているだけだから、気にするな。むしろしないでくれ」

「確かに、レオン様は白雪君のことをよく存じ上げている訳ではございませんから、私が利用されているのではないかと心配になる気持ちも分かりますが」

という椿の声を聞きながら、会場内に戻るまでレオンは頭を抱えたままであった。

【19】


白雪のことを気にしていたレオンは、あるパーティーに彼が出席することを知り、椿のいないところで話がしたいこともあって主催者に無理を言って出席させてもらった。

開始早々に白雪と目が合うと、彼に顎をしゃくられ外へと誘われる。

何故呼ばれているのかは分からないが、レオンは目的が果たせそうだと思い、ちょうどいいと彼の誘いに乗ることにした。


「あら、案外素直に来てくれたのねぇ」

「一度、話をしたいと思っていたからな。外でいいか？」

「いいわよ。あたしもグロスクロイツ様にお話があったのよ。ここだと誰に聞かれるか分からないもの。聞かれたくないでしょう？　お互いに」

「ああ」

これから話すことを他人に聞かれると椿に迷惑を掛ける。

それは二人にとって望んでいることではなかったことから、静かに広間から出てホテルの庭園へと向かう。

さて、どう話を切り出そうかとレオンは考えたが、結局のところ聞くことは変わらないと気付き、白雪と向かい合う。

彼は感情を読まれないようにしているのか、先ほどと同じように笑みを浮かべている。

余裕ぶったその表情にレオンは苛立ちを抑えきれずに舌打ちをする。

「あまり感情が表に出ない人だと思ってたけど、そうでもないのねぇ」

「悪いか?」

「いいえ、ちっとも。むしろ、血の通《かよ》った人間なんだと分かって安心したくらいよ」

話したいのはそんなことではないだろうに、とレオンの苛立ちが増すが、白雪のペースに呑まれるのは負けた気がして嫌なため、さっさと本題を切り出した。

「……俺は自分のことを話しに来た訳じゃない。お前、何を考えてるんだ?」

「何をって?」

「鳳峰の創立記念パーティーの時、邪魔をしてきただろう。わざわざ俺の前で挑発するみたいに。それに、あれからなぜか俺を好意的とは言いがたい目で観察しているみたいだしな。いや、観察じゃないな、監視の間違いか? ……あれじゃ、まるで」

「まるで椿のことが好きみたい、って?」

白雪本人から言われ、しばし二人は無言になる。

互いに相手の顔を見て腹の内を探っているが、他人を欺《あざむ》くことに長《た》けている者同士、相手の考えていることなど分かるはずがない。

郵便はがき

170-0013

STAMP
HERE

東京都豊島区東池袋3-22-17
東池袋セントラルプレイス 5F
(株)フロンティアワークス

アリアンローズ 編集部 行

〒□□□-□□□□ Tel.(　　　)　　　-

住所

名前《ふりがな》

P.N.《ペンネーム》

年齢 a.18歳以下 b.19～24歳 c.25～29歳 d.30～34歳 e.35～39歳 f.40～44歳 g.45～49歳 h.50～54歳 i.55～59歳 j.60歳以上

○をつけてください
男・女

職業 a.学生 b.会社員 c.主婦 d.自営業 e.会社役員 f.公務員 g.パート/アルバイト h.無職 i.その他

購入書店名

購入書籍名

注意 ★ご記入頂きました項目は、今後の販促活動および出版企画の参考のために使用させて頂きます。それらの目的以外での使用は致しません。★販促活動にて、ご記入頂いたご感想などを公開する場合は、ご記入頂いたペンネームを使用し、個人を特定できない形で記載致します。こちらに同意いただける場合は、「同意する」に○をつけてください。

○をつけてください
同意する・しない

アリアンローズ 愛読者アンケート

	良	←	普	→	悪
●本書の満足度	5	4	3	2	1
●本文はどうでしたか？	5	4	3	2	1
●イラストはどうでしたか？	5	4	3	2	1

●Webの原作を知っていましたか？　A.Yes　B.No

●上の質問でNoと答えた方は、何で本書を知りましたか？

A.書店で見て　B.バナー広告を見て　C.公式HPを見て　D.友人・知人に聞いて
E.TwitterやFacebookなどのSNSを見て
F.その他（　　　　　　　　　　　　）

●よく買う本を教えてください。（アリアンローズ作品、雑誌など複数回答OK）

（　　　　　　　　　　　　）

●本書の購入理由は何ですか？（複数回答OK）

A.Webで原作を読んでいたから　B.著者のファンだから　C.イラストに惹かれて
D.イラストレーターのファンだから　E.好きなシリーズだから　F.帯を見て
G.あらすじを読んで　H.その他（　　　　　　　　　　　　）

●好きな物語の要素を下記より3つ選んでください。

A.異世界転生　B.現代　C.トリップ　D.乙女ゲーム　E.悪役もの　F.ラブコメ
G.冒険　H.学校・学園　I.料理・スイーツ　J.逆ハーレム　K.主人公最強・チート
L.魔法使い　M.王女・王族　N.兄妹・姉弟　O.貴族・令嬢

●本書へのご感想・編集部に対するご意見がありましたら、ご記入ください。

ご協力ありがとうございました！

「だとしたら、どうするの？」

「あいつは……恭介の婚約者だ。少し仲良くなったからといって、変な気を起こすな」

「それは親友のための忠告？　それとも、自分のため？　水嶋様がどうこうじゃなくて、あなたがどう思ってるか。大事なのはそこよ。水嶋様を理由にしないで頂戴」

レオンは椿に迷惑をかけるかもしれないという思いから、自分の本心を隠して彼女が恭介の婚約者であるということを表に出していた。

だが、白雪はレオンの気持ちに気付いている。気付いた上で彼の言葉を待っているのだ。

一旦、目を閉じたレオンは軽く深呼吸をして心を落ち着かせ、目を開ける。

「……俺は、椿を愛している。俺は彼女のために生きているし、これから先も彼女のためだけに生きていく。椿の幸せは俺の幸せであり、椿が喜ぶのなら俺は何だってする覚悟がある」

真剣な表情のレオンを見て、白雪は笑みを消した。彼の椿に対する想いの深さを知って気圧されたのである。

「それで、お前は椿をどう思ってるんだ？　さっきは上手くはぐらかして、直接的な言葉は口にしてないだろう」

「好きよ」

あまりにあっさりはっきりと答えられ、レオンは言葉に詰まる。

「って言っても、あたしは本人に告げる気は微塵もないけど。それに、あの子はあたしが手折《たお》っていい花じゃない」

「……どういうことだ」

「あたしじゃ椿を支えられないってことよ。椿はそんなこと気にしないでこっちに合わせようとするでしょうけど、それは椿の本来の輝きを奪うことになる。あたしはそんなことを望んでいる訳じゃない」

「……椿に自分の理想を押しつけてないか？」

「だから、あたしじゃダメだって言ってるの」

「ダメだなんだと言いながら、俺に視線をぶつけてきたり邪魔したりしてたじゃないか」

言っていることとやっていることが違うとのレオンの指摘に、白雪はわざとらしくため息を吐いた。

「だって、あの子ったら放っておけないんだもの。自分のことには無頓着で他人のことばっかり。それで一喜一憂《いっきいちゆう》して、他人のために一生懸命に動いて……。あの子を見てるとあたしの母親を思い出すのよね」

「……まさか、お前の母親」

「あ、生きてるわよ？　死んだのは父親の方で、父が死んだ後は朝も夜もなく働いてあたしを育ててくれたの」

「お前な……。誤解を招くような言い方は止《よ》せ」

「勘違いしたのはそっちじゃない」

白雪の言う通り、彼は直接口にした訳ではない。

言い分に納得したわけではないが、レオンは話を脱線させるつもりはなかった。

「そうか。……だけど、椿はお前の母親じゃない。同一視するのはやめろ」

「別に母親の面影は追い求めてはないわよ！　最初は、周囲があの子は強いから放っておいても大丈夫って雰囲気だったのが気になっただけよ。強そうに見えても、人一人の強さなんてたかが知れてるし、一人で頑張っていずれ潰れるんじゃないかと心配になったの。なのに、一旦自分の身内だと判断したら妙に懐《なつ》いてくるし、警戒心皆無だし。なんなのよ！」

「その意見には同意する」

「ってことは、椿って昔からああだったの⁉」

「そうだな。自分のことは二の次だった。昔、一度だけ本気で怒られたことがあったが、あれも自分じゃなくて人のためだった。あいつは、昔から変わらないんだ。俺はそれに助けられてばかりで、恩返しもろくにできてない」

椿のことを語るレオンの表情は非常に穏やかで、それだけで彼がどれだけ椿を大事に思っているのかが白雪には分かった。

「……あなたが椿に対して本気だってことは分かったわ」

ため息交じりに吐かれた言葉に、レオンの眉間《みけん》に皺《しわ》が寄る。

本気だと知ってどうするのだと彼が思っていると、言いたいことが伝わったのか白雪が理由を話し始める。

「創立記念パーティーで女癖が悪いって噂のあったあなたと椿が話してたから、ちょっと心配になって声を掛けたのよ。で、あたしが椿をダンスに誘ったら、すごい目であたしを睨んだでしょう？　椿が水嶋様の婚約者だと知ってるはずなのに、ずっと片思いしている相手がいるはずなのに、どうしてただの親戚でしかないあなたがそんな目をするのかしら？　って思ったの。あなたの噂を全部、信じてた訳じゃないけど、それでも椿が騙《だま》されて泣かされたら嫌だと思ったのよ」

理由を聞いたレオンは、彼が勘違いしていることに気が付いた。

椿が気まずい思いをするからと誰にも話してはいなかったが、白雪には話しておかなければならない。

「言っておくが、俺がずっと片思いしていた相手というのは椿だよ。それと、文化祭の噂だが、あれは半分嘘で半分真実だ。あの時、俺と一緒に居たのは椿だからな。向かいの校舎に人が居て、咄嗟に相手に椿の顔が見えないようにしたら、俺が抱きしめてるように見られてしまったっていうのが真相だ」

「それ本当？」

「嘘だと思うなら椿に聞け」

真実を知り、全て自分の空回りだったと知った白雪は頭を抱えている。

「そう、落ち込むなよ。椿を心配しただけだろ？」

「そっちは気が楽かもしれないけど、こっちは勘違いでケンカを売ったのよ！　落ち込みもするわよ！」

「別に俺は気にしてないし、俺もお前を警戒していた」

どういうことだと首を傾げている白雪に対してレオンは言葉を続ける。

「創立記念パーティーの時までは、時間さえあれば椿は俺を選んでくれると思っていたからだ」

意外な言葉に白雪は真顔でレオンの顔を凝視する。

レオンも冗談ではなく本気で言っているので、こちらも真顔である。

「椿から俺の知らない男の話が出たことはなかったから、安心していたんだ。だが、あれだけ魅力的な椿を好きになる男が居るのは当たり前で、椿と親しそうなお前を見て、その可能性があると知って焦ったんだ」

「それは光栄だけど、あたしが目指しているのは椿から信頼される親友の立ち位置だもの。そこまで警戒しなくても大丈夫よ」

「そんなことを言っても、椿がお前を選んだら意味がないだろう。どちらも椿に選ばれる可能性があるなら俺達の立場は同じだ」

「まるで椿が自分を選ばなくてもいいって考えに聞こえるけど」

「そんなことはない。俺は心から椿が欲しいと思っている。だが、誰を選ぶのかは椿の自由だし、俺が強制できるものじゃない。本当に椿を好きなら、誰を選んだとしても彼女の幸せを願わなければならない、と思っているが、腹が立つのはどうしようもない」

　嘘のないレオンの本音を聞いた白雪はただ黙っていた。

「だったら、尚更心配するだけ無駄よ。あたしは椿を見ているだけで十分だもの。椿が幸せならそれで良いの。ただ、あなたの存在が予想外だったってだけ。ほんっと、文化祭の噂の真実を知ってたらこんなことしなかったのに。ずっと秘密にして椿の側で見守ろうと思ってたのに！」

　台無しよ！　と白雪がレオンに八つ当たりをし始めた。

「好きなのに手に入れる努力をしないなんて理解できない」

「ただ好きな人の幸せを祈るだけの恋もあるのよ。考え方が傲慢ね。これだから金持ちは嫌いなのよ。……その中でも、あなたは特に気に入らないわ」

「奇遇だな。俺もお前のことは気に入らないよ。……でも、女の趣味だけは良いと褒めてやる」

「ええ、そうね。あなたも女を見る目だけはあるみたいね」

話し合いを経て誤解も解けたのにも拘わらず、レオンと白雪は最初の時よりも仲が悪くなっていた。

価値観の違いがお互いに嫌悪感を抱かせている。

「誤解も解けたんだから、俺の邪魔をするなよ」

「邪魔なんてしないわよ。あたしは、ただ椿に話し掛けるだけだもの。それとも、あなたはみっともない嫉妬を表に出して、椿に話し掛けるなとでも言うつもりかしら？」

「そんな権利は今の俺にはない」

「そうよねぇ。今の椿の立場は水嶋様の婚約者だものね」

挑発的な白雪の物言いに、レオンは堪らず彼を睨み付ける。

「ここが日本じゃなかったら、お前をひねり潰してやれるのにな」

「まあ、怖い。グロスクロイツ家の権力を使うのかしらぁ」

最初の時のような殺伐《さつばつ》とした雰囲気はないものの、椿が聞けば胃を痛めそうな会話を二人は繰り広げていた。

【20】

数日後、レオンと白雪との会話など知らない椿は放課後、サロン棟の廊下を足早に、でも優雅に歩きながらいつもの個室の扉を勢いよく開けた。

突然開いた扉に中に居た面々は驚き、固まってしまっている。

椿は、そんな面々を眺めながら、これから話題にしようとしていた相手が居ないことを確認した。

「よし、恭介は居ないわね」

「椿さん！　お行儀が悪くてよ！」

久しぶりの千弦の注意を聞こえないふりしてかわした椿は、レオンの側に行き彼の手をそっと取って握りしめた。

ややや頬を染めているレオンの目を椿はしっかりと見つめる。

「レオン、一生のお願いがあるの」

「いいぞ」

「ちょっとは躊躇《ちゅうちょ》しようよ！　グロスクロイツ君！」

「せめて用件くらい聞きなさいよ！」

あっさりと椿のお願いを了承したレオンは、二人のツッコミを聞いて眉をピクリと動かした。

「椿が無理難題を吹っ掛けてくる訳がないだろう？　何を言ってるんだか」

「それでも一応は聞きなさいよ！　椿からのお願いなんて滅多《めった》にないことでしょうが！　見なさいよ、椿の顔を！」

「いつも以上に綺麗だと思うが？」

「ちょっと外で目玉を洗ってきたら⁉　フィルターが分厚すぎでしょ！　どう見ても面倒なことをあんたにお願いしようとしてる顔じゃない！」

椿は、さすがにレオンはだませても杏奈の目は誤魔化せないか、と彼らから視線を外して吹けもしない口笛を吹いた。

「ほら見なさいよ！　あのわざとらしい誤魔化し方」

「鼻筋から唇までのカーブが素晴らしいな。椿は横顔までも美しい」

「どこ見てるのよ！」

「や、八雲さん！　グロスクロイツ君には全部逆効果だと思うよ？」

「そうですわ。一旦、落ち着いて椿さんのお話を伺いましょう？　重要なお話かもしれませんし」

千弦と佐伯に説得され、落ち着いた杏奈は息を吐いてソファの背もたれにもたれ掛かった。

椿は場が静まったのを確認し、真剣な表情を浮かべる。

「レオン。クリスマスにプラネタリウムへ行かない？」

「行こう」

「だから最後まで話を聞きなさいよ！」

「断る理由がない」

「まあ、杏奈もレオンも落ち着いて。最後まで私の話を聞いて欲しいの。あのね。恭介がクリスマスに閉館後のプラネタリウムを貸し切ったのよ」

レオンは、二人っきりじゃないのか……と呟き、杏奈は、道連れにレオを選んだだけなの⁉　と声を張り上げた。

椿は二人の台詞をスルーして、更に言葉を続ける。

「私の名前で」

「水嶋様、最悪ね！」

「あいつ、もっとやりようがあっただろうに」

「だから、レオンの力が必要なの」

「そういうことなら喜んで」

椿とレオンの間で話がまとまりかけた瞬間、杏奈が待ったをかけてきた。

「それだけじゃないでしょ。椿がそれだけで終わる訳がないわ。何か他にもあるはずよ」

「……さすがに杏奈は気付いたわね。そうよ。レオンにはお願いしたいことがまだあるの。プラネタリウムが終わった後は恭介達とは別行動を取る予定なんだけど、施設のすぐ近くにある公園の噴水を操作させてもらえるように交渉したの。それで、恭介達が噴水前でいちゃついている時に、その噴水をタイミング良く操作したいのよ。あとライトアップも。だからちょっと静かにして私についてきて欲しいんだけど」

という作戦を聞いた杏奈は、思わず「相変わらず、くだらないことを考えてるわね」と口にすると、椿が目の色を変えて反論してきた。

「くだらなくないわよ！　ムードって大事でしょう！　クリスマスよ！　聖夜よ！　付き合って初

めてのクリスマスよ！　なのに私が居るとかおかしいでしょ！　恭介はどうでもいいから、夏目さんに素敵な思い出をプレゼントするのよ！　それが私にできるクリスマスプレゼントよ！」

椿が早口でまくし立てると、部屋に居たレオン以外の全員が彼女に向かって冷ややかな視線を送っていた。

そちらの方を見たくなかった椿は唯一、嬉しそうにしているレオンに視線を向ける。

「レオン。私とプラネタリウムに行ってくれる？」

「椿が望むのなら喜んで」

すぐにレオンは杏奈から椿を甘やかし過ぎだと注意を受けたが、恋をしている男には全く通じず、最終的に彼女からさじを投げられたのだった。

こうして椿は、いちゃついているカップルの後ろをただひたすらついて回るという苦行を回避したのである。


クリスマス当日までの間、椿は志信や佳純に頼んで公園の管理・運営者とやり取りをしてもらい、噴水やイルミネーションのタイミングなどの打ち合わせをしつつ過ごし、当日を迎えた。

椿は早めに到着し、管理・運営者の立ち会いの下《もと》で入念にリハーサルをして、プラネタリウムの施設へと移動し残りのメンバーが到着するのを待った。

待ち合わせ時刻の十分前に三人が到着し、四人は会話もそこそこに施設へと入る。

「それじゃ、二人はお先にどうぞ」

「え？　隣で見ないんですか？」

「私はレオンと見るから。折角のクリスマスなんだし、恭介と二人で座ったら？」

でも、と言いたげな透子だったが、行くぞ、という恭介に連れられ、彼女は椿達から離れていった。

椿は恭介達が席を決めたのを見た後で、彼らから離れた場所の席を選ぶ。

隣にレオンが座ったが、椿は口数の少ない彼の様子が気になった。

「……やけに静かね」

「緊張してるんだよ」

「緊張？　レオンが？」

いつも冷静で涼しい顔をしているのに、珍しいこともあるものだと椿はレオンをマジマジと見つめる。

椿に見られて恥ずかしいレオンは赤くなった顔を片手で覆ってしまった。

「あんまり見るな」

「なんで？」

「なんでって……。そりゃ、椿には格好良い所しか見せたくないからだよ。椿だって俺の格好悪い所なんて見たくないだろう？」

「そうでもないよ。完璧な人ってやっぱりどこか人間味が感じられないっていうか、どうしても自分よりも上の存在だって思っちゃうんだけど、今のレオンは等身大の男の子って感じで、私は割と好きだけどな」

「な、何を！」

急に慌てだして大声を出したレオンは、赤い顔をさらに真っ赤にして彼女の逆方向に顔を向けた。

「ちょっと、レオン。上映前に暴れないで」

「誰のせいだと……」

全く分かっていない椿の様子にレオンは冷静になり、振り回されてばかりの自分が情けないこともあって、ジトッとした目を椿に向ける。

「無意識が一番質《たち》が悪いってことがよく分かった」

何のこと？　と椿が悩んでいる内に部屋が徐々に暗くなり、プラネタリウムの上映が始まった。

今回のプラネタリウムのテーマは『世界旅行』。

アジア、ヨーロッパ、北欧、南アメリカ、アフリカの星空が映し出されていく。

今日の準備のために寝る間も惜しんで色々と動いていた椿は、ゆったりとした音楽と暗い部屋ということもあり、開始早々に夢の国へと旅立っていた。

彼女が目覚めたのはカイロの星空あたりで、別に寝てませんけどと言わんばかりの表情を作って残りの星空を見ていたのである。

けれど、最後の最後だったので、あまり意味はなかった。

上映が終わって部屋が徐々に明るくなり、椿達は席を立って部屋の外へと出る。

「北欧の星空、凄かったですね！　オーロラも！　恭介君は中学の修学旅行で見たんでしょう？いいなぁ」

「今日のも中々良かったが、本物には敵《かな》わないと思う。いつか、透子にも見せてやる」

「じゃあ、旅費を貯めなくちゃですね！　あ、朝比奈様はどの都市の星空が良かったですか？」

キラキラした笑顔を振りまいている透子であったが、恭介は渋い顔をしている。

「止めろ、透子。そいつ、寝てたぞ。僕のところからはバッチリ見えてた」

「失礼ね。ちゃんとパリまでは覚えてるわよ」

「序盤も序盤じゃないか！　お前は何しに来たんだよ！」

「プラネタリウムを見に来たに決まってるでしょう？」

「どの口が……！」

尚も文句を言いたそうにしていた恭介をレオンが彼の肩に手を置いて止めた。

「落ち着けよ」

「あのなぁ、レオもちょっとは怒れよ！　隣で寝てたんだぞ！　何も思わなかったのか!?」

「寝顔も可愛いなとしか思わなかったし、椿の寝顔を独り占めできたことに満足してる」

「ダメだ、こいつ！　透子、透子は分かるだろ？」

「いつも気を張ってるから、きっと疲れてたんですよ」

「僕の味方はゼロか！」

頼みの綱の透子にまで椿の肩を持たれ、恭介はツッコミを入れた自分が間違っているのかという思考に陥る。

そもそも、椿の最強のイエスマンであるレオンと、彼女に憧れを抱き、何度も助けられてきた透子に聞くのが間違いだ。

杏奈でも居れば同意を得られたのは間違いないが、残念ながら彼女は不在である。

「……寝てたことは謝るよ。ごめんね」

恭介のあまりの孤立っぷりに、椿は罪悪感を覚えてしまった。

けれど、謝罪したのは、二人に近くの噴水まで早く移動して欲しいという気持ちもあったのは事実。

「ということで、プラネタリウムも終わったし、後は勝手に帰宅ということで、ここで解散です」

「なんだ、食事に行かないのか？」

「噴水見てから二人で行けばいいでしょ？　私は家に帰って菫と樹とケーキを食べるのよ」

「せめて、レオンともう少し過ごしてやれよ」

「そこは考慮するから。じゃあ、恭介、夏目さん。良いお年を」

「まだ、水嶋のパーティーがあるだろうが」

「細かいわね。いいでしょ、別に。ほら、さっさとイルミネーションでも見に行きなさいよ。ここから出てすぐの所にあるから」

ほら、と言って椿は公園の方へと恭介の背中を押す。

こうなった椿は人の話を聞かないと知っている恭介は大人しく彼女に従った。

恭介と何度もお辞儀をしている透子を見送り、椿とレオンは噴水の見える場所まで移動した。

「さあ、大事な仕上げよ」

「俺はここで大人しくしてれば良いんだな？」

「指示が聞こえなかったらマズイからね」

「分かった」

と言ったっきり、本当にレオンは黙り込んだ。

椿は双眼鏡で恭介達の位置を確認し、イルミネーションを点灯させていく指示を出す。

そうして、噴水の前まで二人を誘導し、「今よ！」と無線に向かって知らせると、二人が噴水の真ん中までできたタイミングで思いっきり水が噴き上がった。

あまりのタイミングの良さに、恭介と透子は互いに顔を見合わせて笑い合っている。

椿は、これで仕事は終わったと双眼鏡を下ろした。

「上手く行ったのか？」

「完璧よ。あまりの完璧っぷりに鳥肌が立ったわ」

「それは良かったな」

心から喜んでいる椿を見て、レオンも笑みを浮かべる。

だが、双眼鏡を持っている椿の指先が赤くなっているのを見て、彼は自分の手袋を外した。

「椿」

呼ばれた椿がレオンの方を向くと、彼は手袋を差し出している。

「え？」

「寒いだろう？　指先が真っ赤だ」

「いや、車に手袋あるし。それを借りたらレオンが寒くなるじゃない」

「ポケットに手を突っ込むから大丈夫だ」

いや、でもと言っている椿を見て、埒《らち》があかないと思ったレオンは彼女の手を取って強引に手袋をはめた。

先ほどまでレオンがはめていた手袋は、ほんのりと暖かく、かじかんでいた指の感覚が戻っていくのを感じる。

「……ありがとう」

「どういたしまして」

椿は照れ臭くなりレオンから視線を外して礼を言うが、彼はポケットに手を突っ込んだまま、笑顔で彼女を見つめていた。

少しして、恭介達が帰ったのを確認した志信が迎えにきて、レオンが本家の車に乗る前に、椿ははめていた手袋を彼に手渡す。

「別に返さなくても良かったのに」

「車にあるって言ったでしょう？　物は大事にしないと」

「椿が使ってくれるならそれで良かったんだけどな。ちゃんと大事に使ってくれるだろう？」

「そういう問題じゃないと思うんだけど」

車の前で話していると志信と本家の使用人から声を掛けられ、会話の途中であったが二人はそれぞれの家の車に乗り込んだ。

椿はいつも車の外を眺めているのだが、今日の彼女は車が走り出してもずっと手をさすっている。

「椿様。まだ指先が冷えておりますか？」

「ううん」

そう言いながらも、家に着くまで椿はずっと手をさすっていたのだった。

【21】

このまま、平和に行くかと思われた学園生活であったが、三学期が始まってしばらく経った頃、椿は美緒が妙に透子を見ていることに気が付いた。

何かを探るような美緒の視線に、彼女が透子を警戒しているのでは？　と椿は疑いを持つ。

『恋花』内では美緒と恭介が二人で出掛けたりするイベントがあるが、当然ながら二人が出掛けることはなく、誘われもしないことに焦り、同じヒロインである透子が彼とのイベントを起こしているのではないかと疑って見ている可能性が高い。

学校内で恭介と透子が話をすることはまず無いので、一緒にいるところを美緒が見ることはないと椿は思っているが、一応彼には知らせておいた。

だが、視線を向けるだけで特に美緒は行動を起こすこともなく、椿達は三年生へと進級する。

始業式が終わって放課後になり、椿が廊下を歩いていると保健室前の廊下から中庭を見つめている護谷の姿が目に入る。

一体何を見ているのかと思い、彼女は護谷の視線の先を辿るがそこには誰も居なかった。

再び椿が護谷に視線を戻すと、見られていることに気付いていたようで彼と目が合う。

胡散臭い笑顔を向けられた椿は、その場で軽く会釈をする。

「朝比奈さんはもう帰るの？」

他の生徒の手前、護谷は他の生徒に対する態度と同じように椿に接している。

椿は特に気にする様子もなく、はい、と頷いた。

「……護谷先生は何をしていらしたのですか？」

「そういう質問を俺にしてくるのって初めてじゃない？　珍しいね。どういう心境の変化？　てっきり朝比奈さんは俺のことに興味なんてなくて、どうでもいいと考えているんだとばかり思ってたよ」

「別に興味がない訳ではありませんし、どうでもいいとも思っていません。それに、いずれ護谷先生とはゆっくりお話ししたいと思っていました」

「へぇ」

護谷は笑みを浮かべているが、相変わらず目は全く笑っていない。

「話すって言ったってさ、何を話すの？」

「それは先生が一番よく御存じかと」

「ふ～ん。でもいいの？　志信兄さんも佳純姉さんも側に居ないよ？」

守ってくれる人が側に居ない状態だけどいいの？　と護谷の目が言っている。

「これは私と護谷先生との話し合いですから。一対一でなければ無意味です」

「本当にどういう心境の変化なの？」

と、護谷に訊ねられたが、椿は単純に透子の、相手のことを知らないままで判断するのはどうかという考えに影響を受けただけである。

護谷は朝比奈家の血縁者ではない椿を明らかに軽んじているし、彼女もそれを仕方がないで済ませていた。

けれど、仕方がないからで目を背けたままではいけないと、透子と過ごす中で思うようになったのである。

分かり合えないかもしれない、拒絶されるかもしれない、けれど椿という人間を知ってもらい、相手のことも知っていきたいと彼女は思ったのだ。

「これまでの状況が単純に楽だからという理由で、私が目を背けていたのだと気付かされただけです」

「よく分からないけど、とりあえず俺と向かい合ってみようと思ったってのは理解したよ。それで？　俺を懐柔《かいじゅう》したいのかな？」

「そこまでは考えていません。話し合った結果、私がどういう人間なのか判断するのは先生の自由じゃないですか。こっちが強制することでもありませんし、全くの無意味です。それだと今までと何も変わりません」

「俺に認めてもらいたいってこと？　でもそれは」

「私に朝比奈家の血が流れていないから無理、ですか？」

「……驚いたね。普通、それを知ってたら俺を怒るところだよ？」

護谷は本当に驚いたようで、まばたきの回数が先ほどよりも多くなっている。

ポーカーフェイスだと思っていたが、意外と感情が表に出るのだなと椿は冷静に分析していた。

その点でいえば、志信や佳純の方がよほど上手く感情を隠せている。

「連れ子という引け目がありましたから。そういう理由で護谷先生のような考えの使用人を怒ったら溝が深まるだけで何の解決にもなりませんし、次から話すら聞いてもらえなくなりますから」

「椿様って本当に十七歳ですか？」

護谷の口調が変わったことで、椿は自分の考えが合っていたことを知る。

「幼少時に色々とあったので、周囲の顔色を窺うのが癖になっているんです」

「ああ、そうでしたね。すっかり忘れてましたよ。……どこまで御存じなのか、考えただけで怖いですね」

「そんなことを言ってますけど、護谷先生はちっとも怖がってないじゃないですか。私に好かれようが嫌われようが先生はどうでもいいと思っているのでしょう？　先生は私に興味を持ってないのですから」

人の好き嫌いが激しく、好きな人に尽くし、それ以外には興味を持たないという部分が椿と護谷は共通している。

だからこそ、椿は彼の考えの一部が理解できるのだ。

「それは、椿様は俺にどうでもいいと思ってもらいたくないってことですか？」

「そうですね。少なくとも、私のことを知ってもらいたいという気持ちはあります。同時に護谷先生のことも知りたいと思ってますよ？」

「とんでもない愛の告白ですね」

「そうでしょうか？　他人と向かい合うのはそういうことだと思いますよ？　相手のことを知らな

ければ合うのか合わないのか分かりませんし、好きにはなれません。第一印象だけで相手を判断するのはどうなのかなって」

護谷が何を考えているのか椿には分からなかったが、彼は笑顔を消して真剣な表情になっていた。

「なんて偉そうなことを言ってますけど、私も知人から教えられたんですよね」

あはは、と椿は頭をかく。

「なるほど。夏目さんから影響を受けたのですね」

「その情報だけで夏目さんを導き出すなんて、さすが朝比奈家の使用人ですよね」

椿、もしくは杏奈の交友関係を調べたところで相手が言った言葉までは分からない。

だというのに、護谷は椿から得た少ない情報で相手がすぐに透子だと当たりをつけたのだ。

「お褒めにあずかり光栄です」

誇らしげに口にする護谷を見て、椿は苦笑する。

「貴方にとっても朝比奈家の使用人という立場は誇るべきことなのですね」

「当たり前です。朝比奈様のお役に立つということが使命であり、我々の生きる理由のひとつですから」

「そう。お父様達が羨ましいですね。そのような使用人が居るというのは本当に幸せなことだと思います。朝比奈家の皆さんの人徳なのでしょうね」

「……椿様もいずれはそうなりたいと思ってますか？」

「主《あるじ》として認めてもらいたいとは思ってます。すぐには無理だと思いますし、色んな使用人と話をしていかなければならないので、道は長いですよ」

苦笑しつつ、椿はそう答えると、ポケットに入れてあった携帯電話が震えていることに気が付いた。

恐らく、絶対に志信だ、と椿は思い、あまり護谷と話をできなかったことを残念に感じながらも話を終わらせる。

「……ああ、もうこんな時間ですね。不破を待たせているので、失礼しますね。お話に付き合っていただき、ありがとうございました。それでは、失礼致します」

護谷に会釈をする。

少しは彼の印象が変わったことを彼女は願うばかりだ。

「朝比奈さん」

背を向けた途端に声を掛けられ、椿は足を止めて振り返る。

「なんですか？」

「志信兄さんに道場で毎回、俺に絡んでくるのやめてって伝えてくれる？」

「……はあ、分かりました」

志信が毎回絡みに行っているとは椿は初耳であったが、伝言を頼まれたのだからきちんと伝えなくては、と彼女はその後、迎えにきていた彼に護谷の言葉を伝える。

「晃《あきら》に伝える必要はございませんが、無理ですね」

護谷からの伝言を聞いた志信の表情に変化はなく、スッパリと言い切った。

「……志信さんって護谷先生と仲が悪いの？」

椿の問いに志信はたっぷりと間を開けた後で口を開いた。

「……悪くはございません。単純に奴が気に入らないだけです」

「それは仲が悪いって言うんじゃないの!?　何が違うの!?」

その椿の言葉に、志信は最後まで答えてくれなかった。


ということがあってから、たまに椿は放課後に保健室へと向かい護谷と話をしていた。

内容は他愛もない世間話が大半である。

この日も、放課後に何も用事がなかった椿は生徒が居ないことを確認した後で保健室へと入っていった。

中に居た護谷は訪問者が椿だと知ると、困ったような笑みを浮かべている。

「椿様も物好きですね。また来たんですか？」

「物好きだから来ました。忙しいのであれば日を改めますし、お仕事の邪魔はしません」

「……別に構いませんよ。それで、今日は一体どういうお話ですか？」

断られなかったことにホッとした椿は、近くの椅子に腰を下ろした。

「そうですね……。じゃあ、志信さんや佳純さんの話はどうでしょうか？」

「志信兄さん達の？」

「ええ。護谷先生は二人のことを子供の頃から御存じなのでしょう？　幼少時の思い出話など聞かせて頂ければと思いまして」

肘掛けに腕を載せて頬杖をついた護谷は探るような目で椿を見つめ、考え込んだ後で口を開く。

「俺と志信兄さんは三つ違いなのは御存じですよね？　それで、使用人一族の子供達の中では年が近いこともあって色々と世話になってましたよ。志信兄さんは昔から落ち着いていて、やんちゃする他の子供を叱りつけてましたね。典型的な朝比奈家の使用人って感じです。昔から俺の先を歩いていて、俺が手間取っている間にどんどん先に進むんです。悔しく思うどころか、尊敬すらしていました」

「志信さんは昔からあのように落ち着いた雰囲気だったのですね。仕事上そうしているとばかり思っていました」

「基本はそうですね。涼しい顔をしているでしょう？　でも結構熱い人ですよ。大声を出すこともありますしね」

「それは、私も見たことがありますね」

お菓子を食べているのがバレた時のことを椿が思い返していると、意外だったのか護谷が目を見開いている。

「……護谷先生？」

「志信兄さんが椿様の前で大声を出したんですか？」

「ええ。原因は私でしたから、仕方がなかったんですけど」

どういう理由で大声を出したのかは興味がなかったようで、護谷は何度も「仕事中にあの志信兄さんが」と呟いていた。

ややあって、ようやく落ち着いたようで護谷の表情はいつも通りに戻っていた。

「護谷先」

「じゃあ、今度はこっちから質問してもいいですか?」

言葉を切られた形ではあったが、護谷が椿に興味を持って質問をしてきたのが珍しいと思い、彼女はどうぞと声に出した。

「椿様はレオン様の件をどのように考えているのですか?」

「え!?」

「朝比奈家の使用人の間では有名な話ですよ。そもそもレオン様の態度がバレバレですしね」

「バレバレですか……。護谷先生はそれを聞いてどうするんですか? レオン様はお祖母様の親族ですから気にしてるんですか?」

「いいえ、純粋な興味です」

「興味ですか?」

「はい。婚約者である水嶋様を夏目さんに譲ってしまったでしょう? だからレオン様を選ぶのかと気になったんですよ」

さすが朝比奈家の使用人。すでに恭介と透子が付き合っていることを彼は知っている。

きっと独自の情報網があるということだが、個人の感情までは護谷も読めないからこそ椿への質問ということだ。

彼の信頼を得たいのならば嘘をつくのは避けた方がいいと椿は判断した。

「別に私は譲った訳ではありません。最初から熨斗《のし》をつけて誰かに押しつけたいと思ってましたから。あの二人は両思いですし、私にとっては渡りに船。ラッキーとしか思ってません。それと、恭介さんの件とレオン様の件は別です。誰かと恋をするような暇は私にはありませんので」

「俺には椿様の考えが理解できませんね。水嶋様を選ばず、レオン様も選ばず、他人から嫌われるように手回しして……一体貴女は何をしたいのか」

「何を、と言われても、私がしたいことは幼い頃から何ひとつとして変わってません。私はただ、母と恭介さんに幸せになって欲しいという理由で動いているだけですもの。ただの自己満足です」

護谷は椿の言葉を聞いて普通の令嬢の考えとの違いに首を傾げている。

「ですので、レオン様とのことを考えるのは待ってもらっているんです。彼を選ぶか選ばないかは現時点では答えられません」

「そう。そこまではまだ考えられないってことですか。レオン様が不憫《ふびん》ですね」

罪悪感から椿は何も答えられずに苦笑する。

だが、恭介の話が出たこともあり、椿はこの際だからと護谷に美緒、そして美緒を唆《そそのか》している人物のことについても聞いてみることにした。

「……護谷先生は、立花さんとその周囲の生徒をどう見ていますか？」

護谷は頬杖をついたまま、胡散臭い笑みを浮かべている。

あれは美緒の情報を知っているが椿に話すことはない、と思っている顔に違いない。

「立花さんは中々に面白い子だと思いますよ？　あれだけ周囲に部下を侍《はべ》らせているのに、誰も彼女を尊敬していないのは滑稽《こっけい》だなと思います。でも、椿様が聞きたいのはこういう話ではありませんよね？」

椿が聞きたいのは美緒のことではなく、本命は唆している人物の話だ。

質問の意図を言い当てられ、椿は素直にはい、と答える。

「立花さんに情報を与えている方が居るのでは？　と疑っているのです。ですので、護谷先生が御存じなら教えて頂きたいと思いまして」

「さあ、どうでしょうね。まあ、知っていたとしても椿様に教えられませんけどね。教えたら椿様は突っ込んでいくでしょう？　そういうことは使用人に任せておけばいいんですよ」

ということは、美緒に情報を与えている人物は実在し、護谷はそれが誰かを知っている、ということだと椿は感じた。

もう少し詳しく話を聞こうとした椿であったが、もうこんな時間だからと護谷に言われ、彼女は仕方なく保健室から出て行った。

詳しく聞いたところで教えてはもらえなかっただろうけど、と思いながらも、椿は学校を後にしたのだった。

【22】

もうすぐ始まる夏休みにウキウキしていた椿が休み時間に廊下を歩いていたところ、中庭で美緒が透子と一緒に居るところを彼女は目撃する。

何をしているのかと心配になり、椿はこっそりと二人に近づき会話に耳を傾けた。

「だから！　水嶋様と二人になって絵を描いたの？　花冠は⁉　ダンス練習の約束はしてるの？　まさか二人で出掛けたりしたんじゃないでしょうね！　どうなのよ！」

「あの、立花さん？　どうしたんですか？」

「だから、あんたがイベントを起こしてるんじゃないでしょうねって聞いてるのよ！　ずっと待ってたのに全然誘われないいんだもん！　おかしいと思っても仕方ないじゃない！　あと一年もないのよ！　私は選ばれなきゃいけないの！　他の人とは違うの！　特別なんだから！　特別じゃなきゃいけないんだから！」

「お、落ち着いて下さい」

透子は必死に美緒を宥《なだ》めているが、彼女は一向に興奮が冷めない。

このままだと危険かなと椿は思い、近くの窓から顔を出してこちらに背中を向けている美緒に声を掛ける。

「あら、立花さん。随分と楽しそうなお話をされておりましたわね？　私にも聞かせていただけます？」

振り向いた美緒は、声の主が椿だと気付いた途端に驚いた様子を見せていたが、邪魔されたことに苛立ったのか、彼女を睨みつけてきた。

「……あんたには関係ない！」

「そうですか。それは残念ですわ。ですが、今度騒ぎを起こしたらどうなるのかは、貴女のお父様から伺っているはずですが。貴女も椎葉さんと同じ結果にはなりたくないでしょう？」

中等部三年時の事件のことを思い出した美緒は一気に体を硬直させる。

困ったような表情を浮かべた透子は美緒と椿を交互に見ていた。

「あの、朝比奈様。私は驚いただけで、立花さんから何もされてませんから。大丈夫です」

「……そうですの？」

「はい。立花さんも気になっただけですよね？　イベント？　が何のことなのか分からないんですけど、重要なことなんですか？」

「重要よ。……あんた、イベントが何か本当に分からないの？」

「ごめんなさい。全然分からないです」

透子の答えに納得したのか、美緒は落ち着きを取り戻し、安心したような表情でその場を後にした。

美緒が居なくなったのを確認した椿は手招きをして透子を呼び寄せる。

「夏目さん。本当に何もされてないのね」

「されてませんよ。あと朝比奈様、口調がくずれてますよ」

「誰も居ないから平気よ」

「前に誰が見てるかも分からないって言ってたじゃないですか」

確かにそんなことを言っていたな、と思い出した椿は、すぐにいつもの口調に戻した。

「……そうですわね。それと、今後は立花さんに呼ばれてもついていかない方がよろしくてよ」

「話を聞きたいだけで、危険はないですよ」

「貴女はまたそんなことを」

「それに、立花さん。なんか……」

言い掛けて透子は口を閉ざす。

どうしたの？　と聞いた椿に対して、透子は何でもないですと口にして教室の方へと行ってしまった。

椿は廊下を歩きながら、先ほどの美緒の態度を思い返す。

あれは相当追い詰められていたようであった。イベントを起こしているると思っているのに恭介からなんのアクションもないことに焦っている。

学園生活も残り八ヶ月なので、美緒は躍起《やっき》になっているのだろう。

恭介と透子は校内では二人っきりにはなっていないことから、これ以上美緒の疑惑が彼女に向けられることはないと椿は思っていた。

美緒を何とかしなければと椿は思うが、ここがゲームだと思い込んでいる彼女を説得する言葉が思い浮かばない。

あの様子では卒業までに何らかの問題を起こしそうだと椿は思い、どうしようかと頭を悩ませる。

以降、透子が恭介に誘われてはいないということで安心した美緒は、彼女の監視を続けていたものの、手を出すような真似をすることはなかった。

美緒に入れ知恵をする人物が動くかとも思った椿だが、その様子もなかったことから安心しつつ一学期を終える。

終業式の日は、レオンが女子生徒に囲まれて非常に迷惑そうな表情を浮かべていたのを椿は遠目から確認していた。

キャーキャーと騒ぐ女子生徒達を一瞥しただけで、レオンは世話になった先生方に挨拶をして早々に学校から帰ったのである。

諸々の事情もあり、レオンは終業式から一週間も経たない内にドイツへと帰国することになっている。

その見送りに椿と杏奈、恭介と透子が空港まで来ていた。

「レオン様、この一年間どうでしたか？」

「貴重な一年だった。できればずっと残っていたかったよ」

「ご両親に無理をいって一年間だけという約束だったのでしょう？」

「それでも名残惜しいんだ。……本当に楽しかった。創立記念パーティーで椿と踊れなかったのは残念だったが、同じ学校に通えたことで、これからも希望を持って生きていける」

「それは大袈裟《おおげさ》すぎない⁉」

同じ学校に通っただけでそんな効果は得られないだろうと椿は思ったが、レオンは涼しい顔のままだ。

「それぐらい俺にとっては嬉しかったんだよ。これから椿の居ない生活に戻るのが嫌で嫌で仕方が無いんだから」

「同じ学校に通っても、レオは椿と話もしなかっただろ？　本当に楽しかったのか？」

「当たり前だ。同じ校舎に椿が居て生活しているんだぞ？　幸せに思って当然だろう。遠目からでも椿の姿を見られるだけで十分だったんだ」

「……こいつ、お前が思うほどいい女じゃないと思うんだが」

こいつと言われ、恭介に指を指された椿は彼の手をはたき落とした。

同時にレオンと透子が恭介に向かって反論し始める。

「この馬鹿！　お前は椿の魅力を何も分かってない。なぜ近くに居るのに分からないんだ。理解不能だ。お前の目は曇ってる」

「恭介君ってば、なんてことを言うんですか！　朝比奈様は優しくて面倒見が良くて美人で笑顔が可愛くてしっかりしてるんですけど、でもちょっとお茶目なところのある素晴らしい人ですよ！　むしろ朝比奈様を好きにならない方がおかしいです！」

「何で僕の味方が誰も居ないんだよ！　せめて透子は僕側だろ⁉」

「朝比奈様に関しては引きませんよ！」

　待て！　ケンカの原因になりたくない！　っていうか、彼氏よりも好感度が高いってどういうことよ！　なんで夏目さんが私をフォローしてるのよ！

　口を突っ込むタイミングを完全に失ってしまった椿は口に出さずに心で突っ込みを入れる。

「恭介、お前よりも夏目の方が椿の魅力を分かっているみたいだな。その点において、お前は良い女を選んだとも言える」

「ありがとうございます、グロスクロイツ様。グロスクロイツ様も中々いい目をお持ちですよ！」

　透子は良い笑顔で親指を立て、レオンも無言でそれに応えた。

「当事者置いてけぼりで盛り上がるの止めて……！」

「大丈夫ですよ、朝比奈様！　私は朝比奈様の良いところいっぱい知ってますからね！」

「そうだ。恭介の言うことなんか気にするな」

「気にしてないわよ！　全然気にしてないから！　何でそんなに好感度高い訳⁉　ふぐぅ！」

椿が大声を出したところ、隣に居た杏奈に思いっきり脇腹を突かれてしまい、椿は情けない声をあげる。

「椿、擬態がとけてるわよ」

「……もっとマシな気付かせ方、ございませんの？」

「あんた興奮してたじゃない」

「だって、レオン様はともかくとして、夏目さんが」

「好感度上げる会話を椿がしてたからでしょ？　自分でやってんだから仕方ないわよ」

「そんな会話しておりません」

「ってことだけど夏目さん、どう？」

好感度を上げる会話をした覚えのない椿は透子を見つめるが、彼女はキラキラした眼差しをこちらへ向けてくる。

「何度も朝比奈様から優しくしてもらいましたし、助けてもらいましたし、確かに憧れの気持ちは増したと思います」

「ほら見なさいよ」

そんな馬鹿な、と椿は肩を落とした。

「まあ、夏目さんの好感度が高いのはもう諦めるのね」

ポンっと杏奈に肩を叩かれ、椿は遠くを見つめる。

「ほら、遠くを見るのはいいけど、ちゃんとレオンに挨拶しなくていいの？　もう時間でしょ？」

杏奈に言われて椿は我に返り、レオンに向き直る。

「一年間、私も楽しかったです。長期間一緒に居たことで、レオン様に対する印象が随分と変わりましたもの。また日本にいらして下さいね」

「椿の中で俺の印象が良い方に変わっていることを願っているよ。またパーティーで会うこともあるだろうが、話をしてくれると嬉しい」

「話くらいいくらでも致しますわ」

「ありがとう。それじゃあ」

レオンは手を上げて、搭乗口へと向かって行く。

こうして一年間の留学を終え、レオンはドイツへと帰国した。

その後の夏休みは家族旅行でハワイに行ったり、杏奈や千弦と出掛けたりと椿はこれでもかと夏を満喫して過ごしたのだった。


ところ変わって、都内の公園にて琴枝《ことえだ》美波《みなみ》はとても面白いものを見つけていた。

「あれ、水嶋様と夏目さんよね？　二人で出掛けたとかって噂があったけど本当だったのね。それになんだか親しげだし。水嶋様に愛想を尽かされたって言われてたけど、陰でこっそり繋がってたってことよね」

ブツブツと独り言を呟いていた美波は、そうだ！　ととても良いことを思い付いた。

朝比奈椿も夏目透子を嫌っているのだから、この状態を知ればきっと彼女を攻撃するに違いない。

椿が動かなくても、他の生徒が動くのは間違いない。

勿論、美緒もだ。

学校を巻き込んで楽しいお祭りになる、と嫌らしい笑みを浮かべた美波は景色を撮るふりをして恭介と透子が二人で話している姿を写真に収めた。

【23】

学校が始まると早々に、椿は千弦と杏奈に空き教室へと呼び出され、あるメールを見せられた。

「これは、メール？　私が見ていいの？」

「下までご覧下さい」

言われるまま、椿はボタンを押して画面を下に動かした。

メールには『夏目透子は水嶋様と二人で会っている』という文章と、二人が仲睦《むつ》まじそうに話している写真が載せられていた。

「ついに、ばれたか」

「案外落ち着いておりますのね」

「いずれはばれると思ってましたから。それで、夏目さんは？」

「綾子《あやこ》さんや結香《ゆか》さんに一緒に居てもらってます」

「それなら安心ね。でも二人で会ってるってだけで、まだ付き合ってることまではばれてないみたいね」

「たまたま写真に収めたのでしょうね」

全てがばれていないことに椿は安堵しつつ、女子生徒達の嫌がらせが透子に向かうことを彼女は心配していた。

今は千弦の友人達が側に居てくれるので何とかなるかもしれないが、ずっとは一緒に居られない。

「……私が夏目さんの側にいたら他の生徒は手出しできないよね？　私が直々《じきじき》に動いている訳だから」

「逆に椿さんが動いているから自分達も手を出しても良いということになりませんか？」

「そこは余計な手出しをするなと私が言えば止まるでしょ？　細々とした嫌がらせはなくならないだろうけど」

「問題は立花さんじゃないの？」

杏奈の言葉に椿と千弦は互いに顔を見合わせた。

他の女子生徒の動きを把握できたとしても、美緒の動きを把握することは難しい。

彼女の動きは予想できないのだ。それに美緒に入れ知恵しているであろう人物のこともある。

「できる限り私が夏目さんの側にいることにする。そうすれば取り巻きの人達が必死になって立花さんを止めるだろうし。体育の授業とかは同じクラスの人に任せるしかないんだけど」

「でしたら、授業中などできる限り私が夏目さんの側におりますわ。あと私も普段から夏目さんや椿さんと一緒に居るようにします。表向きは椿さんを止めている状態に見えるでしょう？」

「私も夏目さんと同じクラスの友達に気を付けて見てくれるように頼んでみるわ」

こうして三人の話し合いは終わり、翌日から椿と千弦は透子の側に暇があれば行くようになったのである。

透子は純粋に喜んでいたが、椿達が側に居る理由を知って申し訳なさそうにしていた。

「外で会っていたことはばれましたが、付き合っていることまではばれてませんから、そこは大丈夫ですわ」

「でも、メールが出回ってから嫌がらせとかされてませんから、朝比奈様の考えすぎではないですか？」

「千弦さんや周防《すおう》さんが側にいらしたから、手出しができなかっただけでしょう。それに今は私が居《お》りますし。私が夏目さんを監視して、率先して嫌がらせしていると見られているから、彼女達も余計な手出しができないだけですわ」

実際に他の生徒は透子に手を出していない。むしろ、もっと手酷くやってもらおうと椿を止めている千弦を引き剥がそうと躍起になっているくらいだ。

「そうだとしたら、朝比奈様にも藤堂様にも周防さんにも申し訳ないです。特に朝比奈様は自分が悪く言われるにも拘わらず私を守ってくれていますから」

「だって、ここで夏目さんが恭介さんから手を引かれると私が困るんですもの。未来の嫁の座は私が守ります」

「よよよ嫁って！　私、そんなつもりは」

顔を真っ赤にした透子が身を乗り出しているのを見ながら、椿は無表情で彼女に向かって親指を立てた。

「恭介さんの覚悟が決まれば、逃げられませんわよ？」

「何が逃げられないっていうのよ」

透子との会話を邪魔された椿は、いきなり現れた美緒に冷ややかな視線を送る。

椿の態度を平常通りと受け取ったのか、美緒は全く動じない。

「あら、立花さん。盗み聞きですか？」

「私はそいつに話があったから来ただけよ。そしたら会話が聞こえてきたの。盗み聞きなんてしてない！」

椿に邪魔をされ、いらついた美緒が反論するが、彼女は興味がなさそうに、その反論を「そう」と流した。

「それで、夏目さんに何のお話が？」

「……あんただって写真の件で夏目に対して腹を立てているから一緒に居るんでしょ。だったら、私がそいつに何を言っても文句はないはずよ」

椿と美緒の目的は一致しているのだから邪魔をするはずがないと彼女は思っているが、とんだ間違いである。

透子が攻撃されると分かっているのに、椿がどうぞ、などと言うはずがない。

「立花さんは随分とせっかちですのね」

「はあ？　どういうこと？」

「だって、今は私が独占しておりますのよ？　なのに空気も読まずに横入りしてくるなんて失礼ですわ。……ああ、それとも私に協力して下さるのかしら？　でしたら、夏目さんをお連れしてもよろしくてよ？　頃合いを見て恭介さんと一緒に参りますから、上手く動いて下さいませ」

「なっ！」

恭介からの印象を良くするための駒《こま》になれ、と言われ、美緒は言葉を失う。

透子を連れ出すのに苦戦している美緒は苦い顔をしていたが、対して椿はこれ以上ないくらいに笑顔である。

「あ、あの」

椿と美緒の会話を戸惑いながら見ていた透子が話し掛けてきたことで、二人は視線を彼女へ向ける。

「立花さんは水嶋様のことが好きだから、水嶋様と一緒に居た私に言いたいことがあるんですか？」

「そうよ！　それに水嶋様は私のことが好きなんだから！　ちょっと優しくされたからって勘違いするんじゃないわよ！」

「え⁉　そうなんですか⁉」

「当たり前でしょ！　あんたと違って、私はイベントを起こしてるんだから！　選ばれるのは私なんだから！　あんたじゃない！　絶対に私なんだから！」

予想外な美緒に対する透子の問いに椿は、え？　それを今聞くの？　っていうか恭介の彼女である貴女が素で驚くんじゃないよ、と呆気にとられたせいで行動が遅れてしまった。

これ以上は別の意味で収拾がつかなくなると思い、椿は二人の会話に割って入る。

「立花さん、彼女は私の獲物です。私の番が終わった後にいくらでも好きなだけ夏目さんとお話しすればよろしいでしょう？　ですので、私の邪魔をしないで下さるかしら」

「……あんたに任せてたらルートに入るかもしれないじゃない！　なんでそいつを攻撃するのよ！　フラグなんて立てないで大人しくしてて！　これが最後のチャンスなんだから！　私の幸せの邪魔をしないで！」

椿の言葉に我に返るどころか、あまりにも必死な形相の美緒に、椿は何故そこまで恭介に固執《こしつ》するのかと不思議に思った。

「何を仰ろうとも、私は夏目さんの側から離れる気はございません。それでも私の邪魔をするおつもりなら、こちらにも考えがございますが？」

次に問題を起こせば、美緒は鳳峰学園を追われることになる。

そのことを思い出した彼女は、途端に勢いを失う。

「い、一対一なら、口出しはしないって言ったのに……！」

「貴女が人の獲物を横取りしようとなさるからですわ。大体、先ほどから私は邪魔をするな、と申しておりますのよ。これ以上、私の機嫌を損《そこ》ねるおつもり？」

これ以上しつこくすると本気で椿が学園から追い出しにかかると思った美緒は、悔しそうに唇を噛みしめながら、二人を睨み付けて立ち去って行った。

「……すごい勢いでしたね」

「心配していた通りになったわね。私が居れば彼女は寄ってこないだろうけど、側に居ない時が心配ね。あまり一人にならないように、鳴海さんや千弦さんを頼るのよ？」

「分かりました」

と言いつつ、透子は立ち去った美緒の後ろ姿を心配そうに見つめていた。

この一件以降、美緒は椿が側に居る時は睨み付けてくるだけで、透子の側に寄ってくることはなくなった。

ただ、透子が一人になるタイミングを探して監視するようになっただけである。

何度か椿が居ない時に突撃していたようだが、すぐに取り巻き達に連れ戻されたと彼女は聞いていた。

同時に透子の教科書や靴が隠されたり、鞄を捨てられたりといった嫌がらせを彼女は受けるようになってしまう。

透子は大丈夫だと笑っていたが、椿は全く大丈夫ではない。

鳴海や千弦達の協力もあって、透子自身に危害が加えられる事態にはなっていないが、これではいたちごっこである。

そして、透子に対する嫌がらせに怒っているのは椿だけではない。

恭介は椿よりも怒っている。椿や千弦達に恭介まで出たら収拾がつかなくなり、透子に対する嫌がらせが更に増すから、と言われて我慢しているに過ぎない。

椿も恭介もピリピリしている中、文化祭の日に一気に事態が動いた。

高校生活最後の文化祭であったが、椿は無理を言ってクラスの出し物の当番を回避して、透子と朝から学園内を見て回っていた。

午前中は何事もなく過ぎていき、午後になって椿と透子がグラウンドへと移動している最中に二人は女子生徒達に呼び止められてしまう。

興奮した様子の女子生徒達を見た椿は、透子に文句を言いに来たのだなと分かり、彼女を人目のあるグラウンドへと連れて行こうとする。

だが、先に女子生徒達に囲まれてしまい、身動きが取れなくなってしまった。

「……私が居るのに夏目さんに何かなさるおつもりなのかしら？」

「関係ありませんよ。この際、朝比奈様から何をされたとしてもどうでもいいんです。私達は夏目さんが許せない。庶民の癖に水嶋様に取り入って……！」

いきり立った女子生徒は透子の髪を掴み、力一杯引っ張ると彼女は地面へと倒れ込んでしまった。

「夏目さん！」

倒れ込んだ透子に椿が駆け寄ると、頭上から女子生徒達の笑い声が聞こえてくる。

「朝比奈様、ここには水嶋様の目はありませんよ？　夏目さんを庇う演技などしなくてもよろしいのに」

「私達だって朝比奈様が目を瞑って下さるなら、水嶋様にわざわざ言うような真似はしません」

「朝比奈様ばっかりずるいですよ。私達だって腹に据《す》えかねていたんです」

椿はふざけるな！　と大声で叫びたかった。

だが、立ち上がりかけた椿の制服の裾を透子が引っ張り止める。

透子は立ち上がると、制服についた土を手で払って真っ直ぐに女子生徒達を見据えた。

「私は水嶋様に、恭介君に取り入ってません。私が恭介君の側に居ることは、朝比奈様も知っていたことですし、そもそも悪いことは何もしてません」

「水嶋様を下の名前で呼ぶなんて！　失礼にもほどがあるわ！」

「婚約者が居る男性に近寄って仲良くするのは悪いことでしょう！」

「開き直るなんて最低よ！　恥知らず！」

一人の女子生徒が手を大きく振りかぶる。

咄嗟に椿は透子の正面に立ち、女子生徒から彼女を庇った。

目を瞑った椿は叩かれる覚悟を決めるが、待てども待てども衝撃が来ない。

不思議に思った椿が目を開けると、女子生徒の振りかぶった手を掴んでいる恭介が立っていた。

息を切らせて女子生徒を睨み付けていた恭介であったが、視線を椿や透子へと向け、彼女達が無事なのを確認して表情を緩める。

「登場のタイミングがバッチリね。さすが」

「お前がついていながら、なぜこの状況になる」

「仕方ないでしょう？　馬鹿の思考は斜め上なんだから」

「だったら、もっと人目につく場所を通って移動しろ」

「私が居るのにちょっかいかけてくる馬鹿は居ないと思ってたのよ！」

恭介が来たこともであるが、椿の口調の変化に女子生徒達は目を丸くしている。

一体何が起こっているのか、彼女達には分からなかった。

「み、水嶋様。これは一体」

「朝比奈様も何を……」

女子生徒達の言葉に我に返った椿と恭介は、いつも通りの会話を繰り広げていたことに気付く。

気付いたところでどうしようもないと悟った恭介は、掴んでいた女子生徒の手を離して大きなため息を吐いた。

「そんなことよりも、お前らは透子に何をしていた？」

「はい。夏目さんの髪を引っ張って地面に倒しました」

勢いよく手を上げながら告げた椿に女子生徒達は慌て始める。

「それは！　夏目さんが水嶋様の迷惑も考えずに取り入ろうとするから……！」

見当違いな女子生徒の言い分に恭介は頭を抱えていた。

少しして、彼は椿と透子に向かって「ごめん」と呟いた後で女子生徒に視線を向ける。

一体何を言うつもりなのか、と椿は恭介を止めようとしたが、間に合わない。

「僕は透子に迷惑を掛けられたことは一度も無い。むしろ僕の方から話し掛けていたんだ。彼女のことを好きだったから。だから、僕が透子を迷惑だと思う訳がない。全部お前らの早とちりで勘違いだ。僕の邪魔をしないでくれ」

恭介の言葉に女子生徒達は顔を見合わせている。

何を言っているのか理解できない、という表情であった。

「……好き？　水嶋様が？　夏目さんを？」

「嘘ですよね？　嘘だと言って下さい！」

「水嶋様が何でこんな庶民を選ぶんですか⁉　朝比奈様が居るじゃないですか！」

「黙れ。椿は関係ない。最初から僕に協力してくれていたんだ。椿が居なかったら僕は透子と接点を持つことはおろか、付き合うこともできなかったんだから」

付き合うことができなかったと聞いた女子生徒達は絶句している。

親しくしているとは思っていたが、すでに付き合っているとは思ってもいなかったようだ。

恭介から透子と交際していると宣言され、今度は椿が頭を抱える番であった。

「高等部卒業まで黙ってた方がいいのに……！　何でここでバラすのよ！　馬鹿！」

「透子が嫌がらせを受けているのに、僕が何もできないのは我慢できない。お前や藤堂達に任せっぱなしにはできないししたくない。僕が透子を守らなくてどうする？　僕は透子に泣いて欲しくない。笑っていて欲しいし、堂々と外を二人で歩きたいと思っている。黙って見ているのは、もう嫌なんだよ」

切実な恭介の言葉に椿は何も言えずに口を固く結んだ。

「ちゃんとこの先のことも考えている。けど、それには椿の協力が必要なんだ。僕に手を貸してくれるか？」

「今更何を言ってるのよ。手なんて最初から貸してるじゃない。何なら足でも何でも貸すわよ。ブラック企業並みに酷使されても文句なんて言わないわ」

馬鹿じゃないの？　と付け足すと、恭介は目を丸くした後で微笑みを浮かべる。

勝手に話が進んでしまい、置いてけぼりだった女子生徒達はようやく椿が恭介と透子を応援している立場だということを知った。

つまり、これまでのことは全て彼女の演技なのだとばれたのだ。

「信じられない……！　庶民のくせに朝比奈様まで丸め込んで！」

「黙れ。透子に対する侮辱は許さない。さっさとどっかに行け」

「そんな」

「それと、透子に何かするのなら、僕と椿を敵に回す覚悟をしろ」

女子生徒達は、さすがに恭介と椿を敵に回すのは無理だと思ったのか、悔しそうにしながらも立ち去って行った。


こうして、全校生徒に恭介と透子が付き合っていることが広まった訳である。

だが、なぜか椿が協力していることは広まってはいなかった。

噂としてはあったのだが、これまでの椿を見ていた生徒達は自分の目で見ていないこともあり、ガセネタだと思ったのが真相である。

全校生徒なので当然、美緒にも知られた訳なのだが、それはもう酷い荒れようであった。

けれど、美緒は常に椿や恭介が側に居る状態の透子に近寄ることができず、憎しみのこもった眼差しでこちらを睨み付けるのみで害はない。

かわりに取り巻きの生徒達に当たり散らしている姿を椿は何度か目撃していた。

美緒が動いていない状況であったが、物を隠す程度であった透子への嫌がらせは陰湿なものへとエスカレートしている。

幸い、恭介や椿達が見つけ次第庇ったりしているのだが、半数以上の女子生徒が相手なのでまるで追いつかない状態だ。

そして、恭介と透子が付き合っているという情報は、椿の祖父である水嶋総一郎《そういちろう》の耳にも入ることになる。

【24】

今週も透子を守り切った……と安心した椿が休日に自宅でゴロゴロしていたところ、伯父から水嶋家に来るようにと連絡がきたと志信から告げられた。

「恭介の家に？　どうして？」

「申し訳ございません。本当に先ほど電話で知らされたばかりで、詳しいことは伺っていないのです。ただ、大変焦っておいででした」

「伯父様が？」

常に冷静沈着な伯父にしては珍しいと思い、何かがあったのだと考えて、すぐに外出の準備を始める。

用意を終えて、志信を連れて椿が水嶋家へと向かうと、なぜか動揺している使用人に案内され、リビングへと彼女は通された。

「認めん！　私はそんな娘のことなど認めんからな！」


リビングへと入った瞬間、聞こえた声に椿は驚き足を止める。

何が起こっているのかと周囲を窺うと、大声を出して怒っている祖父と対峙している伯父。

その後ろに祖父を睨み付けている恭介と彼の背に庇われている透子がいるのが分かった。

ああ、祖父に透子を紹介しようとしたのか、家に招待したら祖父と運悪くバッティングしたかのどちらかだろうと椿は予想した。

祖父と伯父は彼女が来たことに気付いておらず、怒鳴り合いを止める様子はない。

「だから！　親父が恭介と椿の婚約話は余計な虫が付かないように言ったことだと説明すればいいだけの話じゃないのか！」

「お前は何も分かってない！　婚約の話が出て十年以上経ってる状況で、椿が恭介の婚約者だと周囲は疑ってもない。今更、嘘だったと言ったところで周囲が納得するか！　恭介に捨てられたと言われて笑われるのは椿だ！　秋月《あきづき》の娘の時だってそうだった！」

「当事者が違うと言ってるんだから、他人の意見なんて撥《は》ねつければいいだけだ！　親父が言えば収まるだろ！」

「周囲の声にどれだけの威力があるのかは、私が一番よく分かっておる！　奴らはいつも弱い方を攻撃する。あの時は私が八重《やえ》を守ったが、今回は違う。椿を守ってやれる人間は私以外に居ない。椿の幸せは恭介と人生を共にすることだ。あれだけ仲良くしているのに、横からそんな娘に騙されおって。水嶋の後継者が情けない」

祖父は透子を蔑《さげす》むような目で見ると、恭介と伯父が怒りを露わにする。

当の本人である透子は、祖父と伯父の言い合いにオロオロしており、自分が馬鹿にされていることにまでは気付いていないようだ。

「……椿は朝比奈家が守るに決まってるだろう！　親父が手を出すことじゃない。それに他所様《よそさま》の娘さんをそんな、とは失礼だろうが！」

「どこの馬の骨かも分からん娘など、そんな、で十分だ！」

吐き捨てるように言われた台詞に、椿は苛立つ。

透子の人となりを知っている彼女だからこそ、知らない癖に勝手なことを言われるのが耐えられない。

それに、水嶋家と秋月家の確執は元々、祖父が蒔《ま》いた種であり、祖母が周囲から攻撃されていたのは、いわば自業自得。

美緒の祖母である秋月家の女性と婚約が決まりそうだったのに、一旦婚約者を辞退した祖母が近づいて祖父は彼女と恋に落ちてしまったから引き起こされたことである。

被害者だとでも言わんばかりの祖父の態度が椿は理解できない。

だからこそ、彼女は黙っていることができなかった。

「お祖父様」

努めて冷静に、と心掛けて椿は声に出す。

祖父も伯父も椿の声を聞いて、彼女が到着したことを知り、少し冷静になったようで言い合いは収まった。

だが、祖父は椿が来たことで何を勘違いしたのか、優しげな笑みを彼女に向けてきた。

「椿、心配することは何もない。お前のことは私が守ってやるからな。いくら恭介とあの娘が想い合っていたとしても、私が引きはがして椿の許に恭介を戻してやるから安心しなさい」

「その必要はございません」

ハッキリと言葉にする椿に祖父は面食らっている。

「私も恭介さんも面倒だからと、婚約していると思わせておこうというお祖父様の案に乗っただけのこと。ですから、恭介さんと結婚するつもりはありません。熨斗をつけて夏目さんに差し上げます」

「ま、待ちなさい、椿。何を言って」

椿の口調が若干変化したことに気付いた伯父と恭介は顔を見合わせ、彼女を止めるかどうかを視線で相談する。

邪魔をされてはなるものか、と答えが出る前に椿は口を開く。

「お祖父様は、私が笑われることになると仰っておりますが、笑いたい者には笑わせておけば良いのです」

「そんなことをしたら、椿が泣くことになるではないか」

「泣く？　私が？」

心底馬鹿にしたように椿は鼻で笑う。

か弱く心優しい孫娘しか知らない祖父は、椿の変化に戸惑っている。

「泣くわけないじゃない。むしろ笑った奴らを地獄に突き落とすわ。泣いて許しを請うまで責め立てて、笑ったことを後悔させてやる」

それは見事な椿の悪役面《づら》に祖父は絶句した。

「ああ、それとついでに。昔からずっとお祖父様に言いたかったことがあるんですよ。この際だから言わせてもらいますね」

祖父の中の孫像をぶち壊すついでに、彼女は祖父の心も折っておこうと考えたのである。

「あのですね。お祖父様とお祖母様が周囲からあれこれ言われたのは、そう言われても仕方のないことをしたのが原因ですからね。自業自得なんですよ。なのに、どうして自分達が被害者だ、みたいな言い方をしているのか、本当に意味が分かりません。どう考えても加害者なのに」

こいつ、敢《あ》えて言わなかったことを言いやがった！　と伯父と恭介は目を見開いている。

言わなかったから、気付かなかったんだろうが！　と椿は二人をジロリと見た後で、再び口を開く。

「大体、お祖母様もお祖母様よ。自分の方から辞退しておいて、秋月家の女性と婚約が決まりそうになったら、横取りしたんだから。あっさり落ちたお祖父様にも責任はあるけど。それに相手に対して謝罪もせずに逃げるようにフランスに行ったら、そりゃ恨まれて当然じゃない。悪いのはお祖父様達なのは明白よ。大体、後のフォローもしなかったことで、相手が恨みつらみをどこにもぶつけることができずに、結果としてお母様があちらの娘に嫌がらせをされる破目になったんだし。あと、お祖父様と婚約するはずだった秋月家の方が笑われたと言ってたけど、知ってて放置してたってこと？　それって人としてどうなの？　何で庇ってあげなかったのよ。少なくとも周囲に説明する義務があるでしょ。どれだけ甘やかされて育てられてきたわけ？」

「おい椿、落ち着け。渾身《こんしん》のボディブローがクリティカルヒットして、お祖父様から魂が抜けてる」

　恭介から止められたことで、祖父の目が完全に死んでいたことに椿はようやく気が付いた。

「え⁉　あんなので⁉　昔から言われ慣れてるでしょ？」

「それが、親父を奪ったお袋を非難する声はあったが、親父を非難する声はなかったんだ。フランスに居た頃はそういった声は聞こえてなかったし、帰ってきたらそれなりに偉くなってたから、親父が悪かったと面と向かって言う人が居なかったから、椿が初めてだと思う」

「嘘でしょ！　誰も指摘しなかったの⁉　信じられない！」

「僕はお前が信じられないよ。もっと時間をかけてお祖父様を説得しようと思ってたのに、いきなりコーナーに追い込んでボコボコにする奴があるか」

「だって、夏目さんのことをよく知りもしない癖に悪口言ってたのよ？　いい加減、心を折った方がいいって思ったのよ。っていうか、私、まだ言い終わってないんだけど」

「まだ言うつもりだったのか⁉　これ以上はお祖父様の心臓に負担がかかり過ぎるから止めろ！　病院送りにするつもりか！」

　恭介に強く止められた椿は舌打ちをして分かったよ、と口にした。

「それにしたってお祖父様、打たれ弱すぎ。あれでよく社長をやれてたね」

「頼むから、もう黙ってくれ」

額に手を置いている恭介と、無言で椿の口を手で塞いだ伯父の目も死んでいた。


「もういい……。よく分かった」

絞り出すような祖父の声に伯父達は痛ましげな視線を向けた。

椿は口を塞いでいた伯父の手を強引に引っ剥《ぺ》がすと、止《とど》めとばかりに声を出す。

「なら、夏目さんに謝って下さい。よく知りもしない癖に馬鹿にしていたことを詫びて下さい。できますよね？　水嶋グループの会長なんだからできますよね？」

「私は気にしてませんから、大丈夫ですよ！　それに恭介君から話を聞いていたので、言われることは覚悟していましたし」

様子を見守ることしかできなかった透子は、止めをさしにきた椿をさすがに野放しにはできず、彼女の前に立ち、落ち着かせようと試みた。

けれど、それで止まる椿ではない。

「どうせ弱ってるんだし、今の内に言質《げんち》を取っておけばいいのよ。そしたら、後で文句なんて言えないんだから」

「どこの悪役の台詞ですか⁉　ダメですよ！　そもそも、恭介君のお祖父様は書類上でしか私を知らなかったんですし、これから私がどういう人間なのかを見てもらって判断してもらえればいいと思っているんです」

「ええ？　甘くない？　それは甘くない？　もっと心折りに行こうよ」

「朝比奈様のお祖父様ですよね⁉　辛辣《しんらつ》すぎやしませんか？」

祖父の心を折るのを諦める様子のない椿を必死に透子は止めている。

二人の様子を見ていた祖父は、呆然と眺めていたが、ハッと我に返り口を開く。

「……二人は親しいのか？」

「夏目さんに恭介を押しつけるために奔走《ほんそう》したくらいには仲が良いです」

「そこは普通に仲が良いでいいじゃないですか」

軽口を言い合う二人を見て、祖父は吹っ切れたのかフッと笑みを漏らした。

「夏目さん。君は、人間関係を築く上で大事なことは何か分かるかね」

「相手と言葉を交わすことです」

唐突な祖父の問いであったが、透子は迷いなく答えた。

「相手がどんな人か話してみないと分かりません。誰かがこう言っていたから、こういう人なんだって決めつけるのは自分の視野を狭《せば》めてしまうので勿体ないと思うんです。もしかしたら、その人が一生の友達になるかもしれませんし」

真っ直ぐに祖父を見つめる透子の視線に、彼は息を吐いて降参だと言わんばかりに手を上げた。

「私などより、よほど人間ができているな。年を取って謙虚さを忘れて傲慢になっていたが、椿以外に指摘してくれる人間が居なかったのは、私がそういう人間関係しか築けなかったということか」

下を向いて後悔するような言葉を吐いた祖父を見て、椿も透子も黙り込んだ。

顔を上げた祖父はゆっくりと透子に視線を合わせる。

「夏目さん。散々君を侮辱してきたことを謝罪させてもらいたい。申し訳なかった」

そうして、頭を下げたのを見て、その場に居た面々は目を丸くした。

「あの、頭を上げて下さい！　気にしてません！」

透子は、恭介の祖父の肩を押して頭を上げてもらおうとしている。

しばらく頭を下げたままであったが、透子の必死の説得により、彼はようやく頭を上げた。

「私に言われたくはないだろうが、これからも恭介の側にいて、あの子を支えてやってくれるか？」

問われた透子はしっかりとした声で「はい」と口にした。

優しげな視線を透子へと向けた祖父は、すぐに表情を変えて伯父に視線を合わせる。

冷たさを感じさせるが、言い合っていた時のような激情はない。

「恭介と椿の婚約話は白紙に戻す。好きにしろ。水嶋のパーティーで皆に伝える。そこで夏目さんを紹介するのなら、ちゃんと向こうのご家族に話は通しておきなさい。これから先、長い付き合いになるのだから」

「お祖父様、許して下さるのですか？」

恭介が躊躇いがちに聞くと、祖父は短く、ああ、と返事をする。恭介と透子は視線を合わせて笑い合った。

攻略が難しいと思われた祖父をなんとか説得できて椿はホッと胸を撫で下ろす。

祖父もそんな二人を見て、目を細めていた。

「後は、秋月家とどう和解するか……。あちらが私の謝罪を受け入れてくれると良いがな」

祖父の呟きに椿も表情を引き締める。

そう、まだ全てが解決したわけではないのだ。

恭介に並々ならぬ執着を見せる美緒と、祖父母が引き起こした秋月家との確執の解消。

一番大事なことがまだ残っている。

【25】

祖父との一件が解決し、安心していた椿は、毎日祖父に謝りに行け～謝りに行け～と圧力をかける日々を送っていた。

また先日、三年生は内部進学が決まる重要な試験があったのだが、椿を初めとする面々は無事に希望する学部への進学が決まったのである。

椿も鳳峰大学の文学部への進学が決まり、後は期末と三学期最後のテストを残すのみとなったことも彼女の気を緩ませていた。

けれど、文化祭以降ずっと透子を見張っていた美緒が大人しくなったのが、椿は気掛かりであった。あれほど透子が一人になるのを窺っていた美緒の姿を最近全く見ないのだから、気になるのは当たり前である。

「そういえば、護谷先生が何か知ってるっぽいこと言ってたよね」

と、椿は、以前護谷と話していた内容を思い出していた。

あの時、知ってても知らなくても椿には言わない、と護谷は言っていたが、知らなければ知らないと答えればいいだけだ。

思わせぶりなことを言ったということは、彼は美緒を取り巻く環境をよく知っていて、且《か》つ入れ知恵している人物が実際に存在していることを知っているのではないかと椿は思っていた。

護谷のことだから、その人物が誰なのかも予想している、もしくは知っているのではないか。

そこまで考えた椿は、一度護谷に話を聞こうと決め、志信に声を掛けて護谷のところまで送ってくれと頼んでみた。

だが、椿を傷つけるかもしれない護谷に会わせるのは避けたいと思っているのか、志信は中々、頷いてはくれない。

最終的に、頷いてくれないなら学校で護谷に会う、と言ったことで、渋々と彼は頷いてくれたのである。

では、行こうかと玄関まで行ったところで椿と志信は佳純に見つかってしまい、結局、彼女も付いてくる形で護谷のマンションへと向かうことになった。

護谷のマンションに到着し、インターホン越しに志信が彼に話し掛けるとドアが開き椿達は室内へと案内される。

「いきなりなんです？」

不機嫌さを隠そうともしない護谷に、椿の後ろに控えていた志信と佳純の纏《まと》う雰囲気が変わったことに彼女は気が付いた。

このままでは言い合いが始まるかもしれないと思い、椿はさっさと本題に入る。

「単刀直入に伺います。護谷先生は立花美緒に入れ知恵をしている人物に心当たりがありますね？」

「ああ、それですか。前にも申し上げましたが、たとえ知っていたとしても椿様にはお教えすることはできません」

「なぜですか？」

「それならこちらもなぜ？　ですよ。どうしてそこまで立花美緒のことが気になるんです？　いくら異母妹《いぼまい》だからといっても」

「晃！」

使用人として言ってはならない言葉を口にした護谷に志信の咎める声が響く。

すぐに椿は志信を手で制して、彼に口を出さないようにと意思表示をする。

「立花さんのことが気になる、というよりもこれまでのことを考えると、彼女が大人しくしているのが不思議で仕方ないんです。仮に嵐の前の静けさなのであれば、夏目さんに害が及ぶ前に阻止したいだけです。そのために彼女に入れ知恵しているのが誰なのかを知りたいんです」

「なるほど。理由は分かりました。ですが、その人物を知ってどうするんですか？　知ったところで何が起こるか分からないのにどうやって阻止するつもりでしょうか？」

「少なくとも立花さんのグループ全体を監視するよりも、特定の個人を監視した方が見落とすことはないと思っていますし、こちらから相手に何かを仕掛けて情報を得ることも可能だと考えています」

護谷は顎に手を当てて、ニヤニヤと楽しそうに笑っている。

彼の望む答えを言ったのか、予想外の答えが出て楽しんでいるのかは椿には分からない。

「あと、護谷先生。実は私は立花さんに入れ知恵していた人物が、もしかしたら居るかもしれない し居ないかもしれないと疑っていたんです。でも先生は私が聞いても、そんな人物は居ないとは仰いませんでした。つまり、立花さんに入れ知恵をしていた人物は実際に居る、ということですよね？」

どうなんですか？　と椿が護谷に問うと、彼は笑みを消して全くの無表情へと変化させた。

しばらく無言で二人は見つめ合うが、先に口を開いたのは護谷の方であった。

「……さすがというか、分からないだろう、となめていましたよ」

「騙すようなことをして申し訳ありません。こちらも必死なんです」

「いえ、気にしておりません。ですが、なぜ椿様が動くのですか？　夏目透子にそこまでする価値がありますか？　ただ、水嶋様と付き合っているというだけの少女でしょう？　今は良くても未来ではどうなるかなんて分かりませんよ。ここで椿様が夏目透子を守るために動く理由はないはずです」

「理由ならあります。私は夏目さんも恭介のことも好きなんです。だから好きな人同士でくっついて、これから先も一緒に居てくれるというのなら、私は全力でサポートするし、外敵から守るために行動します。それは間違いでも何でもないと思ってます」

護谷の目が、そんなことで？　と言っているように椿には見えた。

椿にとって大事なのは母親と恭介の幸せ。

透子と恭介が互いに支え合い、幸せになってくれれば、結果として母親も傷つかないということになるのだから全力でサポートして当たり前だ。

さらに、椿は透子のことが好きなのだ。彼女が泣くような結末にだけはしたくないと強く思っている。

「だから、私に教えて下さい。お願いします」

そう言って椿は護谷に向かって頭を下げた。

志信も佳純も慌てて椿にお止め下さい！　と声を掛けているが、彼女は頭を下げたまま動こうとはしない。

「プライドというものがないんですか？」

呆れたような護谷の声に椿は下げていた頭を上げ、彼の目をしっかりと見つめる。

「プライド云々《うんぬん》を持ち出して頑なに頭を下げないのは愚か者のすることです。自分の家の地位なんて関係ありません。誰が相手であろうとも同じことです。地位が上だからと頭も下げずにお願いするのは命令でしかない。私はそんな愚かな人間になりたくありませんから」

椿の言葉を聞いた護谷は目を大きく見開いた後で、片手で目を覆う。

一体彼に何があったのかと椿は首を傾げるが、とりあえず彼女は護谷の言葉を待つことにした。

大きく深呼吸した護谷は、目を覆っていた手を外して椿の方を見た。

「浅はかで愚かで甘い考えですね。とても水嶋様の血縁だとは思えません。やはり、あの父親の」

「晃！」

実父《じっぷ》のことを言おうとしていた護谷に気付き、怒りを露わにした志信が彼に近寄り、殴り掛かろうとしている。

「ちょ！　志信さん！　落ち着いて！　殴っちゃだめだよ！」

咄嗟に椿は、護谷と志信の間に立つ。

椿が目の前に来たことで志信は我に返ったのか、二、三歩後ろに下がった。

「冷静になって。ちゃんと話し合いで解決しよう」

「……畏まりました。お蔭で頭が冷えました」

落ち着いた様子の志信を見て、椿は一安心して視線を外し、後ずさる。

その瞬間、ガッ！　という音と共に人が転倒する音が椿の耳に聞こえてきた。

「え？」

視線を戻すと、殴った体勢の志信と尻餅をついている護谷の姿が椿の目に入る。

この人、全然冷静じゃなかった!!!

「よくやったわ、志信！」

「ええ!?」

椿は、ただただ目の前の出来事に目を丸くしていたが、後ろから聞こえた佳純の声に我に返る。

「佳純さん！　よくやったじゃないよ！　私が言えた義理じゃないけど、殴るのはだめでしょ！」

「何を仰るのですか。あの馬鹿は主人である椿様に暴言を吐こうとしたのです。殴るのは当たり前のことではありませんか」

「いやいやいや！　平和的に解決しようよ！」

「椿様、落ち着いて下さい。大丈夫です、ちゃんと護谷をご覧下さい」

佳純は、慌てふためいている椿の肩を持ち、反転させる。

護谷は未だに尻餅をついている状態で顔を下に向けているために表情が分からない。

志信は腕を組んで、そんな彼を見下ろしている。

「晃、気は済んだか？」

それは静かな声であった。

先ほど、感情を高ぶらせていた人物と同じとは椿には思えないほどに、志信は冷静であった。

「歯が抜けたらどうしてくれるんですか」

「お前の希望を叶えてやっただけだ。文句を言うな」

「俺は椿様から殴られるか平手打ちにされるかを望んでいたんですよ。志信兄さんには頼んでません」

「椿様に手を上げさせようなんて、図々しいにもほどがある。それに、これまでお前がやってきたことを俺は許すつもりはない」

「……分かってますよ。凝《こ》り固まった思考のまま馬鹿をしたことは理解しています」

「そうか。じゃあ、これから先は己の愚行を思い返してのたうち回ればいい。あと、さっさと起きろ。いつまでも椿様に見苦しい姿をお見せするな」

左頬をさすりながら、護谷は立ち上がると椿に近寄り、その場に跪《ひざまず》いた。

「椿様。これまでの数々の無礼、大変申し訳ございませんでした。朝比奈家の血縁者ではない、というだけの愚かな理由で椿様を軽んじていたことを謝罪致します。本当に申し訳ございませんでした」

衝撃的すぎて、椿は何も言うことができず、ただ護谷を凝視するしかない。

「椿様は、血ではなく中身が大事であるという初歩的なことを俺に気付かせて下さいました。許してくれとは申しません。ですが、これから先、椿様のためだけに尽くすと誓います。ですからどうか、椿様のお側にこの護谷晃を置いて下さいませ」

一体どんな心境の変化があってこうなったのか椿には見当もつかず、狼狽えている。

「え？　あの、これ、どういうこと？」

「恐らくこの馬鹿はすでに椿様を主《あるじ》として見ていたのだと思います。ですが、己のプライドと価値観が邪魔をして、素直になれなかったと。それで、今回の椿様のお言葉に胸を打たれてけじめとして、椿様から罰を与えて欲しかった、ということでございます」

「馬鹿のしたことを考えれば、生ぬるすぎます。護谷の一族から追放すべきかと」

「椿様から、そうご命令されれば従います。それで満足していただけるのならば構いません」

「待って！　どんどん悪化してるから待って！　大丈夫だから。私、怒ってないから！　あと護谷先生のこと馬鹿って呼ぶの止めてあげて！」

罰を与えようとしない椿の寛大さと優しさに護谷は尊敬の眼差しを彼女へ向ける。

キラキラした目で見られ、椿はなぜこうなったのか、と途方に暮れた。

信頼関係を築ければいいと思っていたのは確かである。だが、ここまで尊敬されたいと椿は思ってもいない。

「椿様のご命令であれば、この護谷。いかなることでも成し遂げてみせましょう」

「どどど、どうしよう志信さん。護谷先生が気持ち悪い」

「昔からです」

「昔からなの⁉　手遅れじゃない！」

「ええ。手遅れです。ですので諦めて下さい」

そんなぁ、と言いながら椿は護谷に目を向ける。

彼は椿に向かって跪いて彼女の指示を待っていた。まるで犬のようである。

「えっと、じゃあ。護谷先生」

「晃、とお呼びいただけると嬉しいです」

「名前で呼んでもらおうなんて図々しい男だな」

「あんたなんて産業廃棄物で十分よ」

「もー！　志信さんも佳純さんも口出ししないで！　話が進まないから！」

椿の言葉に、志信と佳純は黙り込み、一歩後ろに下がった。

「護谷先生。立花美緒に入れ知恵をしている人物に心当たりがあるのなら、教えて下さい」

その問いに護谷は一度目を瞑った後で口を開いた。

「……琴枝美波です」

琴枝、と聞き、椿は美緒の側に居る取り巻き達の顔を思い浮かべる。

目立つ人物ではなかったことから少々時間が掛かったが、椿は琴枝美波の名前と顔を一致させた。

「見た限りでは、随分と大人しい子のように思っていましたが」

「そう見せているだけです。彼女は他人が揉めている姿を見るのが好きなのです。それとなく周囲を操って悪い方へと転がすのを得意としています。だからこそ、大人しい性格の人間だと思われるように行動しているのです」

「……悪趣味ですね」

「全くその通りでございます。それで一度、私は素を見せている琴枝と接触して、それなりに信頼を得ております。……椿様のご命令であれば、私が琴枝に接触して立花美緒が何を企《たくら》んでいるのか聞き出してご覧にいれましょう」

「本当に可能なんですね？」

その問いに護谷は、しっかりとした声で「はい」と答える。

「でしたら、護谷先生。琴枝美波から情報を聞き出して下さい」

「畏まりました」

「よろしくお願いします。それと報告は近いうちにお願いします」

「すぐにでも」

他にも色々と話を詰めて椿達は帰宅した……のだが、その数時間後、調査を終えた護谷が朝比奈家にやってきた。

まさか、もう分かったの？　と思いながら、椿は彼から報告を受ける。

「それで、何か分かりましたか？」

「ええ。簡単にカマをかけてみましたところ、あっさりと引っ掛かってくれました。立花美緒はどうやら創立記念パーティーで夏目様が恭介様のパートナーとして出席しないようにしたいらしく、彼女を攫《さら》おうと考えているとのことです」

「え!?　攫う!?　攫う？　って、もしかして……」

ここで椿は、高等部三年時の創立記念パーティーでゲーム内の倉橋椿がやったことを思い出した。エンディングの分岐。

好感度が足りなかったり、必須イベントを起こしていなかったりした場合、倉橋椿が使用人に頼んで透子を攫ってパーティーに出席させないよう仕向けるのだ。

いつまで経っても来ない透子に恭介はぶち切れて彼女と縁を切ってしまった結果、誰ともくっつかないというエンディングを迎える。

美緒はこれを再現しようとしていることに椿は気付いた。

「立花家の使用人が使えないことから、彼女は母親のイトコに当たる秋月の社長にお願いして秋月家の使用人を使おうとしているみたいですね。それと立花美緒は、どうやらここがゲームの世界だと思い込んでいるのだと琴枝は言っていました。それで夏目様が誰とも結ばれることのないエンディングを再現しようとしていると」

予想していた美緒の思惑を聞いた彼女は深いため息を吐く。

「それと、ついでに調べたのですが、秋月家はかなり経営が苦しいみたいですね。銀行の融資も断られているとか。それに、社長はかなり現実的な方らしく、色々と画期的な策を提案しているようですが、しきたりや伝統を重んじる父親や重役に口を出されてどうにもならないようで、彼らを排除したいと思っているようです」

護谷の話を聞く限りでは、美緒の母親の実家は、かなり困窮しているようである。

「社長って、血縁的には立花さんの母親のイトコに当たるのよね？」

「はい。水嶋総一郎様と婚約する予定であった方の兄の息子だそうですが、社長本人は特に水嶋様を憎んでいるだとかの感情はないようです。叔母《おば》もイトコも余計なことをした、と酒の席で友人に話していたとか」

だとしたら、こちらが助け船を出せば、秋月の社長をこちらに引き込めるかもしれない、と椿は考えた。

「志信さん、伯父様に連絡して」

志信に告げ、椿はどうやって美緒の計画を阻止しようかと考える。

秋月の社長を引き込めれば断然楽になるのだが、琴枝美波のことも気になった。

「琴枝さんについての情報はさっき言ったことだけ？」

「色々と話は聞き出しております。取りあえずはこちらを」

護谷は胸ポケットから細長い機械を取り出して椿に差し出した。

「これは？」

「ＩＣレコーダーでございます。琴枝美波との会話を全て録音しております。好きにお使い下さい」

躊躇しながらも、椿は差し出されたＩＣレコーダーを彼から受け取る。

彼女はすぐに志信に手渡し、伯父に持っていくようにと頼んだ。

「……予想外に本当に仕事ができる人だったのね」

「これまで椿様に対しては意図的にお見せしておりませんでしたから。これから貴女様のお役に立つために、遺憾なく発揮させて頂きます」

「ありがとうございます。頼りにしてますから」

椿が声を掛けると、護谷はそれはもう満面の笑みを浮かべながら「はい！」と口にしたのである。

幻覚だとは分かっているが、護谷に犬耳としっぽが見えた。

物凄い勢いでブンブンしっぽを振っているような護谷の雰囲気に、彼女は選択肢をどこで間違えたのだろうかと頭を悩ませる。

けれど、今は護谷の態度の変化に戸惑っている場合ではない。

なんとしても透子を守らなくてはいけない。

こうして計画が分かったということは、対策がしやすいということだ。

慎重に、でも迅速に動かなければならない。創立記念パーティーまで時間がないのだ。


それからの椿の行動は早かった。

伯父に頼んで、秋月社長と接触してもらい、水嶋側についてもらうことに成功する。

また、護谷達に隠れて見ていてもらうことを条件に出し、椿は美緒と対峙して事前に計画を潰そうと考えていた。

中等部の時とは違い、美緒のグループの人数は本当に少なくなっている。

よって、椿が美緒に近づいても前のように連絡を取り合って彼女を避けようという動きはできないはずだ。

この椿の読み通り、創立記念パーティーまで残り数日というところで、彼女は美緒と対峙することになる。

【26】

計画的に物事を運び、後は美緒本人の口から聞くだけという状態にして、椿は彼女に声を掛け、校舎から程よく離れた裏庭で、こっそり護谷を始めとする使用人が控えている中、二人は対峙していた。

そこで、美緒に協力するふりをしながら、上手く彼女から透子を攫う手筈《てはず》を聞き出した椿はニンマリと笑みを浮かべる。

美緒は計画が上手く行きそうなことに喜んで、彼女が笑っていると思っているのか、得意気に話し始める。

「あんな庶民が恭介様に選ばれるはずがないもん。あいつが居なくなれば私を見てくれるに決まってる。それにあいつが水嶋グループの社長夫人になれるわけがない。お嬢様である私が社長夫人に相応しいんだって恭介様も気付くはずよ！」

馬鹿らしい、と思った椿は盛大にため息を吐いた。

「……たとえ夏目さんが居なくとも、恭介さんが立花さんを見ることなど、ありえませんわ」

椿が断言した途端に、美緒は顔を真っ赤にして唇を噛みしめ、彼女を睨み付けている。

全く怖くないいんだけど、と椿は思いながらも、先ほど美緒が言っていた台詞が気に掛かっていた。

あれでは、まるで恭介を水嶋グループの御曹司という目でしか見ていないと言っているようなものだ。

「ねぇ、立花さん。貴女は、恭介さんが好きだから彼に好きになって欲しいのですか？　それとも、恭介さんが水嶋グループの御曹司だから好きになって欲しいのですか？　どちらです？」

「え？」

「恭介さんが水嶋グループの御曹司ではなく、普通の家庭で育ったとしたら？　むしろあまり裕福じゃない家庭の子供だったら、貴女は恭介さんを好きになっていました？　……そもそも貴女は恭介さんのどこを好きになったのですか？　ああ、見た目以外で答えて下さいね」

「私は……私は……えっと、その」

思い付かないのか美緒は視線を忙《せわ》しなく移動させていた。

恭介と普通に会話ができる程度の距離であれば、意外と優しいところだとか博識なところだとか何か理由が出てくるはず。

それが無いということは、美緒は恭介の表面だけしか見ていなかったということ。

「貴女は恭介さんの見た目や家柄だけをご覧になっていたのでしょうね。いつも自分のことばかりで、恭介さんの話を聞こうともしなかったのでしょう？」

「そんなことない！　ちゃんと恭介様の話を聞いたりしてたもん！」

「でしたら、恭介さんの好きなところがいくつか出てくるはずですわ。それがないということは、話を聞いていただけで理解していなかった、ということ」

「でてくるもん！　えっと、えっと……そう！　格好良いところとか、成績優秀でスポーツ万能で身長も高いし……」

言いながらほとんどが表面的なことだけであることに美緒は気付いたのか、声が徐々に小さくなる。

ほらね、という椿の視線に耐えられなかった美緒は、そっと視線を逸らした後で、何かを見つけて目を見開いた。

何かあったのかと椿も美緒が見ている方に視線を向けると、不安そうにこちらを見つめている透子と彼女の腕を引いて引き留めている恭介の姿があった。

「……夏目さん。何故ここに？」

「何故ここに？　じゃないですよ。朝比奈様こそ、何をしてるんですか？」

「何って。ご覧の通りですわ。この間、立花さんが貴女を攫おうと計画しているとお話ししたでしょう？　その話し合いをしておりましたのよ」

「だったら、私も居なきゃおかしいですよね？　当事者は私なんですから」

「それはそうですけれど……興奮した立花さんが暴れたらどうなさるの？　危険でしょう？」

「それは朝比奈様もじゃないですか？　こんな場所じゃなくて、ちゃんと人の居る場所で話せば良いじゃないですか。それに私は立花さんが危険だとは思えません」

透子はきっぱりと言い切るが、椿はそう思えない。

無言になり見つめ合う椿と透子の顔を美緒は交互に見ていた。

「ちょ、ちょっと！　朝比奈はこいつのことが嫌いなんじゃないの⁉　恭介様を奪われそうになってるから、私に協力するって言ってたのに、なんでこいつに計画のことを話してるのよ！」

透子が現れたことで椿が思い描いていた計画は失敗に終わった。

仕方がないか、と思った椿は美緒にネタばらしをしていく。

「……私は最初から恭介さんに協力しておりましたからね。夏目さんがどの委員会に入るのか聞いてくれだの、夏目さんと美術館に行くから一緒に付いてこいだの、花火を見に行くのに私を巻き込んだり、人の名前を使って夏目さんと接点を持とうとしていた恭介さんを全力でバックアップしておりましたから」

椿から話された事実に美緒は呆然とし、色々とばらされた恭介は顔を青くさせていた。

「な、なんで」

「なぜって、恭介さんと夏目さんにくっついて欲しいと思っていたからですが？　そもそも私は恭介さんに対して恋愛感情など持っておりません。私は恭介さんを幸せにして下さるなら相手は誰でも良かったのです」

「誰でもいいなら私でも良かったじゃない！」

「貴女は水嶋家と秋月家の確執を御存じでしょう？　貴女の母親にうちの母親が傷つけられる可能性が高いですし、そもそも貴女は恭介さんを一人の人間として見ておりませんもの。先ほどの口振りから、貴女は恭介さんの見た目と家柄だけに惹かれているようにしか思えません。そのような方に大事なイトコは預けられませんわ」

「そんなことないもん！　私は恭介様の見た目と家柄だけが好きなわけじゃないもん！」

ジトッとした目で椿が美緒を見ると、彼女は好きなところで上辺しか答えられなかったことを思い出して勢いを失う。

「ですので、私は貴女から直接、夏目さんを攫う計画を立てている、という言葉が欲しかったのです。大事な証拠になりますからね」

顔を青くさせた美緒が勢いよく椿を見るが、その目はどこか不安げで狼狽えているようにも見えた。

「……立花さん。どのように計画しようとも、恭介さんと夏目さんの仲は、もう覆《くつがえ》らないのです」

「嫌よ！　嫌！　嫌！　何のためにここまでしてきたと思ってるの！　全部、恭介様に選ばれるためだったのに！　私は選ばれなきゃいけないの！　人とは違うの！　私は特別な人間なんだもん！　選ばれた人間なんだもん！　そうじゃなかったら、そうじゃなかったら……」

そう言ったっきり、美緒は顔を青くさせたまま口を噤む。

「そうじゃなかったら、どうなるんですか？」

話し出そうとした椿を制して、落ち着いた口調で透子は美緒に話し掛けた。

落ち着いた雰囲気の透子にのまれたのか、美緒はさほど興奮していないように見受けられる。

「わかんない。わかんないよ。だってゲームじゃ、こうならなかったもん。こんな展開にならなかったもん」

「ゲーム？」

「そうよ！　ここは『恋は花の如く咲き誇る』っていう乙女ゲームの世界なの！　私がヒロインで恭介様が攻略キャラクター。ちゃんとイベントも起こしてたし、私が選ばれるはずだったのに。なんでこんな……」

「えっと……立花さんは、ここがゲームの世界だと？」

「そうよ。登場人物の名前が同じだし、見た目も同じだったもん」

美緒は自信満々に言い切るが、透子は考え込んでいる様子で首を傾げている。

「あの、ここがゲームの世界なのだとしたら、エンディングを迎えて終わる訳ですよね？」

「当たり前でしょう」

「だったら、エンディングの先がどうなるのか、立花さんは考えてますか？　エンディングを迎えたら、ゲームだから、いきなりブツッと終わると思ってます？　それとも、この先も続いていくと思っていますか？　仮に続いていくと考えた場合、エンディングの先って、それはもうゲームじゃなくて現実になっちゃいますよね？」

「そんなの、」

美緒はそこまで考えていなかったようで、エンディングの先のことを考え愕然《がくぜん》としていた。

透子は更に言葉を続けようとしたが、突如現れた琴枝によって遮られる。

「美緒様」

「琴枝！　ねえ、ここはゲームの世界なのよね!?　皆が私の言うことを聞くんだから、私に逆らう人なんていないいから私が主役なのよね!?」

美緒は琴枝に近づき、彼女の肩を掴み必死に問い掛けている。

けれど、琴枝は無表情で美緒の手を払いのけた。

「……琴枝？」

「あのですね、ここはゲームの世界じゃなくて現実です。それと、貴女の言うことを皆が聞いていたのは立花家に逆らえなかったからです。それだけです。陰では皆、貴女のことを馬鹿にしてましたよ？　ここがゲームの世界だと思ってる頭のおかしい人だって笑ってました。反論しても貴女は聞かないし、親が攻撃されるし黙っていただけです。皆、みんな、みーんな、おだてていれば貴女は静かだから、そうしていただけです。誰も貴女を尊敬なんてしてませんよ。むしろ見下してました」

「……うそ、よ、ね？」

「こんな場所で嘘を言ってどうするんですか？　大体、こうして水嶋様にも朝比奈様にも計画がばれたんですよ？　貴女はもう、お終いです。終わりです。だから、私は貴女から手を引くために、ここに来たんですよ。他の人も皆、貴女の前から居なくなります。一人になりますね。ゲームの主人公がひとりぼっちなんて笑っちゃいますよね」

アハハッと琴枝は笑うと、美緒の返事も聞かずに立ち去ろうとしていたので、椿は急いで彼女を呼び止めた。

「さすがにこれは、ちょっとどうかと思いますけど」

「そうですか？　これまでその人に散々虐《しいた》げられてきたんですよ？　これぐらい許容範囲でしょう」

「途中で手を離すのは無責任なのでは？　特に貴女は立花さんに楽しませてもらっていたのだから」

椿が琴枝を睨み付けると、彼女は途端に表情を変えた。

今の椿の一言で、彼女は自分がやってきたことがばれているのだと気付いた。

「……護谷先生ですね」

琴枝は事情を話した護谷から話が漏れたのだということを即座に理解していたのか、特に慌てている様子は見せなかった。

「朝比奈様には言わない、と仰っていたのに」

「〝その時〟はそう思っていたのでしょうね。ですが〝今は〟違います。琴枝さんは随分と落ち着いていらっしゃいますけど、ご自分がやったことを理解しているのかしら？」

さほど大きな問題だとは思っていないのか、琴枝は椿に向かって鼻で笑って見せた。

「私のしたことはそんなに責められることでしょうか？　大体、善悪の区別は普通分かりますよね？　私が何かを提案したところで、実際に行動に移すかどうかを決めるのはその人ですよ？　実際に行動に移した人が悪いに決まってるじゃないですか」

彼女は椿が録音データを持っていることを知らないので強気に出ている。

これ以上、彼女の言い訳を聞くのはうんざりだと思い、椿は早々に決着をつけることにした。

「そういえば、貴女は護谷先生に『夏目さんを攫う方向に誘導した』と仰っておりましたわね」

「さ、さあ？　覚えていませんね」

「覚えてなくても大丈夫ですわ。護谷先生がちゃんと録音しておりましたから」

録音していた、という言葉を耳にした瞬間、琴枝は目を見開いて固まった。

「そうそう、そのデータはすでに水嶋の伯父に提出しておりますから。どのような処分が下されるか存じ上げませんが、琴枝さんは無傷ではいられませんよ？」

「……馬鹿げてる。ちょっとその気にさせただけじゃないですか！　そこまで大事《おおごと》にしなくてもいいでしょう！」

「それは、事情を聞きに来る水嶋の人間に仰って下さい。判断するのは私ではありませんので、私に言い訳しても無駄ですわ」

琴枝の話をこれ以上聞く気はないと意思表示をしたことで、彼女は何を言っても無駄だと思ったのか苛立ちながら裏庭から立ち去っていった。

さすがに琴枝の言ったことは酷いと思った椿は、美緒の様子が気になり視線を向けると、彼女は呆然と琴枝の去った方を見ていたのである。

「これがゲームじゃないなんて……。現実なんて……。違う……ここはゲームなんだから、ゲームじゃなきゃいけないのよ。え、らばれたから、だから殺されたんでしょ？　殺されなきゃいけない理由があったんでしょ？　そうじゃなきゃ、そうじゃなきゃ………親に殺されたのも人から好かれないのも、全部全部、私が悪いことになっちゃう……。私だけが間違ってて、私だけに責任があって、私だけが悪いってことになっちゃう……」

あまりにショックを受けたのか、美緒は焦点の合わない目で呟き始める。

美緒が前世の話をしているだろうことに椿だけが気付いていたが、あんまりな内容に彼女に対して何も言うことができない。

「そんなの……現実なんて……。今更、そうよ今更どうしろって言うのよ。ゲームだから、ゲームだったから私は、何でも願いが叶うと思って好き勝手してたのに。やっと愛されると思ったのに……私だけを愛してくれる人が手に入ると思ってたのに……。こんなの、どうやって……生きていけば」

美緒はそうして視線を透子へと向けると、彼女の方へとフラフラと近寄って行った。

咄嗟に椿と恭介が美緒を止めようとするが、透子に「大丈夫です」と止められる。

美緒が透子の正面に立ち、彼女の腕を両手で掴む。

「ねえ、知ってるんでしょう？　恭介様から愛されたあんたなら、どうやったら愛されるのか知ってるんでしょう？　教えてよ！　どうやったら人から愛されるのか私に教えてよ！」

藁《わら》にも縋りたいという美緒の気持ちが椿にも伝わってくるが、透子が危険な目に遭わないように、彼女は徐々に距離を詰めていく。

一方、透子は腕を掴んでいる美緒の手に自分の手をそっと重ねた。

「それは立花さんが知ってるはずです」

「知らないよ！　分かんないよ！　だって、愛されたことがないのに、愛し方なんて分かるわけないじゃん！　……実の親にだって、あ、愛されたことがないのに、どうやったら他人に愛されるのよ！　こんな、こんな人間がどうやったら……。もう取り返しがつかないじゃん」

「大丈夫です。だって、立花さんはどうしたら愛されないのかを知ってますもん。何が悪いのかを知ってます。自覚してます。そうですよね？」

目を真っ赤にした美緒はハッとした後に無言で頷く。

現実に直面して、美緒は相当ショックを受けているように椿には見えた。

「……でも、知ってたらどうだっていうのよ。何の関係があるっていうの」

「だって分かってるってことは、それをやらなければいいってことですもん。人間関係の基本は相手を尊重して思いやることです。つまり、相手が嫌がることをしないということです。私から見たら立花さんは、善悪の区別がちゃんとできていると思いますし、愛される人になりたいけど、なり方が分からないっていうことは、改善しようと思ってるってことですよね？　だったら、立花さんは変われると思います。変わろうとする意志があるのなら、変われます」

「そ、そんなこと言ったって、どうすればいいのよ。誰に聞けばいいのよ」

「そうですね。立花さんの周りに親身になって相談に乗ってくれそうな人は居ますか？　居たら、その人に相談してみるのはどうでしょうか？」

「そ、そんな人は居ないわよ！　皆、私を馬鹿にしているんだから。私のために相談に乗ってくれる人なんて……」

「本当に？　今も立花さんに注意をしてくれる人は居ないんですか？」

しばらく考え込んだ美緒は、ボソリと「居る」と呟いた。

「だったら、その人に一度、相談してみましょう。立花さんはどうしたらいいのか分からないって言ってましたし。私も手助けしますから」

「手助けって？」

「はい。例えば、立花さんがこれは良いことなのか悪いことなのか分からないっていう時は、聞いて下さい。私に分かることだったら、答えますよ！　それに、怒りでどうしようもなくなって、愚痴を言いたくなったら、聞きます。全部、聞きます」

「……どうして、そこまでしてくれるのよ」

散々文句を言って傷つけてきたのに、と美緒は目で訴えている。

透子は美緒の視線を受け止めて穏やかな笑みを浮かべた。

「〝教えて〟と私に言った立花さんが物凄く小さい子供のように見えたからです。ああ、この人はきっと苦しんできたんだろうな、助けを求めるという選択肢すら持てなかったんだろうな、って思ったら、放っておけなかったんです。っていう理由じゃダメですか？」

「…………馬鹿じゃないの」

そう言って下を向いた美緒の目から涙がこぼれ、地面を濡らす。

透子はそっとハンカチを美緒に差し出すと、彼女は無言で受け取り目に当てた。

「立花さんの言う通り、私、割と馬鹿なんですよね。いつも人から怒られるんですよ」

「……そうよ。こんな奴にハンカチを差し出すなんて馬鹿としか言いようがないわ」

憎まれ口を叩いた美緒であったが、そのすぐ後に小声で、ごめん、と呟いた。

「立花さん？」

「色々と言って、ごめんなさい。攫おうとしてごめんなさい。傷つけて、ごめんなさい」

最後の方は涙声になっていたが、美緒は確かにしっかりと謝罪の言葉を口にしたのである。

人の話を聞かない、聞き流す美緒しか見たことのない椿は驚いた。

「そもそも私は最初から怒ってないですから。それにちゃんと謝ってもらえたので、気にしてません」

「おい、透子。それは甘すぎる。そいつは透子を攫おうとしたんだぞ？」

「でも、未遂ですよね？　立花さんは謝ってくれましたし、これまでも言われるだけで、物的被害はありませんでしたから。むしろ、私の鞄やら教科書やら靴やらを隠したり捨てたりした人の方が私は許せないです」

「けど、立花はこれまでも色んな人に迷惑をかけたりしてきたし、被害者も多いんだ。そんな簡単に許していいのか？」

「私は私にされたことだけ、気にしてないですよ、って言っただけで、他の人が立花さんを許すかどうかは、その人次第ですから。それに、これから先、立花さんは周囲から色々と言われて白い目で見られることになります。どれだけ良い人になろうとも、過去のことはずっと付いて回ります。それに彼女は耐えなければならないんですよ？　罰としては十分じゃありませんか？」

透子の言い分に納得させられた恭介と椿はそれ以上何も言うことができない。

逆に美緒は他の生徒にこれまでしてきた仕打ちを思い返して、震えていた。

「……許されるはずない。無理だ。謝ったって許してくれないよ。何を言われるか分かんないし、怖いよ」

「でも、謝らなかったら、その人達は許すことすらできないと思います」

「え？」

「謝罪があって、初めてその人は出来事を過去にできるかどうかを考えることができるんです。でも、ただ謝るだけでもだめです。自分の何が悪くて、どういう行動で相手を傷つけたのかを自覚して、心から謝罪しないと意味がありません。自分が楽になりたいからってだけで謝ってもダメです」

「それで、本当に許してくれるかな？　私は許されるのかな？」

「それは相手次第だと思います。きっときついことを言われたり、物を投げられたりするかもしれません。立花さんは耐えて、それでも謝らなきゃいけないんです。できますか？」

強張《こわば》った表情で美緒は力なく頭を横に振る。

「なら、私も一緒についていきます。一緒に謝りに行きます。怒られる時は一人よりも他に人が居た方が安心するでしょう？　だから、一緒に怒られに行きましょう！」

あまりに明るく透子が口にするので、美緒はしばらく呆然とした後で笑みを零した。

「……いい。大丈夫。一人で行く。これは私の問題だから。でも、きついことを言われたりしたら、話を聞いてくれる？」

「当たり前じゃないですか！」

「私と、普通に話をしてくれる？」

「はい。立花さんのこと、いっぱい教えて下さいね。私もいっぱい話しますから」

美緒は何度も何度も頷いた後で、透子に腕を引かれる形で校舎へと戻っていく。

残された椿は、乙女ゲームのヒロイン、マジでぱねぇ！　と驚きのあまり固まってしまっていた。


かくして、四歳の頃から椿を悩ませていた問題がまたひとつ、解決したのである。

【27】

美緒と透子が和解してから、彼女は父親に相談したようで、原因のひとつである彼女の母親から遠ざける必要があると判断され、名目上は病気ということにして立花総合病院に入院する形となった。

高等部三年のこの時期なので卒業ができるのかと透子は心配していたが、色々と学校側が考慮してくれて、補習を受けたりテストで合格点を取れれば卒業は可能ということになったのだそうだ。

登校しなくなった美緒だが、学校では自宅療養中ということになっているので、彼女の取り巻き達も真実は知らされておらず、何があったのかと話している姿を椿は見掛けていた。

そして、透子は自分も忙しい時期であるにも拘わらず、毎日美緒の病室へと通っては、彼女と話したり、勉強を教えたりしているのだという。

一方、琴枝であるが、学校内で美緒のことを話されると困るので、あの日以来、彼女は立花家の監視下に置かれることになり、卒業までは保健室登校ということで生徒達から隔離されている。

琴枝のしてきたことは立花家の知るところとなり、あまりに悪質であるという判断から、彼女はこれから死ぬまで監視を付けられることになったと椿は伯父から聞いた。

監視を付けられ、人間関係を引っかき回す前に阻止されるということを知った琴枝は泣き叫んで取り乱したりと大変だったらしい。

人が揉める様子を見るのが好きな彼女にとって、平穏という名の地獄がこれから先に待ち受けているのだから、取り乱すのも無理はない。

また、今年の水嶋家主催のパーティーに秋月社長を招待し、公《おおやけ》の場で祖父が謝罪するということになっているようで、両家の和解に向けて伯父は忙しそうにしている。

そんなこんなで、ほとんどの問題に片が付いた状態で、椿は高等部最後の創立記念パーティーを迎えることになる。

今年は恭介が透子をパートナーに選んだので、椿はフリーになっていた。

パートナーに悩んでいた椿であったが、不憫に思ったのか佐伯が誘ってくれたので、名前順で組まされることにならずに済んで、彼女はホッとしていた。


そして、創立記念パーティー当日、椿は迎えにきた佐伯家の車に乗り、会場へと向かう。

椿と佐伯が会場に到着し中に入ると、周囲の生徒の視線が一斉に椿へと向けられる。

婚約者である恭介を透子に奪われた哀れな令嬢、というのが今の椿の評価だ。

あの朝比奈椿がどういう顔でパーティーに出席するのか、誰をパートナーにして来るのか、生徒達は興味津々といった体《てい》で様子を窺っている。

これまで生徒達に怖がってもらおうとしていた椿は、これは罰なのだと思い、向けられる視線に耐えていた。何でもないというような表情の椿であったが、このような視線に晒しておくのは可哀想だと思った佐伯は彼女の手を引いて移動を始める。

「佐伯君、どちらへ？」

「篠崎君と藤堂さんのところだよ。それなら、この視線から逃げられるでしょ？」

「別に耐えられますのに……」

苦笑している佐伯に手を引かれて、椿は千弦と篠崎と合流した。

彼女達は、生徒達の椿に対する視線に、表情を作ろうともせず、不快感を表していた。

「事情を存じていますので、他の生徒の椿さんを見る目が不快でしかありませんわね」

「まあ、自業自得ですわね。これまで私が生徒達を利用していたのですから、これぐらいで済むのなら安いものです」

「本当に耐えられますのね？　大丈夫なのですね？」

「大丈夫ですわ。むしろ私は会場中の視線を奪うことになる恭介さんと夏目さんの心配をしております。それと、私とペアになったばかりに好奇の視線にさらされている佐伯君も」

「貴女は、いつも他人のことばかり……。もう少し、ご自分のことも大事になさったら？」

「しておりますわ」

などと千弦と軽口をたたいていると、入り口の辺りが騒がしくなる。

どうやら恭介と透子が会場に到着したようであった。

「さて、夏目さんが嫌がらせされないように見張っていないと」

「他の生徒は椿さんが水嶋様の好感度を上げようとしているように見えるでしょうね」

「その方が好都合ですわ」

千弦にしか見えないように椿はニッと笑うと彼女は呆れたような目を向けてきた。

少しして、生徒のざわめきが大きくなり、椿達のところへ恭介と透子がやってくる。

「ごきげんよう、恭介さん、夏目さん」

「ああ」

「ごきげんよう、朝比奈様」

周囲の生徒は椿達の会話が気になるようで、こちらをチラチラ見ている。

「夏目さんのドレスは去年と比べて大人っぽくなっておりますわね。カタログの中にもそのようなドレスがございましたのね」

「透子が今着ているドレスはお祖母様が持っていたドレスを今風に手直ししたんだよ。お祖父様が着せろとうるさくてな」

「あら、そうでしたの。てっきり恭介さんが買ってプレゼントしたとか仰ったら、夏目さんが申し訳なく思うだろうから馬鹿なことしてって、お尻を蹴ってやろうかと思っておりましたのに」

「……僕はお前のイトコなんだよな？　大事だとか言ってなかったか？　大事なんだよな？」

「優先順位は夏目さんが上ですが、何か？」

会話を聞いていた周囲の生徒達は、この二人は婚約者同士で椿は透子を嫌っているのではないのか？　と目を丸くして驚いていた。

「……透子を優先してくれるのなら、別に構わない。それよりも、本当に大丈夫か？　あまり好意的な視線を向けられていないじゃないか」

「そうですわね。まあ、大丈夫ですわ。それに私などよりも恭介さんや夏目さんの方が大変そうですから」

あっさりと言ってのけた椿を透子は心配そうに見つめている。

「朝比奈様。私達が目立って朝比奈様を嫌な目から守りますからね！」

「ちょっと、夏目さん。なぜそうなりますの？」

「大丈夫です。私には恭介君が居ますから」

「そういうことなら任せておけ」

じゃあな！　と言って恭介と透子は去って行った。

「私、目立つなって言おうとしたのに……」

という椿の呟きに応えてくれる人は居なかった。

その後、会場では理事長の挨拶が終わり、ダンスの時間となる。

パートナーである佐伯と一曲踊り終えた椿は、休憩すると彼に伝えて端に行くと、壁にもたれかかっている白雪を見つけた。

「白雪君も休憩？　パートナーは？」

声を掛けられた白雪は椿を確認すると、嬉しそうに微笑みを浮かべる。

「別の子と踊りに行ったわ。どちらかといえば、あたしはこうして会場に居る人を眺める方が好きなのよ」

そう言って、彼は視線を椿の向こうへと移動させた。

普段の口調から椿は失念していたが、無言で腕を組んで遠くを見ている姿は、どこからどう見ても男の子である。

よく見ればイケメンだし、人当たりも良いし、結構モテるのではないかと椿は思った。

「勿体ない。白雪君って結構イケメンだし、ダンスのお誘いがあるんじゃない？」

「あたしは自分が踊りたい子しか相手にしないわ。どうでもいい子と踊っても楽しくないもの」

踊りたい子としか踊らないという白雪だが、去年椿は彼からダンスに誘われている。

割と仲が良いと思っている椿は、彼の中ではどうでもいい子とは思われていないことに、ホッとした。

「……何、その顔？」

明らかに安堵している椿を見て、白雪は怪訝そうな表情を浮かべる。

「いや、白雪君の中で、私はどうでもいい子とは思われてなかったんだなって思って、安心したの」

しばらく真顔で固まっていた白雪は、椿が何のことを指しているのかに気付き、あ、と声を出した。

「過去の自分に足をすくわれそうになるなんて、不覚だわ」

白雪の呟きに、椿はサッと表情を変える。

「……え？　それって、私をどうでもいい子だと認識してるってこと？」

「そんなわけないでしょう！　どうでもいいなんて思ってないわよ！」

焦った顔の白雪は、やらかしたと口にして、盛大なため息を吐いたが、椿は自分の思い違いでなかったことに表情を元に戻した。

「良かった。仲良くなったと思っていたのは私だけかと思ったよ」

「……ちゃんと、友達……だと思っているわよ」

白雪から友達という魅惑の言葉を聞いた椿の目が輝く。

「友達！　そうだよね。私と白雪君は友達だよね！　友達、良い響きだよね」

「そうね。良い響きね……」

疲れ切った表情を浮かべる白雪は、乾いた笑みを零す。

「まあ、いいわ。それより、あんな視線に晒されて疲れない？」

「ああ、あれね。いい加減、見られるのは精神的に疲れてきたかも」

今も椿をチラチラと見ている生徒達。さすがにずっと、あの視線に晒されていたら気疲れしてくる。

「ちょっと外に避難してくるわ」

「いってらっしゃい」

彼に断りを入れた椿は、そっと会場の外へと出た。

そのまま庭に行き、近くの椅子に腰を下ろす。

パーティーは始まったばかりだったので、外に出ている生徒はほとんどいない。

気を張っていた椿は息を吐いて目を閉じた。

かすかに聞こえる音楽が心地よく、人の喧騒から離れた場所ということで彼女は穏やかな気持ちになる。

けれど、目を閉じている間に複数人の足音が聞こえてきたことから、カップルが外に出てイチャイチャし始めるのだろうと察した椿は、邪魔にならないようにどこかへ行こうと思い目を開けた。

「え？」

椿は思わず二度瞬きをして、目の前の人物を凝視する。

「なっ、なんでレオンが」

紛《まぎ》れもなく、椿の目の前に立っていたのはドイツに居るはずのレオンであった。

彼は椿を見つめて、微笑み掛けている。

それはそれは嬉しそうで、また、これ以上ないくらいに椿を好きだというオーラを出していた。

「恭介と佐伯に頼まれたんだ。椿が馬鹿にされて笑われているから、それを吹き飛ばしに来いってな」

「え？　佐伯君？　佐伯君もグルだったの⁉」

驚いている椿を尻目に、レオンは彼女の隣へと腰を下ろした。

「他の生徒から女癖が悪いと思われている俺が、椿と踊っていいのかと思ったんだが、やっぱり、俺は椿が笑われるのは我慢できない。何も知らない馬鹿共に椿の何が分かるのかと腹立たしい気持ちになる」

「そ、れは、どうも……。ていうか、レオンは会場内に入れるの？　今は部外者でしょう？」

「心配するな。ちゃんと学校側から許可は貰っている」

すでに事前準備は終わっていたと知り、椿は体から力が抜ける。

恭介も佐伯も気を回しすぎだと思いつつも、椿は嬉しくも感じていた。

「それで、今からダンスホールに入って生徒達を驚かせようっていうの？」

「どちらかというと、俺が好きなのは椿なんだと周知させたい」

「なによ、それ」

「これ以上椿を好きになる男が出てこないようにしたいんだよ」

「あのね、私を好きになるような物好きな男はレオン以外に居ないと思うんだけど」

「……そうだといいんだがな」

含みを持たせるようなレオンの言葉が引っ掛かったが、椿が理由を聞くよりも早く、彼が先に話し始めてしまう。

「あと、椿。会場中の視線をさらうって意味では俺と会場に入るのはメリットがあると思わないか？　恭介と夏目を守りたいんだろう？」

「まあ、それはレオンの言う通りよね」

と、椿は差し出されたレオンの手を素直に取った。

彼女はレオンにエスコートされる形でダンスホール内へと再び足を踏み入れる。

「え？　レオン様。っていうか隣に居るの朝比奈様⁉　なんで！」

「どういうことだ？　グロスクロイツ様には好きな人がいるはずだろ」

「どうして朝比奈様をエスコートしていらっしゃるのよ！」

「それに、あんな穏やかに笑ってるレオン様、見たことないんだけど」

「あっ！　手の甲にキスしたわよ！」

ダンスホール内に入った瞬間に、椿とレオンは生徒達の注目の的《まと》になってしまった。

調子に乗ったレオンが手の甲にキスをしてきたので、椿は彼の足を周囲から見えないように踏んづける。

「やりすぎよ」

「でも、一発で理解してくれただろう？　ほら、踊るぞ」

曲が始まり、レオンは椿とホールの中心へと移動する。

短時間だが恭介と透子から彼らの視線を奪うことに彼女達は成功した。

「俺の噂のことを考えると、椿が遊ばれて終わるとか思われるだろうな」

「私が真実を知ってるんだから、気にすることないわよ」

「分かっているが、椿が自分と関わることで相手の評価が下がるとか心配していた理由が分かっただけだ。これは嫌な気持ちになるな」

「でしょう？　他人は好き勝手に色々と言うからね。でもそれも数ヶ月の辛抱よ」

パーティーが終われば期末テストになり、すぐに冬休みへと入る。

三学期も一月のテストが終われば自由登校となり、ほとんど学校に行く必要はない。

これらを凌《しの》げば、生徒達の好奇の視線に晒されることもなくなるのだ。

「そうだったな。それと、大学進学おめでとう」

「ありがとう」

「高等部を卒業したら、一度ドイツに旅行に来たらどうだ？　色々と案内するし、ナターリエさん達も喜ぶ」

「……そうね。全部終わったら考えてみようかしら」

前向きな椿の答えにレオンの目尻が下がりまくっている。

上機嫌な彼の様子を見て、照れ臭くなった椿は視線を逸らした。

それにしても、恭介が透子と付き合い始めて、美緒の件も解決したので、レオンは分かりやすいように口説いてくるかと思っていた椿は、いつもと変わらない彼の態度に拍子抜けしてしまう。

けれど、ここで口にして公衆の面前で口説かれても椿は困ると思い、顔を背けたままレオンとのダンスを終えた。

ダンス中に親しげに話していた様子を見た生徒達は、レオンと椿がそういう仲だと思ったようだ。

生徒達はヒソヒソと彼女は遊ばれて終わるだとか、どうしてレオンに選ばれたのが椿なのかとか好き勝手に噂している。

「本当に好き勝手に仰ってますわね」

「だが、これで椿が婚約者を奪われた令嬢という評価が消えたな」

ニヤッと笑ったレオンは椿の背中に手を置いて、彼女を端の方へと連れて行く。

「……それにしても、私に触れたら心臓発作で死ぬとか言ってた割に、平気そうだったじゃない」

先ほどの手の甲へのキスを思い出した椿が、からかうようにレオンに告げると、彼の顔がみるみるうちに赤くなっていく。

「……それを今、言うなよ！」

「うわ〜。耳まで真っ赤ね。ってことは、無意識でやってたんだ」

「椿の悪印象を吹き飛ばしたかったから、深く考えてなかったんだ！」

顔を真っ赤にして椿から目を逸らしているレオン。

傍から見れば、完全にいちゃついている風に見えてしまう。

レオンにとっては、椿に無様な姿を晒してしまったと後悔していることだろうが、今のやり取りを見ていた生徒にとっては、彼の本命が椿だとこれ以上ないくらいに分かりやすく示した結果となった。

【28】

毎年恒例の水嶋家のパーティーで招待された秋月の社長と水嶋側が無事に和解でき、ようやく長年のわだかまりが解決した。

その際、祖父が恭介と透子が良い付き合いをしているということを言ったこともあり、彼らの関係が公のものになったのである。

水嶋家のパーティーが終わり、学校では出席者から話を聞いた生徒達が椿と恭介の話で盛り上がっていた。

これで椿は恭介の婚約者ではないと皆が知るところとなった訳である。

また、パーティーで透子が恭介の彼女として周知されたこともあり、二人は登下校や昼休みなど一緒に居ることが増えていた。

未だに透子に対して嫌な顔をする生徒は居るものの、ほとんどの生徒は恭介が椿にすら見せたことのない表情を彼女に見せている光景を見て、敵う訳がないと諦めてしまったようである。

そして、生徒達が次に気になっているのは椿のことだ。

初めから婚約者ではないと知っていた椿。

彼女の祖父が周囲から守るために婚約しているように見せていたと告げた時、椿はいつものように涼しい顔であったと生徒達は聞いていた。

裏で椿が暴れたのかもしれないが、レオンとのこともあるし彼女が何を考えているのか分からずに生徒達は好き勝手に噂話で盛り上がっている。

噂の張本人である椿は自分の噂話よりも、美緒と話をすることしか考えていなかったため、生徒達の声を全く気にしていなかった。

というのも、水嶋家のパーティーで秋月家と和解し、椿の祖父も美緒の祖母に謝罪し、許されてはいないものの、もういい、という言葉をもらっていたので、このタイミングであれば彼女は動けると思っていたからである。

それに椿は透子から、美緒が随分と落ち着いてきていると聞いていたこともあり、今であれば、お互いに落ち着いて話ができると彼女は思っていた。

椿は第一印象で決めつけて、彼女の本質を見ようともせずに敵だと決めつけていたことを詫びようと思っていたのである。

そう決意した椿は、休日に志信に頼んで病院まで送ってもらった。

「ここでいいわ」

美緒の病室のすぐ近くで、椿が志信に一人で病室に入ることを告げると、彼は少しだけ眉をピクリと動かす。

「ですが、椿様」

「私は立花さんとケンカしに来たわけじゃないもの。大丈夫よ。何かあればすぐに呼ぶから」

それでも納得していない志信を残し、椿は美緒の病室の扉をノックして開けた。

ベッドに横になっていた美緒は、突然の来訪者である椿を見て驚いて目を見開いている。

「な、なによ。こんな姿の私を笑いにきたの？」

「違うわよ。私は貴女と話をしにきただけ。今の貴女を笑う権利は私にはないわ」

いつもと違う椿の口調に彼女が何を考えているのか分からず、美緒は警戒していた。

「ねえ、話が長くなるから座ってもいい？」

「……勝手にすれば」

椿は持ってきたお見舞いの品をテーブルに置いた後で、椅子を美緒のベッドの近くに持っていき、腰を下ろした。

「それ、焼き菓子の詰め合わせ。あと国内と海外の旅行雑誌を私の独断と偏見で持ってきた」

「……何が目的なのよ。それにその喋り方なに？　いつもみたいに喋ってくれないと調子が狂うんだけど」

「ああ、あの令嬢言葉ね。あれは武装してただけだから、今は必要ないでしょ。それに、こっちが私の素だから。いつもはこっちの口調で喋ってるの」

「は？」

いきなり何を言い出したのかと美緒は椿を凝視している。

椿が何をしに訪ねてきたのか分からず、美緒は身構えながら彼女の言葉の続きを待っていた。

「そうだね、何から話そうか。やっぱり時系列順に話した方が分かりやすいよね」

さて、彼女は真実を知って怒るのか、泣くのかと心配になりながらも椿は口を開いた。

「あのさ、四歳の時に倉橋家の離れで私と会った時のことを覚えている？」

「…………覚えてる」

「あの時、貴女は私に『ここは恋花の世界なんだ』って言ったでしょ？」

「言った……」

「あれで私も思い出したの。自分が『恋花』の悪役令嬢だった倉橋椿だってこと」

過去の発言が恥ずかしくなり、顔を赤くしていた美緒は椿の言葉を聞いて勢いよく彼女を見た。

「どういう」

「私にも前世の記憶があるってこと」

予想もしていなかったことを告げられ、美緒は呆然としている。

「あれで、私は母親がまだ生きてるから間に合うと思って行動しようと思ったの。それに、私は立花さんがどうしても人を思いやれる性格だとは思えなかったし、恭介とくっつかれると貴女の母親が出てきて私の家族が引っかき回されるし、母が泣くことになると思って、貴女の邪魔をしてたってわけ」

「じゃあ全部、最初から知ってて……」

「うん。知ってた」

「なら、なんで最初に言ってくれなかったの！　言ってくれてたら、私は馬鹿なことをしなかったのに……！」

「言ったところで、当時の立花さんは話を聞いてくれないと思ったからよ」

椿の言葉に美緒は言われた通りだと思ったのか気まずそうに視線を逸らす。

前までは癇癪を起こしていただけなのに、随分と変わるものだと椿は美緒の様子を見て感じていた。

「でも、話を聞いてくれなくても、しつこく何度でも立花さんに言うべきだったのかもしれない。最初の印象で敵だと決めつけて、貴女のことを知ろうともしなかったことは謝ります。本当にごめんなさい」

そう言って椿は美緒に向かって頭を下げた。

我が儘で傲慢、人を見下している椿しか知らない美緒は、彼女の素の姿に戸惑っている。

他人に頭を下げるような人間ではないと思っている美緒はどう反応していいものか悩んでいるようであった。

「べ、別に。多分、貴女が前世の記憶があるって言っても、私は貴女を敵視するだけで現実だとは思わなかったと思うし……。それに私も、色々とやったし」

「それでも、私は貴女から目を背け続けてきたんだから、謝らなきゃいけない。結果として、立花さんはここが現実だと分かったから良いようなものの、分からなかったらもっと酷い結末になってたかもしれないし」

「ならなかったわよ。透子が居るから、結局、私は現実を直視しなきゃいけなかったんだと思う」

手元に視線を向けた美緒は静かに口にした。

彼女の中で透子の存在はとても大きなものになっているようである。

「どうしたら、どうやったらあの子みたいになれるんだろう。……どうやったら、人に好かれるように、なれるんだろう……？」

「立花さんはこれからでしょう？　他人の言葉に耳を貸せるようになった立花さんは、きっと変われる」

「……なれるか、な？　……だ、誰かにっ、愛される人間に、なれるかな？」

シーツを握る美緒の手に零れた涙が落ちる。

肩を震わせ、涙に声を詰まらせている美緒の姿は、とても十八歳だとは思えなかった。

「それは、これからの立花さん次第だと思う」

「……私、次第」

美緒はしばらく考え込んだ後で「……今日は疲れたから」と口にする。

時間を置いて考えた方がいいと思った椿は彼女の病室を後にした。

椿が駐車場へと向かっている途中で、外のベンチに座ってぼんやりと木々を眺めている女性が目に入った。

「……あれって小松《こまつ》さんよね？」

「一番迷惑を掛けたから謝りたいと立花美緒が立花家の方にお願いして小松さんと椎葉さんを呼んだと伺っております。これからお見舞いに向かわれるのかもしれませんね」

志信の言葉に、そう、と口にした椿は小松の方へと向かって行き、素早く彼女の隣へと腰を下ろした。

いきなり人が座ってきて驚いた小松は、その人物を見て朝比奈椿だと気付き更に驚いている。

咄嗟に逃げようとして腰を浮かせた小松であったが、逃げられるのを見越した椿に腕を掴まれて再びベンチに腰を下ろした。

「三年ぶりくらい？　元気だった？　学校生活はどう？　思い出はいっぱい作れた？　それから、大学は決まったの？　付属大学？　それとも鳳峰大学？」

「え？　え？　あの……」

矢継ぎ早に質問され、小松はテンパっている。

怖いと思われないように先に混乱させてしまえ！　という椿の作戦は成功した。

「なんて、質問攻めにして悪かったわね。別に小松さんをどうこうしようなんて思ってないから、安心してよ」

「……あ、あの、何か雰囲気が違いませんか？　朝比奈様ってそんな感じでした？」

「そんな？　ああ、やけに気さくな感じになってるってこと？」

椿が訊ねると小松は全くその通りだと言わんばかりに何度も頷いた。

「まあ、私の口調のことは気にしないで。それよりも、ここに来てるってことは、立花さんに会いに来たのよね？　さっきまで私が面会してたから待ってたの？」

椿の問いに小松は無言になり表情を曇らせる。

小松は大人しい性格をしていることから、一人で美緒に会いに行くのが怖いのかもしれない。

「……立花さんに会うのが怖いの？」

「怖いというか、どうしたらいいんだろうって思って」

「というと？」

「椎葉さんは私よりも先に美緒様に会ってるんですけど、美緒様からこれまでのことを謝罪されたって教えてくれたんです。椎葉さんは美緒様にこれまでの鬱憤《うっぷん》をぶつけたみたいなんですけど、美緒様は私にも謝罪するつもりだって聞いて私はどうすればいいのかなって思いまして」

「それは文句を言うべきか、許すべきか、それとも許さないか、ということ？」

小松は「……はい」と弱々しく呟いた。

文句を言えるほど彼女は強くないが、許せるほど心が広い訳でもない。だからこそ、美緒の謝罪に対してどう反応をすればいいのか分からず、ここで悩んでいたのである。

「別に今日決めなくてもいいんじゃない？　ごめんなさいをして、いいよ、なんていうのは小学校までしか通用しないことだし。もし、どうすればいいのか分からないなら、立花さんからされたことに対して貴女がどう思ったかを告げてみたら？　辛かった悲しかった、止めて欲しかった。なんでもいい。それは文句でも何でもない。自分の気持ちを言うことで、貴女もすっきりするだろうし」

「どう思ったか、ですか……」

「謝られたら絶対に許さなきゃいけない訳じゃないし、それを決めるのは小松さん自身よ。まずは立花さんに会ってみたら？　怖いなら、病室までついていくけど？」

「……いいえ、大丈夫です」

と、言って椿を見る小松の顔は何かを決意したかのような表情であった。

「話を聞いて下さってありがとうございました。朝比奈様の言う通りに、美緒様に自分の気持ちを伝えようと思います。それで美緒様に怒鳴られなければいいんですけどね」

「頑張って」

「はい。それでは、失礼します」

椿に向かって頭を下げた小松は、そのまま美緒の病室の方へと向かって行った。

どうなったのかが気になった椿だが、これは小松と美緒の問題である。

両方にとって良い結果になればいいと思いながら、椿は病院を後にした。

【29】

それから冬休み、三学期を経て三月になり、ついに椿はゲームのエンディングである鳳峰学園高等部の卒業式を迎えた。

入院中の美緒は本人が希望していたこともあり、外出許可が出たので卒業式に出ることになっている。

三学期の間の出来事でいえば、バレンタインの日にレオンが用事があるとのことで来なかったことくらいで、椿は何事もなく平穏な日々を送っていた。

ただ、なんとなく寂しいなと思って、あげるって約束してたし！　と自分に言い訳をして、バレンタインに彼女が作ったしおりをレオンに送ったり、ホワイトデーにお返しを貰ったり、たまに美緒の病室に顔を出して彼女と憎まれ口をたたき合ったりしていただけである。

そうして美緒と会話をするようになって、二人の仲が変わったかというとそうでもない。

ただ、お互いにちゃんと相手を見て話をするようになった、というだけである。

また、美緒の母親だが、椿の祖父が美緒の祖母に謝罪し、前を向けたことで彼女も娘である美緒の母親と向き合おうと思ったのか、少しずつであるが歩み寄っているらしい。

母親の愛だけを求めていた美緒の母親にとっては、ようやく長年の願いが叶った状態というわけだ。

よって、美緒の母親は自らの母親の愛を得ようと椿の母親に対して嫌がらせをする必要はなくなった、ということになり、秋月家との確執はこれで全て解決される。

椿があれこれと心配する必要はもうない。

「……十四年は長かったな」

卒業式が粛々《しゅくしゅく》と進行している中、卒業生として座っている椿はポツリと呟いた。

椿の声はマイクの音でかき消され、誰の耳にも届くことはない。

自分の手元を見ながら、椿は十四年の間に起こった出来事を振り返っていた。

美緒によって『恋花』の世界だと気付かされ、母親を救うために行動したこと。

恭介と出会い、伯父との仲を取り持ったこと。

同じ転生者である杏奈と印象が最悪だったレオンとの出会い。

美緒を警戒して、わざと悪役を演じていたこと。

そして、もう一人のヒロインである透子との出会い。


椿は自分が転生者で、前世での人生経験があるということで、自分が正しいことをしているという自信を持っていた。

だから、あまり人の話に耳を傾けようという意識を持てなかったのかもしれない。

けれど透子と出会い、彼女と関わり合っていく中で、椿は自分の考えが絶対に正しいものではないということを知ったのである。

どんな相手であろうときちんと向かい合う、という大事なことを椿は透子から教えてもらった。

つくづく透子は不思議な人だと椿は思う。

彼女のことを考えて、フッと椿が笑みを漏らしたと同時に、卒業生の答辞が始まることを司会が知らせる。

椿が壇上を見ると、ちょうど生徒代表の恭介が壇上に登っている最中であった。

まるで緊張などしていない恭介の態度に、鋼《はがね》の心臓をしているよね、と思いながら椿は彼を見つめる。


簡潔にまとめられた恭介の答辞が終わり、その後も式は粛々と進んでいき、卒業生や在校生のすすり泣く声が聞こえる中、二時間以上にも及ぶ卒業式は終わりを告げた。

卒業生が校門前の広場に集まり最後の別れを惜しんでいたが、椿は透子の横にピッタリと貼り付いていた。

「……椿さん？　別に私の側に居なくてももう大丈夫ですよ？」

「恭介が女子に囲まれてるからね。居ない隙に何か言ってくる奴がいないとも限らないでしょ」

「言われるだけなら大丈夫です」

「ダメよ。一応、恭介から頼まれてるからね。もうすぐこっちに来るだろうから、そうしたら私は杏奈のところへ行くわよ」

椿の言葉を聞いた透子は「もう」などと口にしている。

周囲に生徒が居るにも拘わらず、椿が素の状態で話しているのは、単純に怖がってもらう必要がなくなったからだ。

ということで、三学期に入ってから、椿はくだけた話し方をするようにしていたのである。

鳴海に幻滅されるかな？　と心配していた椿であったが、気位の高い令嬢と思っていた彼女は最初の内は驚いていたものの、口調だけで中身は変わっていなかったこともあり、すぐに馴染んでくれた。

だが未だ彼女達の周囲に居る生徒達は、椿の話し方に慣れないのかチラチラと視線を送っている。

彼らは特に話しかけてくるわけでもないので、椿はそちらを見ることもせず、透子との会話を続けた。

「透子さん。私は貴女が恭介を選んでくれたことが本当に嬉しいの。私にとって恭介は物凄い手のかかる弟みたいなものだから、貴女が居なかったらどうなるのか心配していたのよ。だから、底抜けに明るくて優しい透子さんが恭介を好きになってくれて本当に良かったと思っているの」

途端に透子は照れ臭そうにし始め、頬を染めている。

憧れの椿から褒められて彼女は本当に嬉しいと思っているのだ。

「あと、私は透子さんを割と結構、というか物凄く好きだって知ってた？」

「え？」

「貴女の裏表のないところとか、ちゃんと相手と向き合おうとするところとか大事なことを貴女から教えて貰ったの。貴女の言葉に救われたのは、恭介や立花さんだけじゃない。私もよ」

意外なことを言われ、透子は口をポカンと開けているが、すぐに正気に戻り手と頭を勢いよく横に振り始めた。

「そんなことないですよ！」

「そんなことあるわよ。それに、無意識だからこそ、私は貴女を凄いと思っているのよ」

椿は横に振っている透子の手を両手で握りしめて彼女の目を見て微笑みかける。

「ありがとう」

「あの、私は感謝されるようなことはなにも……」

「私が勝手に感謝してるだけよ」

椿から感謝される覚えがない透子は戸惑っている。

そんな透子を見て、椿が優しく笑みを浮かべていると彼女の視界に女子生徒を引きはがした恭介がやってくるのが見えた。

「……恭介が来たみたいだから、私は杏奈のところへ行くわね。それじゃ、また大学で」

「あ、あの！　迷惑じゃなければ、春休みにどこか遊びに行きませんか？」

「迷惑なんてとんでもないわ。遊びに誘ってくれるのは嬉しいもの」

「本当ですか⁉　じゃあ、どこに行くか、今度相談しましょう！」

「ええ。それと、透子さん」

「はい」

「私ね、貴女とお友達になりたいと思っているの。……友達になってくれるかしら？」

椿からの問いに透子は一瞬だけ全ての動作を止めた。

「と、え？　私、椿さんの友達じゃなかったんですか⁉」

「え⁉　私、もう友達になってたの⁉」

「だって、あれだけ話してるし、てっきり友達だとばかり……」

「でも、私達って友達よね？　とか話してなかったし」

互いの認識が違っていたことを自覚した二人は落ち着くと顔を見合わせて笑い合う。

ここで、恭介が椿達に合流し、彼女は二人に別れを告げて背を向けた。

「椿」

不意に恭介に呼び止められ、椿が足を止めて振り返ると、彼は真面目な顔をしてこちらを見ていた。

「何？」

「椿は僕にとってイトコであり、姉であり、妹であり、母だった。多分、数え切れないくらい迷惑を掛けたと思うし、それ以上に助けられてきたと思う。……ありがとう。椿のお蔭で僕は、これ以上ないくらいに幸せになれた」

「こ、ここで、それを言うのは反則じゃない⁉」

不意打ちすぎて、椿は感動し半泣きになっている。

そんな彼女を恭介はからかうこともなく、柔らかな笑みを浮かべていた。

居心地が悪くなった椿は、そのまま恭介達に別れを告げ、ハンカチで目を押さえた後で杏奈の許へと早足で向かった。

杏奈は友人達と写真を撮っていたが、椿が来たことに気付き、輪から離れて彼女の方へと近づいてくる。

「結局、エクストリームアタックをせずに済んだわね」

「最初からやる気なんてなかったわよ。私は死ぬつもりなんて微塵もないんだから」

「そりゃ、そうよね。でも全部解決して良かったじゃない」

「本当にね。透子さん様々よ」

「夏目さんも一役買ったでしょうけど、一番頑張ったのは椿でしょ？　椿が行動しようと思わなかったら、おば様の未来はなかったし、菫や樹も生まれなかった。それに水嶋様親子のことも解決できなかったじゃない。……椿が最初にどうにかしようと思ったからこそ、この結末になったのよ。もっと胸を張りなさいよ」

杏奈に肩を叩かれ、椿は困惑しつつも笑みを零す。

「私は当事者じゃないから、あまり余計な口出しはできなかったけど、本当は物凄く心配してたんだからね。椿は自分のことを後回しにしてたから。でも、これで椿はもう自分のことを後回しにする必要はなくなったわけよね」

「……そういうことになるよね」

「だから、今度は椿が全力で幸せになるのよ！」

杏奈の言葉に実感が持てない椿はとりあえず頷いた。

「なんだか分かってないみたいな顔をしてるわね。まあ、時間はあるんだし、いいか」

「ははは」

乾いた笑いしか出てこなかった椿が杏奈から目を逸らすと、近くに居た白雪と目が合う。

彼は椿に向かって手を振ると二人の方へとやってきた。

「篠崎君と話してたんじゃなかったの？」

「ちょっとくらい離れても大丈夫よ。……それにしても周りに人が居る状態で、その話し方をされると思わず周囲を見回しちゃうわ。慣れって怖いわねぇ」

「それ、千弦さんや佐伯君にも言われる。一瞬、ドキッとするんだってさ」

「付き合いが長いと慣れるのにも時間が掛かりそうで大変ねぇ」

同情めいた視線を杏奈に送った白雪は大きなため息を吐く。

「そういうものなのかな？　まあ、時間が経てば慣れるよね。それよりも白雪君は法学部に行くんだってね。法曹《ほうそう》関係の仕事につく予定なの？」

「一応、弁護士を目指してるの。あたしは白雪の会社を継げない立場だから、せめて弁護士になって会社を支えたいと思ってるのよ。で、そういう椿は文学部に行くって言っていたけど、将来はどうするつもりなの？」

「私は図書館司書の資格と高校の国語の教員免許を取るつもり。卒業したら鳳峰学園の高等部の先生になろうと思って」

杏奈も白雪も普段の椿からは考えられない堅実な考えに驚きを隠せない。

驚かれていることに気付いた椿は不機嫌になる。

「ごめんごめん。まさか、椿がそんなことを考えているなんて知らなかったから」

「聞かれなかったからね！」

「でも、なんで高等部の教師に？　中等部でも初等部でもいいじゃない」

「私が大学を卒業して就職する時、菫が十六歳になるからよ！　高等部の教師として菫を見守ろうってわけ！」

ドヤ顔で言ってのけた椿に杏奈も白雪も落胆したような表情になる。

「え？　まさかそんな理由で高等部の教師になろうと思ったの？」

「そんな理由とは何よ！　大事！　大事よ！　最重要よ！」

「こんなに馬鹿らしい理由で将来を決める人、初めて見たわぁ」

「馬鹿じゃない！　一番近くで可愛い妹の学校生活を見られるのよ！　それに何かあった時に私が出て行けるし」

説明をすればするほど椿に向けられている二人の目が冷たくなる。

その後、千弦と篠崎、佐伯と合流し、杏奈から椿の進路について説明をされると彼らは白雪達と同じような状態になったのであった。

ムキになって椿が話していると、静かに寄ってきた護谷に声を掛けられる。

「椿様。あちらでグロスクロイツ様がお待ちです」

レオンが来ていると知り、その場に居た面々はニヤニヤとして椿を小突いたりしてくる。

彼女は眉間に皺を寄せながらも受け流し、護谷の後に付いていく。

少し歩いていくと、卒業生達が居る場所から離れたところにレオンは佇んでいた。

椿がレオンの近くに行くと、護谷はそのまま離れていき話が聞こえない場所で待機している。

人が居ないとはいえ落ち着かない、と椿は地面に視線を落とす。

「卒業おめでとう」

「あ、ありがとう」

無事に高等部を卒業し、恭介は透子と公認の仲になり、椿は彼との婚約がなくなった。

椿を縛り付けるものは何もなくなったのだ。

水嶋家のパーティー以降、二人で話す機会がなかったことから、これはきっとレオンから重大なことを言われるに違いないと椿は身構える。

「そう身構えなくても大丈夫だ」

宥めるようなレオンの言葉に椿は視線を彼に向ける。

レオンは穏やかな表情を浮かべていた。とてもこれから口説こうという男の顔ではない。

「椿を縛り付けるものは何もなくなった。でも、そっちにかかりきりになってた椿に、いきなり俺とのことを考えろ、なんて言ったって無理だということは分かってるよ。すぐじゃなくてもいい。少しずつでいいから、俺のことを考えてくれると嬉しい」

「……でも私は、レオンのこと」

「大丈夫だ。今すぐ結論を出す必要はない。ゆっくりで良いんだ。仮に、俺がこれから椿と関わっていく中で、椿が別の奴を選んだとしても俺は何も言わない。これは前に言った通りだ。俺の魅力が足りなかったというだけだからな」

優しく微笑みを浮かべるレオンの言葉に椿は完璧に言うタイミングを失ってしまった。

文化祭でレオンから言われた言葉、クリスマスの出来事。

これらのことを考えた椿は、もしかしたらレオンのことを好きなのかもしれないと思っていたのだ。

だから、レオンにそれを伝えようと思っていたのだが、彼が返事はすぐでなくても構わないと言ったことで、椿は言うか言わないかで脳内会議を始めてしまう。

ゆっくりでいいとか言ってたし、今すぐ好きだとか言ったらレオンに尻軽女とか思われない？ガッカリされたり、最悪冷められる可能性もあるんじゃ……。

という考えになった椿は急激に怖くなり、この場で伝えることを止めてしまった。

だけど、椿はこれだけは伝えようと勇気を振り絞って口を開く。

「ま、前向きに……考えるから」

レオンは、よほど嬉しかったのか満面の笑みを浮かべると、椿に向かって跪いた。

彼は椿の手を取ると自分の方に引き寄せて、その手の甲に軽くキスをしたのである。

いきなりの行動に椿は驚き、恥ずかしそうに頬を染めた。

「待つよ。俺はどれだけでも待つ。椿から選んでもらえるような人間になるから。だから、俺がこれ以上ないくらいに椿を愛しているということは知っておいて欲しいんだ」

「そんなの、もう知ってるし……」

「いいや。まだ椿は分かってない。俺が椿をどれくらい大事に思ってるのか、俺はほんの少ししか椿に見せてない。枷《かせ》はもうなくなった。遠慮はしないから覚悟しておいてくれ」

力強いレオンの眼差しを受けた椿は、この時点で彼に勝てないことを悟った。

レオンの言葉通り高等部を卒業後、彼は頻繁に日本にやってきて椿と二人で出掛けることが増えていく。

天《あま》の邪鬼《じゃく》な椿は中々素直になることができず、結局のところ、この二人は付き合うまでに四年、結婚するまでにさらに二年という年月を要してしまう。

原因は、菫のことで色々あったり、レオンが椿の好きという言葉を友情として捉えていたりしたことだ。

最終的に椿が「私と結婚するか、私が他の男と結婚するか、どっちか好きな方を選べ！」とレオンの胸ぐらを掴んで逆プロポーズをかましたことで決着したのである。


結婚してからも二人の関係は変わらないままであったが、さすがに椿に甘々になるのは二人っきりの時だけであり、子供や孫からレオンは厳格な人、と思われ、後に彼が残した妻への手紙で度肝《どぎも》を抜かされるのだった。

椿の方はグロスクロイツ夫人として完璧に仕事をこなし、社交界でも一目置かれる存在となる。

また、椿はレオンからの愛を一身に受け、家族に囲まれながら穏やかで幸せな人生を送ったのであった。


最悪の状況を周囲の手を借りて解決していき、自分のことよりも他の人のために奮闘していた女性が掴んだ幸せな人生。

これが乙女ゲームの悪役令嬢に転生した、とある女性の物語である。

番外編【ファミレスにて】

椿が鳳峰学園高等部を卒業して数ヶ月。

本日、彼女は透子とご飯を食べにファミレスへときていた。

大学に入学し、行動制限が緩くなってからというもの、椿はよく透子を誘ってファストフード店やショッピングモールなどに連れて行ってもらっていたのである。

なので、今日も透子に頼んで彼女の自宅近くのファミレスに連れてきてもらっていたのだ。

「あああああ！　どれにしよう、どれにしようかしら？　カレーも捨てがたいけど、ハンバーグとフライとソーセージのグリルも気になるわ。あ、やっぱ定食にしようかな。いやいやいや、ドリアもいいかも」

椿には見るもの全てが魅力的に思えてしまう。

胃袋に限界がなければ、全て頼みたいくらいに彼女は興奮していた。

なんせ、前世以来のファミレスである。はしゃぐなという方が無理な話だ。

一方、透子は非常に興奮している椿を見て苦笑している。

「椿さん、落ち着いて。今日が最後のファミレスじゃないんですから。またご飯を食べに来られますから」

「分かってる。分かってるけど、メニューの写真の魔力にやられるのよ」

「大袈裟すぎですよ」

「大袈裟なものですか！　いつもは写真なんてないんだから」

椿が幼少時から利用している高級店のメニューは文字ばかり。

だからこそ、料理の写真が載っているのに懐かしさがこみ上げてくる。

「……椿さんの言葉使いで忘れてましたけど、そういえば、お嬢様でしたね」

「そうなのよ。こんな口調でも残念ながらお嬢様なのよ」

「ご自分で言いますか⁉」

「言うわよ。自分でもらしくないって思うもの。でも、性格なんだから仕方ないって諦めたの。これが私。ありのままの私なのよ」

「自信満々に言うことじゃありませんよ！」

突っ込みを入れられ、椿はずっとメニューに向けていた視線を上げた。

「こんな私はお嫌いかしら？」

椿が、首をコテンと横にして、上目遣いに透子を見ると、うっと言って彼女が口籠《くちご》もる。

「もう！　私に対して可愛らしいことをしないで下さい。やる相手が違いますよ！　グロスクロイツ様にしてあげて下さい」

「レオンにねぇ。あいつは反応が予想できて面白くないんだもの」

「えぇ？　グロスクロイツ様のこと、好きなんですよね？」

「そりゃあ、好きだけど。なんというか、首を傾げて上目遣いで見上げたところで、速攻でイエスって言うのは分かりきってるし。私が見たいのは、顔を真っ赤にして動揺しているレオンなんだもの」

椿の言葉に、透子はボソリと「鬼だ、この人」と呟いた。

彼女の呟きは聞こえない振りをして、彼女は再びメニューへと視線を落とした。

今の彼女のミッションは、何を食べるか決めること。

重大なミッションだ。ミスをすることは許されない。

いっそ、目を瞑って開いたページから決めるか、と椿はそっと目を閉じると、彼女の背後から声が聞こえてきた。


「あっれ～？　透子じゃん。久しぶり。友達とご飯食べに来たの？」

「わぁ、久しぶり！　春休み以来だね。聖《ひじり》もご飯？　一人なの？」

「そうなんだよ～。親が帰ってこなくてさ。夕飯を作るの面倒だから、食べに来たんだ。その子は大学の友達？」

目を閉じていた椿は、透子が口にした名前を聞いて驚いて目を開ける。

そのまま勢いよく振り返ると、彼女のよく知る人物、つまり扇谷《おうぎだに》聖が立っていた。

いきなり振り返った椿に驚いた彼女は、視線を合わせると目を見開く。

無言で見つめ合うこと数秒。先に口を開いたのは椿であった。

「……久《ひさ》しまして」

「混ざってる！　久しぶりと初めましてが混ざってるから！　ていうか、何で椿がここにいるの？　何で透子と一緒に？　友達だったの？　私、聞いてないよ⁉」

「え⁉　聖と椿さんって知り合いだったの？」

二人から見つめられた椿は、ぎこちないながらもゆっくりと頷いた。

すると、さあ、話を聞かせろとでも言わんばかりに、透子の隣に聖が座る。

これは長くなりそうだと思いながら、椿は事情を説明し始めた。

「えっと、まずは私と聖だけど、小学生の時に同じスイミングスクールに通っていたのよ。そこで、仲良くなってたまに遊んでたってわけ。で、透子さんは鳳峰学園の高等部で知り合って、なんだかんだあって私のイトコと付き合うようになって、協力していた私とも親しくなったってわけ。だから、両方と私は友達ってことになるね」

「うわぁ。まさかそんな繋がりがあったなんて……。っていうか、もしかして透子がよく話していたエリカ様にソックリなお嬢様って椿のこと？」

「そうだよ。個人名は言ってなかったから、気付かなかったかもだけど。でも、聖がよく話していた他校の友達ってもしかして椿さんのことだったの？」

「うん。お嬢様なのに、まったくお嬢様らしくない気の合う友達って言ってたのが椿のこと」

二人は偶然って怖いね、などと話していたが、椿は頬が引きつっていた。

「自分の知らないところで私の話をされていたって聞くと、なんだか恥ずかしいわね。二人とも変なことを話さなかったでしょうね？」

椿の言葉に二人は同時に顔を見合わせ、微妙な表情を浮かべた。

明らかに、変なことを話していた態度である。

「何を話していたのかしら？　怒らないから言ってご覧なさいよ」

笑顔を見せた椿が、妙に丁寧な口調で問いかけると、二人の表情が強張った。

「目が笑ってない！」

「それ、絶対に怒るフラグじゃない。言っておくけど、私は変なことは何も言ってないからね。透子はよく日々の椿のことを話していたけど。凄い図書委員のプロが居るって話していたけどね！」

「あ！　私を生け贄《にえ》にしないでよ。聖だって、人は見掛けによらないとか言ってたじゃない！」

「バ、バラさないで！　でも私はちゃんとフォローしていたからね。優しくて美人で友達思いの良い子だって言ってたよ」

「私だって、美人で啖呵が格好良くて、人のために自分を犠牲にできる素敵な人って言ってたもん」

次第に二人は、どれだけ椿を褒めていたのかという言い合いを始めてしまう。

面と向かって、美人だの優しいだの、笑顔が素敵だの言われた彼女は、徐々に顔を赤くし、ついにテーブルに突っ伏してしまう。

「も、もう止めて。恥ずかしくて死にそう……」

「生きて下さい！」

「そうよ。まだ私は椿の良いところを言い終わってないんだから。折角だから全部聞いて！」

「分かったから！　怒ってないから！　本当に勘弁して下さい……！」

白旗を揚げた椿は必死に頼み込み、ようやく二人は彼女の良いところを挙げるのを止めた。

ちょっとした悪戯心《いたずらごころ》から始まったことで、椿は大怪我を負ってしまったわけである。


水を飲んで落ち着いた椿は、思い出話に花を咲かせている二人を見て、やっぱりそうだったのか、と考えていた。

透子と聖は小学校が同じだったから、もしかしたら友達なのかもしれないと思っていたことが当たっていたのである。

彼女は、自分の勘の鋭さを自画自賛した。

「へぇ。じゃあ、彼氏と夏休みに旅行に行くんだ」

「うん。バイトで旅費を貯めてね。関東だから近場だけど、楽しみなんだ」

話題は夏休みの予定になっていたようで、椿は先日、恭介からガイドブックを渡され、どこに行くのがいいのか意見を求められた時のことを思い出した。

あの時は、知るか！　と言ってガイドブックを投げ返したのだが、無事にどこに行くのかが決まったらしい。

「いやぁ、いいね。恋する女は可愛いね。透子が幸せな姿を見るとこっちまで嬉しくなるよ」

と、聖が急に視線を椿へと向けてきた。

「で、椿にはそういう人は居ないの？」

流れ弾が飛んできて、椿は固まる。

好きな人なら居るが、付き合ってはいないのだ。告白すらしていない。

両思いのはずなのに、片思い状態という微妙な関係である。

「あ～。彼氏は居ない。好きな人なら居るけどね」

好きな人が居ると聞いた聖の目が輝き出す。

「どんな人⁉　格好良い？」

「……まあ、格好良いと思うよ」

「同じ大学の人？」

「ううん。ドイツの大学に通ってる」

「てことは、外国人⁉」

椿は自分の恋バナを披露するのは恥ずかしかったが、素直に頷いた。

そこから、レオンのことを色々と聞かれ、彼女はちょっとした自慢を交えつつ話していく。

話を聞き終えた聖は、非常に満足そうな表情を浮かべながら口を開いた。

「いつか付き合えるといいね」

「そうなったらいいなって思ってる。だから、これからが勝負なの。夏休みにうちの家族と一緒に旅行にいくのが決まってるし、二人で出掛けることになっているから。どうにかして告白まで持っていきたいと思っているのよ」

「まあ、椿なら大丈夫でしょ。押しの強さは私が保証するし」

聖から太鼓判を押されてしまったが、椿は自分のことに関しては臆病になるのだ。

無論、椿はレオンと付き合いたいと思っている。そのための努力は惜しまない。

天の邪鬼な面がでなければ、上手く行くはずだと彼女は考えていた。

けれど、椿がレオンに想いを告げた結果、彼は異性としてではなく、人として好きだという解釈をしてしまい、それを知った彼女が膝から崩れ落ちるのは、もう少し先の話である。

番外編【家族になる日】

椿がレオンの胸ぐらを掴んで逆プロポーズをかましてから二年。

紆余曲折《うよきょくせつ》……というか主に父親の説得を経て、二人はこの春に結婚式を挙げることになっていた。

レオンはグロスクロイツ社の日本支社の社長となっているため、結婚後も活動拠点は日本。

ということで、二人は日本で挙式をして、ドイツでお披露目パーティーをすることになっているのだ。

結婚式のことを話しあって決めていた二人ではあったが、女性の憧れともいえる結婚式において椿があまり自己主張をしないことをレオンは気にしていた。

本日も、カタログを見ながらドレスを選んでいたのだが、椿はペラペラとページをめくっているものの、これがいい！　とは決して言わない。

思い悩んだレオンは、彼の友人の妻でもあり、椿の友人でもある水嶋透子を呼び出して、結婚式の話し合いに同席させていた。

呼ばれた透子は、椿の友人でもあり、女性の視点から意見を聞ける相手として白雪凪を連れてきていたのだが、彼を連れてきた時にレオンが嫌そうな表情を浮かべていたことに彼女は気付いていない。

椿とレオンと同じテーブルに着いた透子は、笑みを浮かべた白雪と共に二人の会話を見守っていた。

「気に入ったドレスは無かったのか？」

「どれも同じに見えるから。レオンはどれがいいの？　自分で決めるよりもレオンの好みとかで決めた方がいいんじゃないかと思って」

「一生に一度しかない結婚式なんだから、自分の気に入ったデザインで作ったオートクチュールドレスを着るのが一番だろう？　こういうデザインのものがいいとか希望を言ってくれ」

「って言われてもねぇ」

椿にしてみたら、レオンと結婚できるだけで十分だと思っているので、式を挙げる気は微塵もなかったのだ。

本音で言えば、籍をいれるだけでもいいとすら思っている。

女性の憧れとも言われるウェディングドレスであるが、椿にとって興味をそそられるものではない。

（つーかオートクチュール高すぎ！　既製品やレンタルで十分でしょうよ）

けれど、既製品やレンタルが良いなんて言おうものなら、両家の親から文句が出るのは間違いない。

一度しか着ないのに、何百、何千万と払うなんて無駄遣いもいいところだ、というのが椿の意見である。

それに、彼女はある理由から自分で選ぶよりも、レオンにドレスを選んで欲しいと思っていたからこそ、自らこれがいい、とは口にしなかった。

こうして、全く気乗りしない椿を見ていた透子は我慢できなくなったのか、彼女に向かって口を開く。

「私の時は、透子の好きにすればいいって言って丸投げしてきた恭介さんを結婚情報誌で殴《おう》打《だ》しろとか言っておいて、椿さんも同じことをしているじゃありませんか」

「だって、一回しか着ないのよ？　勿体なくない？」

「減価償却《げんかしょうきゃく》だと考えれば勿体なくありません。一回しか着ないんだったら、これから五十年以上かけて元を取るんですよ」

透子の言い分に、椿はなるほどと頷きかけていると、冷めた目をした白雪があらぬ方向を見ながら呟く。

「離婚したらマイナスだけどねぇ」

「それもあるんだよね、する気は全くないけど」

だから悩むのよ、と言っている椿を見て、レオンは余計なことを言うなと白雪を睨み付けた。

「もうお前、帰れよ。俺は呼んでないんだが」

「透子に呼ばれたから来たのよ。祝福はしてあげるんだから、同席ぐらいさせなさいよ」

フフン、という効果音が似合いそうなくらいの笑顔で白雪が言ってのける。

文句を言おうとしたレオンであったが、椿からケンカするな！　と言われたことで彼は口を閉ざしたが、白雪を睨むのは止めていない。

「もう、レオンも凪君も仲が良いのか悪いのか分からないわね」

「ケンカするほど仲が良いって言いますしね」

ほのぼのとした会話をしている女子二人であるが、男子二人は殺伐とした雰囲気である。

それに気付かない透子は、椿の腕を軽く叩いて話し始めた。

「ほら、椿さん。さっさとドレスを決めちゃいましょう」

「……分かってるわよ」

仕方ないなぁ、と言いながら、椿はカタログを見るが、やはりこのデザインが良いと選ぶことができない。

「……透子さんの時は、プリンセスラインだったわね」

「はい。選びに選びました！　椿さんは雰囲気的にエンパイアかスレンダー、マーメイドとか似合いそうですよね」

「椿はハイネックとかも似合いそうよねぇ。でも、見た目が派手なグロスクロイツ様と並ぶんだったら、Aラインあたりにしておくのが無難じゃないかしら？　ほら、ここら辺とかどう？」

白雪が指差したのはレースがふんだんに使われたハイネックのAラインドレス。ハイネックプラスレースの長袖ということで、これ以上ないくらいに清純そうではある。

「後ろのリボンが可愛いわね。じゃあ」

これを基本として選んだらどう？　とレオンに聞こうとした椿であったが、伸びてきた手にカタログを閉じられてしまう。

どうしたのかと、そちらを見ると、レオンが不機嫌そうな表情を浮かべていた。

「ダメだ。却下だ。このデザインは認めない。他のを選んでくれ。というか椿が選ばないなら俺が選ぶ」

全力で否定するレオンに、彼女は、えぇ……と声に出した。

「あ～あ、心が狭い男ねぇ。ねぇ、椿。こんな男は止めちゃいなさい。結婚してもあなたを束縛《そくばく》する最低な夫になるわよ」

「おい、勝手なことを言うなよ。俺は椿を束縛するつもりは微塵もないんだが」

「あら、だったら、さっきの言動は何なのかしらねぇ？」

「お前の胸に手を当てて考えてみたらどうだ？」

レオンの言葉を受け、白雪は目を閉じて己の胸に手を当てる。

「残念ながら、さっぱり分からないわぁ」

「……ふてぶてしい態度だな。全く腹立たしい」

「あら、これぐらいはしても罰は当たらないでしょう？」

ニヤッと笑った白雪を見て、レオンは面倒臭いとばかりに視線を逸らした。

「何の話をしているのか分からないけど、時間的にそろそろ候補を決めないといけないんじゃないの？」

割と時間が取れる透子はともかく、社長のレオンや弁護士の白雪は仕事があるため、長時間この場にいることは無理なのだ。

それに気付いたのか、レオンと白雪は、あ、と互いに顔を見合わせた。

「他人事みたいに仰ってますけど、椿さんのドレスですからね！　候補を決めるのは椿さんでしょう⁉」

尤《もっと》もな突っ込みに椿は彼女からわざとらしく視線を逸らす。

「透子、椿を責めないでくれ。これまでがこれまでだったから、彼女は結婚にさほど興味がないんだろう。俺は椿の希望を叶えたいけれど、無理強いしてまで式を挙げたいわけじゃないから」

「レオン様も何を弱気なことを仰っているんですか！　もっと自信を持って下さいよ！」

「いや、正直なところ今でも椿が俺を好きだとか、盛大なドッキリなんじゃないかと疑っている」

この上なく真面目な顔をして言い放った台詞に、透子は反論しようとしたが、向かいに座っている椿の手によって止められた。

そのまま椿は横に座っていたレオンの頬を両手で挟み、彼の目を見据えて口を開く。

「私は同情心だとか妥協でレオンを選んだわけじゃないわよ！　レオンの誠実さとか、いざという時に私を守ってくれる男らしさとか、私のために自分を変えてくれたところとかを見て貴方を好きになったの！　そりゃ、恋愛は後でって言ってレオンを待たせてたせいで、そこまで拗らせたことは想定外だったけど……。でも、私はレオンが好きなの！　結婚して同じ墓に入りたいと思うくらい好きなのよ！　ちょっとは私を信用しなさい！」

真剣に口にする椿を見たレオンは、呆然としたまま、はい、と呟いた。

「よし。じゃあ、候補を決めましょうか。もう、この際オーソドックスなAラインドレスにするわ。私がひとつ決めるから、レオンも選んで。そこから親を交えて話し合って決めましょう」

「……なら、椿が決めればいいんじゃないのか？」

「悪いけど、私は自分のセンスを信用していないのよ。センスのない物を選んだとしても、周囲は気を遣ってお似合いです、としか言わないでしょう？　だから他の人の候補も一緒に出した上で決めた方がいいと思うのよ」

椿の説明に、その場の全員がなるほど、という視線を彼女に向ける。

無言の肯定を受けた椿は、やっぱりセンスがないんだ、とこっそり落ち込んだ。

だが、候補を決めなければならないのだと思い直し、椿はカタログから首元と背中がレースになっているノースリーブのドレスを選ぶ。

しばらくして、レオンもドレスを選び、後は親族会議で決める、ということになった。


結果として、レオンが選んだ三メートルほどあるロングトレーンのオフショルダーを基本にしたオートクチュールドレスに決まったのである。

ヘアメイクを終えた椿は、鏡に映る自分を見て、どこか気恥ずかしさを覚えていた。

籍を入れるのは後になるが、それでも今日、彼女はレオンと結婚する。

レオンと出会って二十年近く経ったが、出会った当初は彼と結婚するなんて椿は思ってもいなかった。

つくづく、人生とは分からないものだ、と彼女は微笑む。

椿が思い出に浸っていると、コンコンとノックの音がして、部屋にレオンが入ってくる。

彼女の姿を見たレオンが息を呑んだ。

「レオン？」

「……悪い。自分で選んでおいてなんだが、本当によく似合っている。直視できないくらい綺麗だ。……綺麗だから、ジリジリと寄ってくるのは止めてくれ！　心臓が止まる！」

顔を真っ赤にして椿から視線を逸らすレオンに、もっとからかってやろうと思っていた彼女はチッと舌打ちをする。

だが、似合っている、という言葉を聞けて椿は満足していた。やはり愛している人から褒められるのは嬉しいものだ、と椿はニンマリと微笑む。

「だが、本当にそのドレスで良かったのか？　椿が選んだものを着た方が」

「これでいいのよ」

レオンの言葉を遮り、椿は言い切る。

親族間でのドレス会議の時に、レオンが選んだドレスをこれでもかと推したのは、他でもない椿だ。

「日本にはね、白無垢《しろむく》は相手の家の色に染まるっていう意味があってね。まあ、これはウェディングドレスだからそれは通用しないんだけど。でも私は、相手の家の色に、というよりはレオンの色に染まりたいと思ったのよ。だから、レオンが選んだドレスを着たかったの」

椿が微笑みながら口にした直後、レオンの手が彼女の後頭部と腰に回り、グイッと引き寄せられる。

何を、と開きかけた唇にレオンの唇が重なった。

幾度か角度を変えて啄《ついば》むようなキスが終わり、レオンが顔を離す。

「……唇に口紅が付いてるけど」

「ムードが台無しな一言をありがとう」

レオンはポケットチーフで唇を拭った。

「ティッシュなら、あっちにあったのに。それ、また胸ポケットに入れるんでしょう？　まだ時間はあるから口紅付いたままだと格好がつかないし、新しいのに変えたら？」

「後で変えるよ」

はぁと息を吐いたレオンは口紅が付いたポケットチーフを綺麗に胸ポケットに入れ直した。

「謝らないからな」

「何に対してよ。ああ、まさかさっきのキスのこと？　結婚する相手なんだから文句を言う方がおかしいでしょう。まあ、場所を考えろとは言わせてもらうけど」

「……俺の奥さんは、いつも男前で格好良いんだけど格好良すぎてたまに困る。一度くらい顔を真っ赤にした椿が見てみたいな」

顔を真っ赤にしたことは過去にあるんだけどね、と椿は心の中で呟いた。

だが、それを言うのはプライドが邪魔をしてしまい、言えないまま彼女は苦笑する。

「ま、まあ。人生は長いんだから、その内見られるんじゃない？」

「だといいんだけどな」

フッと笑ったレオンであったが、急に真面目な顔になる。

「椿」

あ、これは大事な話だ、と察した椿は神妙な顔で、はい、と答えた。

彼女の目をジッと見つめながら、レオンは口を開いた。

「俺は、いつ、いかなる時も椿を愛し、椿を守り、椿のために生涯を捧げると誓う」

「私が側に居たいと思うのも、視線を独占したいと思うのも、愛したいと思うのも愛されたいと思うのも、レオンだけよ。他の男じゃありえない」

顔を見合わせた二人は互いに笑い合っていると、顔を近づけてきたレオンが椿の額に唇を落とした。

そのまま、椿の額に自分の額を合わせて彼は口を開く。

「愛してる」

「知ってる」

「椿は?」

「……レオンにちょっかいを出してきた相手をボコボコにするくらいには愛してる」

椿の返答を聞いたレオンは、彼女の肩に頭を載せて肩を震わせている。

「そんなに笑うこと?」

真面目に答えたのに、と椿は頬を膨らませる。

「いや、悪い。……俺は思っている以上に椿から愛されているみたいだな、と思ったのと、椿らしい返答だなと思ったら、つい」

「そうよ！　私はレオンが思っている以上にレオンのことを愛しているのよ！　最期《さいご》を看取《みと》ってやるから、覚悟しておきなさい！」
「椿を看取るのは俺だと思っていたから、看取られるのは困るな」
「じゃあ、私よりも長生きしてよね」
「それが椿のお願いなら、喜んで叶えるよ」

そうよ、お願いよ、という意味を込めて、椿はレオンの首元を掴んで引き寄せ、近づいてきた彼の唇にキスをした。

予想していなかったのか、レオンは目を見開いて椿のされるがままになっている。

……結婚後の力関係が分かる一幕であった。

あとがき

お前みたいなヒロインがいてたまるか！四巻を手にとって下さった皆様、ありがとうございます。
なんとか、最終刊まで走り抜けることができました。

小説家になろうで連載を始めた頃は、まさか書籍化するなど思ってもいなかったので、人生とは分からないものだなぁとしみじみと思います。
普通に暮らしていただけでは体験できないようなことが沢山ありましたし、出版業界の事情など、知ることができて大変興味深い時間を過ごさせて頂きました。
自分の書いた話が一冊の本になる、というのは物凄く感動的なものでした。
何度も本屋に足を運んだことをよく覚えています。

そして、お前みたいなヒロインがいてたまるか！は書籍は完結となりましたが、小説家になろうの方では番外編も更新しておりますので、ご覧頂けたら幸いです。

最後になりましたが、いつも叱咤激励して下さった担当様、綺麗なイラストでキャラクターに命を吹きこんで下さったgamu様。また、出版にあたり、ご助力頂きました皆様、読んで下さった皆様にお礼申し上げます。
本当にありがとうございました！

また、皆様に会える日を願っています。

白猫

『お前みたいなヒロインがいてたまるか！』
完結おめでとうございます！！
自分の大切な人のために一生懸命頑張る強くて
やさしい椿が本当に大好きでした。
最後までとても楽しく描かせていただきました。
ありがとうございました。
gamu

お前みたいなヒロインがいてたまるか！ 4

*本作は「小説家になろう」（http://syosetu.com/）に掲載されていた作品を、大幅に加筆修正したものとなります。
*この作品はフィクションです。実在の人物・団体・事件・地名・名称等とは一切関係ありません。

2017年11月20日　第一刷発行

著者 ……………… 白猫

イラスト ……………… gamu
発行者 ……………… 辻 政英
発行所 ……………… 株式会社フロンティアワークス
〒170-0013　東京都豊島区東池袋3-22-17
東池袋セントラルプレイス5F
営業　TEL 03-5957-1030　FAX 03-5957-1533
アリアンローズ編集部公式サイト　http://arianrose.jp
編集 ……………… 原 宏美
フォーマットデザイン ……………… ウエダデザイン室
装丁デザイン ……………… ビィピィ
印刷所 ……………… シナノ書籍印刷株式会社